刹那の風景5
68番目の元勇者と晩夏の宴
JN001986

皆が帰ったあとも、
アルトは楽しそうに話していたが、
軽めの夕食をとってしばらくすると、
日記を書くといって部屋に戻り、下りてこなかった。
様子を見にいったセツナさんが帰ってきて、
眠ってしまったと教えてくれた。
それで、いつもより早い時間だったが、
セツナさんと酒を呑むことにした。
酒の肴は、いつものようにアルトのことだったり、
今日の食事会のことだったり、
彼に秘密にしていた悪戯のことだったり……。
セツナさんの感謝の言葉に、ただ、私は頷いた。
彼の憂いが晴れたのなら、それは喜ばしいことだ。
Setsuna
セツナ

"宴"のあと――
「今日は、とてもよい日でしたな」
セツナさんは、
一瞬酒を呑む手を止めて私を見た。
そして、静かに笑い深く頷いた。
ぽつりぽつりと話しては、
グラスをかたむけて、また話す。
居心地のいい静かな時間が、
ゆったりと過ぎていく。
Ragi
ラギ

contents

刹那の風景
せつなのふうけい
5
68番目の元勇者と
晩夏の宴
著 緑青・薄浅黄
ill. sime

イラスト：sime

刹那の風景ワールドマップ

セデン
魔の国
タラド
ムバナ
ガイロンド
リベイド
ミグリス
エラーナ
ヌブル
クット
サガーナ
ガーディル
トリア
アルオン
サハル
リシア
バートル
レグリア
イニセス
旧グランド
竜国

国境
高山脈
山脈
平野
森林
砂漠
海・湖・川

人物紹介

セツナ(杉本刹那)
主人公。68番目の元勇者。親友の生きろという言葉を胸に、この世界を見るための旅にでる

アルト
獣人の少年でセツナの弟子。奴隷だったが、セツナに救われる。リペイドで、冒険者として初めて依頼を受けることになる

カイル(時任かなで)
2500年以上生きた、ガーディル国23番目の元勇者。病身の刹那に自身の体を譲り、三度目の人生を与えた

リペイド国

ラギ
ギルドに「住み込みの話し相手」募集を依頼した、悪戯好きな獣人の老人。その依頼をアルトが受けたことで、セツナ達と一緒に生活することになる

サイラス
リペイド国の王子の第一騎士。セツナの助力を得て、国難を解決し、二人は友となった

ノリス
花屋の主人。妻と夢を守るため依頼をだし、セツナとともに働くことになった

エリー
ノリスの妻。重傷を負っていたが、セツナの治療を受け快癒した

ジョルジュ
リペイド国の王子の第二騎士。サイラスの友人。婚約者への贈り物を探すのをきっかけに、セツナの秘密の一端を知る

ソフィア
ジョルジュの婚約者

国王
名前はライナス。肉親を討ち、当世のリペイド国王になる

王妃
名前はリリア。平民の出身。明るく天真爛漫な性格

ユージン
リペイド国の王子。サイラスの親友であり、主でもある

キース
リペイド国の宰相で国王の弟。ユージン、サイラスとは親友の仲

フレッド
リペイド国の宰相の第一騎士

マーガレット
リペイド国の王妃の侍女長。悪戯好き

ラーレギュル
リペイド国の王妃の侍女

大将軍
名前はドルフ。国王の学友

ロンバル
リペイド国の国王の第一騎士

ドラム
リペイド国にある冒険者ギルドのギルドマスター

ガーディル国

69番目の勇者
世界を守るため、刹那の代わりに召喚された勇者。鋭い洞察力と思考力を持つが、言語化が不得意

ティレーラ
ガーディル国の第5王女。友人である69番目の勇者を護るため、勇者の騎士団の将軍となる

ルルタス
勇者の騎士団の参謀

エラーナ国

デトラース
エラーナ国の聖皇直属の騎士である「八皇騎」の一人

ケルヴィー
勇者を導く者、人工生命体

その他

杉本鏡花
日本で死にわかれた、刹那の妹

トゥーリ
クットの洞窟で出会った竜族の娘。セツナの妻

クッカ
クットの洞窟付近で出会った精霊。トゥーリと行動をともにする

リヴァイル
トゥーリの兄。クットからリペイドに抜ける洞窟に住んでいた

プロローグ

かぼそい灯りの中で、独り酒を注ぐ。
それが、普通になるほどのときを過ごした。
夜半に降る雨は、いつも私の心を濡らしていく。
静寂の中に響く雨音に耳を傾けるほど、胸の奥底に沈めたものをすくいあげてしまう。

その追憶を……。

激変する世を共に駆け抜けた、友のこと。
愛する喜びと愛される幸せを教えてくれた、妻のこと。
『父さんのように強くなる』と尊敬してくれた、息子のこと。
故郷を守るために根を張る、蒼露の樹のことを……。

蒼露の葉が、雨をはじく夜。

幸せそうに眠（ねむ）る息子の……頭を撫（な）でた。その感覚を今はもう思い出せない。

妻は私を一度抱（だ）きしめ、何もいわず背を向けた。その肩（かた）が、小さく震（ふる）えていたことを知っていた。

蒼露の樹の下。私は友の手を払（はら）い国を捨てた。

後悔（こうかい）したことはない。それが最善だった。必要なことだったのだ。


だが、それでも……。願ってしまう。

どうしようもなく、願ってしまうのだ。

故郷の土を踏（ふ）む夢を。友と話す夢を。妻と微笑（ほほえ）み合う夢を。息子の頭を撫でる夢を。

最後のとき、親しい人に囲まれ水辺へと旅立つ『夢』を……。


叶（かな）わぬ夢だとわかってはいても、せめてその欠片（かけら）でも手に掴（つか）めはしないかと望む。

だが、どうやら、私は独りで朽（く）ちていくようだ。


複雑な想（おも）いが解けぬまま……人と関（かか）わることをしなかった。

名を変え隠（かく）れて生きてきた私を、誰（だれ）も知らぬだろう。

親しい者がいないこの国で、私は水辺へと旅立とうとしている。

諦観（ていかん）と孤独（こどく）を友として。


そんな雨のなか訪（おとず）れたのは、菫（すみれ）色の瞳（ひとみ）を持つ青年と、同じ色の瞳を輝（かがや）かす獣人（じゅうじん）の子だった。

第一章　トルコキキョウ　《良き語らい》

◇1　【セツナ】

僕とアルトがリペイドで生活を始めてから、1カ月以上が経過していた。季節はサルキス4の月が数日で終わりを告げ、マナキス1の月が訪れようとしている。

この町にきてすぐは、慌ただしかった日々の疲れを癒やすためと、手持ちの路銀が心許なくなってきていたことから、依頼を探してのんびり稼ぐつもりだった。

だけど、僕はノリスさんの花屋での仕事や遺跡の調査、アルトはラギさんの家で住み込みのお世話といった依頼を受け、のんびりとした感じではなかったが、この1カ月は充実した生活を送っていた。

特に、僕も一緒に下宿することになったラギさんの家での生活は賑やかで、それでいて穏やかなものだった。その先に待つラギさんとの別れを考えると胸が痛むが、そのことは極力考えないようにしている。

そういった状況のなかで、今、僕は冒険者ギルドの前でノリスさんを待っている。彼との依頼終了を、ギルドに報告する必要があるためだ。

依頼終了の条件が、彼の妻であるエリーさんの怪我が治るか、手伝いが見つかるまでということだったので、ノリスさんの証言が必要だった。それで、彼にギルドまできてもらったのだ。

少し名残惜しいと感じたのは、僕がこの仕事を気に入っていたからだろう。

「お待たせしてしまいましたか？」

「いえ、僕も今きたところです。ノリスさん、おはようございます」

ノリスさんの申し訳なさそうな声音に、僕は首を横に振る。

「おはようございます。では、早速ギルドマスターのところにいきましょうか」

「そうですね。でも、いつもよりギルドが混んでいるようです。もしかすると、少し時間がかかるかもしれませんが、大丈夫ですか？」

ギルドの中では、かなりの人が依頼掲示板を眺めている。

「時間は大丈夫ですよ。多分、混んでいるだろうなと予想はしていたので」

「そうなんですか？」

「はい。建国祭が近くなると、ギリドッド討伐の依頼が多数張り出されるので、この時期はいつもこんな感じですね」

「ギリドッド討伐ですか？」

ギリドッドは、リペイド周辺の森にいる木の魔物の名前だ。

その魔物が建国祭となんの関係があるのかと不思議に思っていると、ノリスさんが楽しそうに笑いながら、「ギリドッドの素材は、建国祭の準備に使われます」と教えてくれる。

「各家庭でランタンを持ち寄って、自宅の前やその周りの道を照らすんです。結果として、王城までの道に灯りが灯るようになります。そのときに、ギリドッドの皮を後ろに張って光を反射させることで、ランタンの灯りがより明るく見えるようにするんです」

頭の中で検索をかけると、ギリドッドの皮の裏側は綺麗な白色でつやがあり、光を反射するということがわかる。主に夜間に作業するような場所で、ランタンの光が綺麗に反射するように、皮の両端に杭を縫いつけ地面に刺して固定して使うようだ。

「だから建国祭の間は灯りがなくても、町の中を自由に歩くことができるんです」

「ノリスさん達も、ランタンとギリドッドの素材を用意するんですか？」

「もちろん、店と自宅に用意しますよ」

「きっと、町中が輝いて見えるんでしょうね。高い場所から見ると、もっと綺麗なのですか？」

建国祭が王家への感謝の祭りであることから、もしかしてと思ってノリスさんに視線を向ける。彼は、僕の聞きたかったことを察してくれたのか、目を細めて微笑みながら口を開いた。

「子どもの頃、少し高い場所にある家の屋根から町中を見下ろしたことがあります。町がランタンの灯りに満たされて、本当に綺麗だったんです」

「……」

「僕の想像でしかありませんが、一番高い場所にあるお城からは城下町が一望できるんじゃないかと思います。きっと、そこから見る景色は、僕が見た景色よりも、もっと美しいと思いますよ」

「感謝の気持ちを伝える方法は、ジェルリートの花だけではなかったんですね」

「まぁ、ランタンの灯りはそれだけで美しいですから、感謝の気持ちとは別に、この町の人々の癒やしでもありますけどね」

そういって笑うノリスさんを見て、リペイドの人々が建国祭をとても楽しみにしていることが窺えた。

受付も混んでいるようで、ノリスさんと話しながら自分達の番がくるのを待っていたのだが、思っていたよりも早く順番が回ってきた。

「おう、ノリスと一緒にきたところを見ると、依頼が終わったということか？」

しばらくして、ギルドマスターのドラムさんから、声をかけられる。僕とノリスさんは同時に頷いて、依頼の完了を彼に伝えた。

「店は、盛況だったようだな。こっちにも、噂が聞こえてきたぞ。貴族との婚約式の仕事を請け負って、魔法を施した薔薇を売ったんだって？　それが素晴らしかったとも聞いているぞ。その辺りの報告も、少し聞かせてくれねぇか？」

ドラムさんの視線がどことなくいつもと違うと感じ、僕はしらを切ることにした。

「ドラムさんが知らないことで僕が知っていそうなことは、薔薇に魔法をかけた魔導師は、すでにこの国を旅立ったということぐらいですかね」

ドラムさんは期待外れだったのか、ノリスさんにも問いかける。彼は前もって決めていたことを、答えだす。

「花に興味があるらしくって、『貴方の花畑を見させてくれ』といってきたんですよ。二日ほど泊まっていらしたんですけど、そのお礼に魔法をかけていってくれたんです」

「その魔導師の名前は？」

「バスティさんと、名乗っていましたね」

『バスティ』は姉大陸ではよくある名前で、ドラムさんは渋い顔をしていた。それは偽名についてなのか、話の内容についてなのか表情からは読み取れなかったが、僕が時使いだと疑っていることも考えておいたほうがいいなと感じた。

「そうか。まぁ、ノリスにとっては幸運だったってことだな」

　そういってノリスさんを労ったあと、ドラムさんは僕の方に向き直って話しかけてくる。

「それで、今日は報告だけか？　依頼を受けるなら、斡旋できるものがいくつかあるが」

「いえ、近いうちに別件の依頼主と会うことになっているので、そちらを優先するつもりです。まだ、依頼を受けるか決めていませんが」

「そういえば、面倒そうな個人依頼がきてたな」

「はい。なので別の依頼のことは考えていません」

「そうか。なら、建国祭が終わったら顔をだしてくれや。割のいい依頼を保留にしておくにしても、限度があるからな」

　ノリスさんの依頼を受けたことで、僕にはギルドから『割のいい依頼』を2、3回ほど融通してもらえることになっている。

　しかし、そういった依頼を僕の都合で保留しておくと、依頼主に迷惑がかかるので、保留にも限度がある。だからある程度したら、保留を解除して他の冒険者に開示し、僕用の違う依頼を保留にするということを聞いていたことを思いだした。

「はい。お願いします」

僕との話が済んで、ドラムさんは改めてノリスさんに話しかけた。

「これで、ギルドからの支援は終わることになるが、問題は残ってないか？」

「はい、大丈夫です。それで、あの、ドラムさん」

「なんだ？」

「セツナさんを紹介してくださり、ありがとうございました。おかげ様で、僕は自分の店を手放さずにすみました」

ノリスさんが深く、深く頭を下げる。

「ああ。よかったな。だが、おれぁたいしたことはしていないさ。礼は、セツナにいうんだな」

「はい。セツナさんも、ありがとうございました」

「僕はもう十分にお礼をしていただきましたし、報酬も十分いただきました」

それで報告が終わり、僕とノリスさんはドラムさんに挨拶してからギルドをあとにした。


ギルドをでてしばらくしてから、ノリスさんに謝られた。僕が時の魔導師であることを隠してほしいとお願いしたために、ドラムさんをごまかす理由を考えてくれていたのだが、上手く演じきれなかったと思っているようだった。

時の魔導師は少なく、姉弟大陸にいる時の魔導師の存在は、知れ渡っている。例えば冒険者ギルドにも、黒のランクで所属していた。

そんな時の魔導師だからこそ、冒険者ギルドは冒険者として所属してもらいたいと思うのは当然だろう。だから、ノリスさんが上手く演じようが演じまいが、結果は変わらず、色々と調査をするのはわかりきっている。

だから重要なのは、結局上手く演じたかどうかではなく、黙り続けていてくれるかどうかであって、ノリスさんは黙っていてくれると僕は信じている。そのことを伝え、話を別のものに変える。

それからは、アルトとラギさんの様子を話したり、近いうちに予約していたジェルリートを買いにいく予定だと伝えたりと他愛ない話をしていたが、ノリスさんが今思いついたというように新しい話題を口にした。

「そういえば、ウィルキス支度はラギさんと一緒にされるんですか？」

「冬支度ですか？」

「はい。建国祭が終わればマナキスになりますから。リペイドの人達は、マナキスが終わるまでに準備を整えるんですよ。リペイドは雪がかなり積もるので、しっかりとした準備が必要なんです」

「……そうですか」

あまり先のことを考えたくなかったので、また話を変えた。

「そうだ、ノリスさん。お願いがあるんですが」

「なんでしょうか？」

「ラグルートローズを一輪、僕に売っていただけませんか？」

「大丈夫ですよ。一輪でいいんですか？」

ノリスさんは、嬉しそうに話す。

「はい。それで花桶から取り出しても、つぼみのままのラグルートローズが欲しくて、店の裏などで時の魔法をかけたいのですが、大丈夫でしょうか？」

「もちろんです」

「ありがとうございます。では、ジェルリートと一緒に購入させてもらいますね」

「うーん。ジェルリートとラグルートローズは、同じ日に必要なんですか？　違う日に必要なら別々に用意しますよ？　遠慮せずに仰ってください」

　さすがに花屋だけあって、勘が鋭い。

　おそらく薔薇の行方まで想像して、ノリスさんはいってくれているのだろう。僕は、その言葉に甘えることにした。

「マナキス１の月の１日です」

「では、１日に店ではなく僕の家の方にきてください」

「え？　でも、その日は休日ですよね。休日にお邪魔するのは悪いので」

「他ならぬセツナさんのためです。どうということは、ありませんよ。恩返しをさせてください」

　彼の言葉に、僕は素直に頷いた。

「では、１日にお待ちしておりますね」

　僕はノリスさんと約束をしてから、アルトとラギさんが待つ家へと帰ったのだった。

◇2 【ラギ】

パタパタパタっと揺(ゆ)れていた尻尾(しっぽ)が、セツナさんの姿が見えなくなると同時にとまる。昨晩の外での食事が楽しかったこともあり自制心が切れ、セツナさんと離れるのが辛(つら)いのだろう。

「アルト。セツナさんといきたかったら、いっておいで」

その表情があまりにも寂(さび)しそうだったので、ついついそういってしまう。アルトは私の言葉に首を横に振り「じいちゃん、おれのしごとはここにいること」といって、寂しさに揺れる瞳(ひとみ)で私を見るのだった。

「アルトは、セツナさんが本当に好きなのだね」

私の問いかけに、アルトは少しの迷いもなく返事をする。

「うん」

アルトにとって、セツナさんがどういう風に見えているのかが気になり、もう少し突(つ)っ込んだ質問をしてみる。ただ、「ぜんぶ」と返してくるだけかもしれないが。

「アルトは、セツナさんのどんなところが好きなのかな?」

アルトは、うーんと唸(うな)りながら、真剣(しんけん)に考え始める。

(簡単に、答えが返ってくると思ったのだがの)

その真剣な様子に、私は少し困惑(こんわく)しながらアルトの返事を待った。

「きびしいけど、やさしいところ。あと、だれにたいしても、おなじところ」

「誰に対しても同じところ？」

「うん」

「それは、どういう意味なのかな？」

今度は「どう、せつめいしたらいいかな」といったようなことを呟いていたが、何かを思いついたのか、急に瞳の色が悲しみに染まる。

「いまおもうと、じいちゃんはししょうのこと、さいしょ、きらいだったでしょ。じいちゃんも、ししょうをきらうじゅうじんと、おなじめをしていたから」

アルトの言葉は、断定だった。態度にだしたつもりはなかったのだが、子どもは好きな人に対する周りの態度というものに敏感なのかもしれない。少し、良心が痛んだ。

「……」

「じいちゃんだけでなく、おれをきらうにんげんたちも、おなじめでみてた」

「……」

「ししょうといっしょにたびして、おれじしんが、そうみられるのは、へったけど、くっとで、していだといったら、こんどはししょうが、へんなめで、みられてた」

言葉がでなかった。二人の関係を疑っていた私には、その目の意味することが手に取るようにわかる。それは紛れもなくセツナさんへの、悪意だ。今度は、強く良心の呵責に苛まれた。

「……」

私の目を見ながら話すアルトの表情は、いつもセツナさんに見せているあどけないものではなく、幼い少年が浮かべていいものではなかった。

「でも、ししょうはちがう」

「違う？」

聞き返す私に、頷きながら淡々と答えていくアルト。

「にんげんでも、じゅうじんでもいっしょ」

そこで一度言葉を区切り、アルトは一所懸命に考えながら言葉を続けていく。

「ししょうは、にんげんからも、じゅうじんからも、きらわれている」

「……」

「おれは、にんげんからきらわれてるけど、じゅうじんからは、きらわれてないと、おもう」

獣人にとって、アルトは同種族の仲間以外の何者でもない。嫌う理由などどこにもない。だが、獣人を隷属させているように見える人間への風当たりは強い。私が、セツナさんにとった態度と同じように。

「でも、ししょうが、そういうふうに、みられるのは、おれのせいだってしってる」

「アルト……」

「なのに、ししょうは、やさしい。こまっていたら、にんげんでも、じゅうじんでもたすける。おれは……にんげんを、たすけたいとおもわない」

私に向けていた視線を、地面に落とす。

アルトが哀しそうに口元を結び、何かに耐えるように拳を握る。

「おれがいなかったら、ししょうは、あんなめでみられないのに……。おれが、いないほうがいいって、おもう。だけど、おれは、ししょうがすきだから、はなれたくない」

「……」

　アルトの言葉に、私の心は暗く沈む。

　まだ12歳の少年が、抱えていい感情とは思えない。本来なら、獣人の子どもは、親元で元気に走り回り、甘えたい気持ちもある年頃なのだ。間違っても、自分の存在が自分の大切な人を傷つけていると知って、自分自身も傷つくなどということはあってはならない。

　先ほどよりも落ち込んでしまったアルトに、どうやって声をかけようか悩んでいると、私より早く、アルトがポツリと呟いた。

「じいちゃん。ししょうのために、おれは、なにができる？」

　地面に落としていた視線を私に戻し、アルトが真剣に尋ねてくる。そのセツナさんに対する気持ちに切なくなりながら、答える。

「今は、よく寝てよく遊びよく食べることかの。あとは、よく勉強することかな」

　アルトは、不満そうに口を尖らせる。

「それ、ししょうが、おれにいうことと、いっしょ。おれはもっと、べつのことがしたい」

　まるで子ども扱いするなというような感じで、私に不満を漏らすアルトを見て、苦笑を返してしまう。

「そうだの……」

　アルトは身じろぎもせずに私を熱心に見つめ、私の答えを待っていた。ふと、首が痛くならないのだろうかと、全然違うことに意識を囚われてしまう。

　アルトが意図的にしているわけではないのだろうが、おかげで私の気持ちは少し軽くなった。それと同時に、何か助言できることがあるのではないかと思いつく。

そう、私がいつもしていることをアルトに教えてあげればいいのだ。そうすれば、今の私みたいに、セツナさんが困ったときに、アルトが心を軽くしてやれることもあるかもしれない。

「アルト、首が痛くならないのかの？」

「くび？」

「そう、くび」

「……じいちゃん、おれのくびより、ししょうにできること、かんがえて」

私の前でブツブツと怒っているアルトを見て、悪いとは思うのだが……その様子が微笑ましくて、思わず口元が緩んでしまう。

「じいちゃん！　わらってないで、ちゃんとかんがえて！」

私の口元が緩んだのを目ざとく気付いたアルトに、再び叱られる。これ以上機嫌を損ねるのはよくないので、改めて口を開く。

「うーん。今のアルトにできることといえば……」

「いえば？」

「セツナさんに悪戯するぐらいかの？」

「……」

「困らせる悪戯ではなくて、セツナさんが笑うことができる悪戯だの」

「ししょうが、わらう？」

（興味が湧いたかな？）

「悪戯じゃなくてもいいんだが、要はアルトがセツナさんを、楽しい気持ちにさせてあげるといいということだの」

「たのしいきもち？」

「そう。笑えば少々嫌なことがあっても、吹き飛んでしまうからの」

何か思い当たることがあったのか、「うん、それはわかる」といって自分の思考に入ってしまったアルトを、私は黙って眺めていた。

「じいちゃん。どうして、いたずら？」

「それはの？　悪戯はするほうも楽しいからだな」

「……」

じとっとした視線を私に向け、アルトは何かをいいたそうにしている。その視線に気が付かない振りをして、私は話を続ける。

「まず、人を楽しませようと思ったら、自分が楽しくないと駄目だの」

「じぶんも、たのしく？」

「セツナさんが辛そうにしていたら、アルトも辛いだろう？　だから、アルトが哀しい気持ちや寂しい気持ちでセツナさんを笑わそうとしても、それは無理だというものだの」

アルトは、コクコクと頷く。

「相手を楽しませようと思ったら、自分も楽しまなければいけない。その二つを同時にできるのが、悪戯なのだよ」

私の言い分に、納得できるような納得できないような、そんな表情をアルトはしていた。

（もう一押しかな？）

「もちろん、自分も相手も楽しくさせる悪戯を考えるのは、案外難しい。子どものアルトには、無理かもしれないの」

　ここでわざとアルトを挑発し、私は大げさにため息をつく。

「そんなことない！　おれ、ししょうがたのしめるいたずらを、かんがえられる！」

「できるかな？」

「できる」

「じゃあ、早速考えるかの？」

「かんがえる！」

　あまりに順調に事が運ぶので、自分で誘導しておきながら、少々、今後のアルトの将来が心配になる。それでも「じいちゃん。それじゃ、きょうのべんきょうを、おわらせてからいくから、まってて」といってきたので、そこまで悲観することもないなと、気分は晴れていった。

　そういえば先日、アルトのこういった負けず嫌いな性分を心配して、セツナさんが相談してきたことを思い出した。私が子どものうちはこのままでいいだろうと伝えると、セツナさんは少しほっとした表情を見せた。私は笑いながらも、この青年が抱えている心労に、同情せざるを得なかった。

　セツナさんがアルトを想うように、アルトもセツナさんのことを日々想っている。この二人の関係が、いつまでも優しいものであるように、私は願ってやまなかった。

◇3 【セッナ】

ラギさんの家が目に入ったところで、僕は異変に気が付く。いつもは、部屋に灯りが灯っているのに、どこの部屋も真っ暗だった。

（……ラギさんに何かあったのか？）

でもその兆候は、まだ表れていなかったはずだ。はやる気持ちを抑えながら、僕は足早に家に向かう。気配を探るが、感知できるのはアルトのそれだけだ。アルトが無事であることは、わかっている。問題は、ラギさんだ。背中に嫌な汗が流れていた。

急いで玄関の扉を開くと、何かの塊が襲いかかってくる。咄嗟のことだったが、僕の頭は、呼気を感じないそれを物だと判断し、反射的に抜刀し、斬り上げた。二つに分かたれたそれは、別々の方向へ吹き飛んでいった。

何事と思う間もなく、耳をつんざく悲鳴が部屋に響き渡る。

「ぎゃーーーーーーー!!!」

「アルト！」

暗い中、気配を頼りに歩いていくと、玄関の片隅でアルトはすすり泣いていた。

「うぁーーー」

アルトの姿は見えるが、この家の主であるラギさんの姿は見当たらない。

「アルト、どうしたの？　何があったの？　ラギさんは？」

アルトは答えず、何かを胸に抱え泣きじゃくっている。アルトが泣いているのも気になるけど、ラギさんの気配がないのが、もっと気になっていた。いつもなら、居間でラギさんはくつろいでいるはずだが、その居間のガラス戸からランプの灯りが届いてこない。

もしかしてと最悪の事態が頭をよぎるが、まだ決めつけるには早い。もう一度アルトに聞いてみようと、視線を戻す。するとその過程で、静かに僕を見つめる二つの瞳と視線が重なった……。

「……………」

「…………」

白い狼（おおかみ）が僕を見て、尻尾で絨毯（じゅうたん）をパタパタと叩（たた）いていた。

「……ラギさん、何をしているんですか……」

僕の顔は、引きつっているに違いない。

「……し……ししょう……ひどい」

アルトが、途切（とぎ）れ途切れに言葉を吐（は）きだす。狼から人に戻ったラギさんが、アルトの腕（うで）の中にある物を見てポツリといった。

「見事なほど、まっぷたつだの……」

ラギさんのその言葉に、アルトはビクッと肩（かた）を揺らしまた泣きだす。

「ジャッキーっ‼」

僕が斬ったのは、アルトの大切にしているぬいぐるみだった。何がどうなっているのか、全くわからない僕に、ラギさんが説明をしてくれる。

なんでも僕がびっくりするように、扉を開けた瞬間（しゅんかん）、ジャッキーが落ちてくる悪戯を考えたらしい。

（どうして、悪戯なんて？）

そう思う間もなく、ラギさんの説明は続いていく。

「それでの、ぬいぐるみでセツナさんが驚いている間に、気配を隠した私が背後に回って、吠えてもう一回驚かせる手はずになっていたのだよ」

（なるほど。気配を殺して忍んでいたから、感知することができなかったということか。普段から……）

思考が先に進もうとするのを、強制的に止める。ラギさんの気配を殺す技術が、僕の感知技術を上回った。それだけのことだったんだと、納得させた。


アルトは、僕がラギさんと話している間に、ジャッキーの首を抱え胴体を探しにいき、すぐに胴体を引きずって僕のそばに戻ってきた。

「……」

ラギさんが気の毒そうにアルトを見ているが、僕を悪者にするのはやめてほしい……。

「ししょう……ジャッキーが……」

「……」

「ジャッキーが……」

「……」

ぽたぽたと涙をこぼし、ジャッキーの首と胴体の上に涙を落とす。元はといえば、二人の悪戯が招いた結果で、僕が責められるのは違うとは思うのだけど、アルトの落ち込みようがあまりにも酷(ひど)いので、そのことはいわなかった。

「ジャッキー……」

アルトは僕が直せるかもしれないと、思っているのだろう。視線を外そうとしない。

僕はアルトが抱えているジャッキーを見て、少し思案する。

(魔法で直すことは簡単だ。だけど簡単だからといって、サッと直してしまってはいけない気がする)

アルトの目を見て、真剣に言葉を紡(つむ)ぐ。

「アルト、壊(こわ)れてしまったものは元には戻らない。だから、大切にしないといけないんだ」

涙が、ますますこぼれる。後悔(こうかい)の念からか、ジャッキーをぎゅっと抱(だ)きしめている。

「ジャッキー、ごめんな……」

(このままだと、あまりに可哀想(かわいそう)かな)

鞄(かばん)の中から針と糸を取り出し声をかける。

「ジャッキーを貸して。元通りにはならないけれど、直すことはできるから」

アルトはジャッキーを託(たく)して、横へ座(すわ)る。その首と胴体を、僕は縫い合わせていった。

「ししょう、おれがする」

しばらくして、アルトが自分で縫うといいだした。

「おれのせきにんだから、おれがジャッキーをなおす」

アルトに針の持ち方を教え、ジャッキーを手渡す。初めての裁縫(さいほう)に苦労しつつも、黙々(もくもく)と縫って

いく。何度も針で指を刺しながら、一所懸命にジャッキーを直すアルトを、ラギさんは目を細めて見ていた。

初めてであることを差し引いても、不格好な修繕（しゅうぜん）になってしまい、ジャッキーの首はあらぬ方向へ曲がっていた。そして、とてもいいにくいことだけど、首と胴体の縫い跡（あと）によって、ますます不気味さが増してしまっていた……。

アルトは集中して疲れてしまったのか縫い終わると、少し安堵（あんど）した表情を見せそのまま寝てしまった。

このままではジャッキーの首が再びもげてしまうのがわかっていたので、僕はアルトが縫った上から、細かくもう一度縫い直していく。

それを面白（おもしろ）そうに眺めていたラギさんが、話しかけてきた。

「セツナさんなら、魔法で簡単に直せるだろうに。アルトもそれを期待していたのだろう？」

僕がアルトに伝えたかったことを理解したうえで、あえてラギさんは問いかけているのだろう。

「そうですね。でもなぜか、そうしてはいけない気がしたんです。壊しても簡単に直せてしまうと、アルトに思ってほしくなかったんです」

僕の言葉にラギさんは、「そうだの」といって頷いた。

「セツナさんは、本当に真面目（まじめ）だの……」

僕に笑いかける彼の目はとても優しく、ここに住んでからもう何度目かもわからない気持ちに包まれる。本当にラギさんは、僕の祖父に似ている。その感情を隠しながら、視線を向けて少し愚痴（ぐち）

をこぼした。

「僕が縫い物をする羽目になったのは、半分はラギさんの責任ですよね」

「まさか、こういう結果になるとは思わなかった。アルトは少し可愛想だったの」

ラギさんは眠ってしまったアルトを見つめ、その瞳を少し揺らした。

僕は軽くため息をつき、肩を軽く回す。縫い物は思ったよりも肩が凝った。

「アルトにとっても、いい薬になったんじゃないでしょうか。今日の悪戯は、ジャッキーに免じて大目に見ることにします」

ラギさんは、僕の言葉でクックッと笑う。

「初めての悪戯は、失敗だの」

その言葉に、僕は眉をひそめる。初めてとつけたからには、次もする計画があるということだ。

「今日で、終わりにしてもらいたいんですけどね……」

「さすがに、ジャッキーはもう使おうとは思わないだろうよ」

「そうでしょうね。ついでに、部屋の灯りを消すのもやめるように伝えてください。貴方に何かあったのではないかと、思いましたから」

ラギさんは申し訳なさそうに頷き、次に笑顔を見せて約束を口にする。

「ああ、すまなかった。約束しよう」

「まぁ、何もなくて、よかったです」

僕はジャッキーを縫い続けながら、今日あったことを簡単に話していく。ラギさんはお酒を呑みながら、楽しそうに耳を傾けてくれていた。

それから逆に、アルトの今日の様子を話してくれ、二人で気兼ねなく言葉を交わし続けた。

こうした時間は、僕にとっての安らぎだった……。まるで自分の祖父と話しているような、そんな気持ちになる。

（……ラギさんが無事で、よかった）

心からそう想い、そして、ふと形容しがたい何かが心にのしかかる。僕は一度首を振り、それを振り払った。今はまだ考えないようにするために……。

◇4 【ジョルジュ】

一昨日、私は12日間にもわたる婚姻申し込みの儀を無事終えた。

私と婚約者である、ソフィアの目の前で開いた大輪の薔薇は言葉にしがたいほど美しかった。彼女と見たその光景を生涯忘れることなく覚えているだろう。ソフィアも、とても喜んでくれていたと思う。

セツナとノリスには、本当に感謝してもしきれないほどの恩ができた。それを思えば、今後、代償を支払わなくてはならないことになろうとも、悔いはない。その代償とは、国王様からの尋問だ。

休み明けの今日、沢山の仲間達に祝いの言葉をかけられるなか、私は心を揺らさぬように気を引き締めながら、王城の中を進む。

国王様から召喚されれば、応じない選択はない。おそらく、私が登城したと伝われば、直ぐに声がかかるだろう。なので、気を抜くことはできない。

(されど……気が重い)

時の魔導師は強力な魔法を使うが、その人数は少ない。現在、姉弟大陸には5人もいないだろうと噂されている。そんな時の魔導師がリペイド国内にいたのだから、国王様がその消息を確認し、幕下に加えたいと考えるのは当然だ。

だからこそ宮仕えを厭うセツナは、私達に内緒にしてほしいと願った。それを了承し、セツナのことを隠すため、婚約式が終わったあと、その魔導師はもうリペイドを発ったということで、私達は口裏を合わせることにしている。

心苦しくは思ったが、ソフィアや家族や友人達にも嘘をつき通した。だが、国王様に真実を隠すのは、どうしようもなく気が重い。さらに、忠誠を誓ったユージン様に問われれば、騎士として隠し立てをすることは……。

セツナは『国王様になら、話して構いません』といってはくれたが、名前を告げるということは彼が隠したいことを明かすということだ。

(私は、約束したのだ。彼が時使いだということを誰にもいわないと、そう約束した……)

そんなことを考えているうちに、騎士の控え室にたどりつき、やるせないため息とともに、拳を握る。夜の番ということもあり21時を過ぎ、控え室は昼間より静かだ。その感じがいつもなら、私に落ち着きを与えてくれるのだが、今は暗い未来しか感じさせてくれなかった。

(これから、ユージン様とサイラスと合流し引き継ぎだ)

再度、気持ちを引き締めるために、そう自分に言い聞かせてから、身だしなみを整える。そして、控え室の中の通路から、引き継ぎ室へ進む。部屋の前でちょうど引き継ぎを終えた、キース様とその第一騎士と第三騎士がでてきた。

彼らも私に気が付き、足を止めた。そしてキース様は、第三騎士のヤームスに「下がっていい」と伝える。彼は頭を下げたあと、私に一言「婚約、おめでとう」といってから、控え室へ去っていった。

彼が去ってから、私とキース様が少しばかり話をしていると、賑やかな足音が私の後ろから聞こえる。

「よくも、花びらまみれにしてくれたな！」

振り返ると、サイラスが拳を突き出してきていたので、それを受け止める。

「お前には、似合いだろう？」

言葉遣いは褒められたものではないが、笑っているので怒っているわけではないことがわかる。

「サイラス、私を置いていくな！」

ユージン様が追いついてきて、呆れたような視線をサイラスに向けながら、小言をいう。確かに主を置いてくるなど、騎士の風上にも置けぬ所業だと、チクリと睨みつける。

サイラスはばつの悪そうな顔をして、姿勢を正してからユージン様に謝っていた。ユージン様も笑っているのを見ると、冗談だということがわかる。そんな二人が、少しばかり羨ましくもある。

「で、俺を花びらまみれにした理由は、なんなんだ？」

「それは、私も知りたい。サイラスの驚きようは、今、思い出しても笑えるからね」

そういって、ユージン様が肩を震わせる。キース様もつられて失笑したあと、咳払いをした。二人のその様を見て、苦虫を噛み潰したような表情でサイラスは口を開いた。

「花びらが空へと舞い上がって綺麗だと見惚れていたら、いきなり花びらに沈められたんだぞ？　驚くに決まっているだろう⁉」

「ククク」

「ジョルジュ、お前が笑うな！」

「そうはいっても、私は首謀者ではないからな。実のところ、あんなことになるとも知らなかったんだ。今思い出しても、おかしいな」

「じゃあ、誰が企んだっていうんだ？　まさか、ソフィア嬢か？」

「セツナだ」

　私は式の最中にソフィアを抱きしめたい想いに駆られたのだが、それを皆に見られたくはなかった。そこで理由を伏せたまま、彼に頼んだのだ。

　セツナはサイラスと仲がよかったから、躊躇することなくサイラスに花びらをぶつけたのだろう。おかげで、その場にいる全員の視線が私達から外れてくれた。とても幻想的な方法で、場の雰囲気を壊すことなくやってのけてくれたことに、私としては感謝しかない。

　サイラスは、「あいつが、黒幕か」といって腹を立てていたが、あの場にセツナがいたことに驚いた様子はなかった。代わりにキース様が驚き、ユージン様も「そうだね」と、相槌を打っている。

「で、どうして、ジョルジュとセツナが仲よく遊んでいるんだよ」

「私は、遊んでいた覚えはない」

「ならセツナとどこで会ったんだよ。お前とあいつの接点なんて、ほとんどないだろう？」

「サイラスが、私に巡回を促した日だな」

「くそっ、俺もいけばよかった」

サイラスが本当に悔しそうに呟くと、それを耳に入れたユージン様が苦笑する。

「いや、さすがに第一騎士と第二騎士の両者が巡回にでるのは困るよ。それに、サイラスは彼と釣りにいったのだろう？」

「それとこれは、関係ないだろ！　で、どこで会ったんだ？」

「花屋だな」

「は？　あいつが花を買いにきていたとしても、お前は声をかけるような男じゃないはずだ」

「彼は、花屋の店員をしていた」

「……」

皆が目を丸くして私を凝視する。確かに、私も彼を花屋で見たときは驚いた。

「あいつが花屋の店員？　まぁ、冒険者よりあっている気はするが、どうしてまたそんなことに」

私はセツナとノリスから聞いた事情を簡単に話し、また、私が婚姻申し込みの儀で悩んでいたのを見かねて、二人が手を差し伸べてくれたのだと伝えた。

「くそっ、やっぱり俺もいくべきだった！　あいつを冷やかす機会だったってのに」

そんなことをいっているが、自分が彼らをリペイドに連れてきてしまった手前、困っていないか気になっている部分もあるのだろう。

「ジョルジュがそんなに穏やかに話すのだから、とてもいい時間を過ごしたんだろうな」

「はい。彼らと出会わなければ、今、私は笑えていなかったかもしれません」

キース様に答えた内容に、ユージン様達は思い当たる節があったのだろうか強く頷いていたが、何も触れずにいてくれた。

「そうだ、ジョルジュ。あの求婚の方法は誰が考えたんだい？」

話題を変えるためなのか、それとも興味本位なのかユージン様がそんなことをいった。

「……」

フレッドが興味深げに私の方に顔を向ける。そして、目が合った瞬間ニヤリと笑う。ふと、奴を殴りたい衝動に駆られた。

「発案はセツナです。そのときに12本の薔薇の意味を教えてもらいました」

「そうなんだ。じゃあ、永遠を12日目に持ってきたのはジョルジュの考え？」

そんなことを聞かれるとは思っていなかったので、言葉に詰まる。一瞬、永遠という言葉で『時』が、『時』との繋がりで『時の魔法』が連想されたのだ。ユージン様が意図してか、そうでないかはわからないが、背中に冷たいものが流れる。

二人が返答を待っているとわかっているが、言葉がでてこない。

「……」

私が口ごもっていると、サイラスが思いきり吹き出した。いきなり笑いだしたサイラスを、思わず睨み付ける。

「何が、おかしい？」

「いや、何がおかしいって……。お前、なんていう顔をしてるんだよ」

「っ……」

自分がどんな顔をしているかなんて、わかるはずがない。だが、今の私はよほど酷い顔をしているようだ……。

「それはもう返事をしているのと同じだろう？　あー……。腹が痛い……死にそうだ」

いつまでもケラケラと笑っているサイラスに苛立ちが募り、それを発散するために、彼の足の甲を思い切り踏みつける。

「いて！　何をするんだよ！」

私にやり返そうとするサイラスを、キース様が止めた。

「サイラス。今のはお前が悪い。ユージンもそういったことを聞くんじゃない」

サイラスを止め、ユージン様をたしなめる。サイラスは足をさすりながら、引き下がった。

「普通、気にならない？　完璧な婚姻申し込みの儀をしたのだから。きっと、ソフィア嬢は、一生忘れられないんじゃないかな？」

ユージン様が、悪びれた様子もなくキース様に答えている。そのキース様の後ろでフレッドは、ずっとニヤニヤして私を見ていた。

（あとで殴ろう。フレッドの記憶が薄れるように）

心の中でそう決めたとき、足の痛みから立ち直ったサイラスが、私を呼んだ。それで彼の方へ顔を向けようとした瞬間、控え室側の扉が開いた。

扉を開けた兵士は、私達が通路内で話しているのを見て少し戸惑いを見せたが、すぐにユージン様へ跪き話しかけた。

「国王様からの言伝になります。この場でお伝えしてよろしいでしょうか」

「許す」

ユージン様が答えると、兵士は国王様からの言葉を伝えた。

「ユージン様は、ジョルジュ様を連れて謁見の間にくるように、とのことです」

その内容を聞いて、私が予想していたとおりに事態が動きだしたことを悟る。

(やはり、国王様にだけは告げるしかないのか。しかし……)

内心で葛藤が首をもたげ始めているうちに、直ぐにユージン様が兵士に返事をしていた。

「ユージン、引き継ぎがまだ済んでいないんだが、そうなると俺もいかないとまずいよな」

「帰るのが遅くなるけど、もう少し護衛を頼むよ」

「仕方ない、それじゃいくか。キースとフレッドは、どうする?」

「おそらく、私も呼ばれていると思うから、謁見の間まで、一緒にいこう。用がなければ、そこから仕事に戻る」

その言葉を受けて、サイラスが私の背を軽く叩く。私は頷くとユージン様達の雑談を耳に入れながら、彼らの後ろを歩いた。

ユージン様に「そんなに緊張することはない」と気遣われ、ようやく私は、一つの事実に気付いた。

私が国王様から呼ばれることを、皆、知っていたに違いない。兵士がきても、誰一人驚いていなかったのが、その証だ。きっと、私が国王様の前で必要以上に緊張しないように、皆が心を砕いてくれていたのだろう。

ただ、ユージン様達は国王様の前で躊躇することなく、私が時の魔導師のことについて話すことを疑っていないはずだ。

（……申し訳ない）

だが、事ここに至って、『話せない』という自分の気持ちが強くなっていくのを自覚している。私がセツナのことを話しても、彼らとの関係性は変わらないだろう。しかし、私の騎士としての矜持がそれを許そうとはしない。

ふと、視線を感じそちらの方向に顔を向けると、サイラスが私を見ていた。どうかしたのかと問うように視線を合わせると、サイラスは何もないというように首を振りその顔を前方に向ける。そしてそれ以降、私に視線が向けられることはなかった。

気が付くと、誰一人話さなくなっていた。もしかすると、いや、もしかしなくても私の緊張が伝播したのだろう。先ほどまで、私のことを気にすることなくユージン様と雑談していたキース様も黙り、前方を見つめたまま何かを考えているようだった。

扉を守っている騎士に、国王様から召喚されたことを伝えるとすぐに扉が開かれた。謁見の間では左右に大臣達が並び、国王様に近い位置に大将軍がいた。

国王様に呼ばれ、ユージン様とキース様が普段の立ち位置に移動する。だが、私は一旦、その場に留められ、全員が所定の位置に立ってから、改めて玉座の前まで進むようにと声がかけられた。

国王様と王妃様がお座りになっている玉座の前まで一人で進み、膝をつく。頭を下げ国王様からのお声がかかるまで、そのままの姿勢で待った。

「ジョルジュ。私に呼ばれた理由は察しているな？」

「はい」

「ならば、尋ねよう。お前の贈った薔薇に使われた魔法は、時の魔法に相違ないな?」

「はい、間違いありません」

「それでは、その魔導師の名前と居場所を知っているな?」

「申し訳なく存じますが、それを告げることはできません。魔導師と約束を交わしていますので」

国王様に見据えられると、前もって用意した言葉が霧散してしまった。場が、重くなる。

「お前の言い分も、わからぬことはない。だが、国家の大事として、時使いの存在を見過ごすことはできない」

「……」

「リペイドに仕えてくれればそれが最善だが、ガイロンドにつくことだけは、何があっても阻止せねばならない。最悪、幽閉することも視野に入れなければならない」

国王様の仰ることは、理解できる。あれだけの才能を持つセツナが、帝国側に立つと考えたら、脅威以外のなにものでもない。

それでも、自由に魔法が使えることを楽しんでいたセツナの姿を、私はなかったことにはできなかった。

「申し訳なく存じますが、それでも告げることはできません」

もはや、この場の雰囲気は凍りついていた。頭を上げることができず、ユージン様の顔を見ることができなかったが、おそらくは青ざめているに違いない。

「では、お前の主たるユージンから問えば、その名を明かせるか?」

「……」

ユージン様が、息をのむ音が聞こえた。私の中で、閉じ込めていた何かが葛藤を、再び始める。

「ジョルジュ。私からも問おう。その時の魔……」

ユージン様が言葉を続けようとしている中、呆れたようなそれでいて、少し誇らしげな声が響いた。

「……」

「ジョルジュ。その魔導師はセツナだろう？」

私は驚きとともに、勢いよくサイラスを見る。そして、周りの人達も一斉に彼に視線を向けた。

勢いよく顔を上げたことで、サイラスの言葉が正しいのだと伝えてしまったことを悔いる。だが、まだ断定されたわけではない。

「国王様、私にジョルジュと会話する許可をいただきたく存じます」

サイラスが、その場で膝をつき頭を下げた。

「立て。許す」

サイラスが立ち上がり一歩前に移動し、胸ポケットから紙のような物を取り出して、私に見せる。

「婚約式の日、俺を花びらまみれにしやがった、くそ魔導師からの伝言だ」

私達の婚約式での出来事を、国王様はご存じなのか、サイラスの話をさえぎりはしなかった。

『サイラス。ジョルジュさんが困っていたら、よろしくね。セツナ』

その小さな紙にはそう書いてあると、私から目を逸らさずサイラスは話した。

「多分、花びらの海に俺を沈めたとき、胸ポケットに魔法で仕込んだんだろう。これだけだと、意くなったが」

味がわからなかったから、さっき、お前に聞くつもりでいたんだ。まぁ、結果として聞く必要がなくなったが」

（ああ、あのときか）

兵士が呼びにきたときに、サイラスが私に話しかけようとしていたことを思い出す。

「きっと、あいつはこのことを予想していたんだろう。お前が、あいつの名前をいわないのをわかっていたんだ。だから、お前が『困っていたら』俺に助け船をだせって、伝えてきたんだろう。今の今まで気が付かなくて、悪かったな」

セツナからの伝言に、胸が熱くなる。私は彼に助けられてばかりだ。サイラスはそれ以上は何もいわず、元の位置へと下がった。

セツナとサイラスの心遣いをありがたく思いながら、私は国王様の次の言葉を待つ。

「……そうか。わかった。このことは不問とする。下がるがよい」

謁見の間に、どよめきが広がる。大臣達が口々に国王様に物申しているが、国王様は何ひとつ応じることはなかった。

「セツナは、私の命を救ってくれた吟遊詩人（ぎんゆうしじん）であるセナのことだ」

さらに、どよめきが広がる。セツナが偽名でこの城に滞在（たいざい）していたことは、ごく一部の人間だけしか知らなかったからだ。

「彼（か）の者の言動から鑑（かんが）みても、ガイロンドに仕えることはないだろう」

この国を救う手助けをしておきながら報酬をまともに受け取らなかったことで、セツナは私達と深く関（かか）わらないと意思表示をしていた。少なくとも、あの場にいた者は、すべてそう理解していた。

「よって、これ以上の詮索を必要とはしない。以上」

その国王様の命に、誰一人として異を唱える者はいなかった。

◇5【王妃】

大切な人達の言葉が、胸をかすめる。

『ライナスが治める国は、きっといい国になる』

リペイドの民達は、この国を愛してくれているわ。

『最後までライナスを支えてくれよ、リリア』

空回りするときもあるけれど、頑張っているわ。

『泣かないで、リリア。新しく生まれるための痛みだから』

そんな痛みは、知りたくなかった。

『笑え。笑え、リリア。ライナスが勝利を勝ち取る、喜ばしい日だ』

笑えない。命がこぼれ落ちていく友を前にして、笑えない。

『俺の代わりに、幸せに笑う民の顔を見届けてくれよな』

貴方達に話したいことが、山ほどあるのよ……。山ほど……。

沢山の友を水辺へと見送った。そのときの悲しみは、きっとこの先も癒えない。そして彼らの今際の際の言葉を、生涯忘れることはない……。

建国祭は水辺に旅立った、そんな仲間達の遺志を紡ぐ継承祭でもある。

この国が痛みとともに乗り越えてきたその歴史を、あの日の出来事を風化させるのではなく、伝えていかなければならないと、私は決意を新たにする。

民を苦しめる支配者にならぬために。子孫達が、私達と同じ哀しみに濡れた道を歩まぬために。

もちろん、王様やユージン達の仕事が滞ることもわかる。それでも、去年に比べ憂いが少ない今年こそは、建国祭を開くべきだと私は思う。

それは私の独りよがりでは、決してない。建国祭を渇望する声が、国中から届いているのだから。

王様にも、それに気付いてほしい。私の望みは、ただ、それだけだ。

そのために、今日こそはと部屋の扉を開けた。

◇6　【リリア】

ここ数日、セツナ君と約束したこともあり、王様、ユージン、大将軍、大臣達、彼らに話を聞いてもらえるように声をかけつくしたけれど、反応は芳しくなかった。それどころか悲しいことに、私は王様達から距離をとられるようになってしまった。

今も謁見の間に移動している途中だけれど、王様は黙ったままこちらを見てはくれない。その理由は明確で、話し合いを求め続けている私が、折れるのを待っているからだ。

そんな風に距離を置かれたことで、見えてきたものもあった。王様もユージンも無理をしているせいで、体に変調をきたしているみたいだった。

王様はまだ自覚していないようだけど、胸を患っているように見えるし、ユージンは眠れていいないのか目の下の隈が酷く、一瞬あらぬ方を見ていたりすることがある。無理矢理にでも休ませないと、取り返しのつかないことが起こりそうな気がして怖い。

『ふむ。ライナス達の欠点は、目的に向かって突っ走るところのようだ』

ふと、王様の師の言葉を思い出す。二人には休養が必要だと、私は思った。そして、それならなおさら、建国祭に参加することに意味が生まれる。なぜなら、建国祭に参加する場合、その期間中は国政が休みになる決まりだからだ。

国民に顔見せする時間は働かなくてはいけない者もいるが、そのほかの時間は強制的に休まなければならない。だから王様やユージンに休みをとらせるには、これほど都合のいいことはない。


王様は、解散を告げると次の仕事をするために謁見の間をでようと、立ち上がった。

「皆、話を聞いてほしいの」

私は、少し大きめの声をだす。一人一人が駄目なら、全員が集まるこの場が最後の望みだと思い、話しかけたのだ。しかし周りからは、またかという反応しかなかった。そんな中で王様は、無表情で私と目を合わせる。

「王妃。建国祭のことならば、話す必要はない。その話の結論は、もうでている」

「話だけでも聞いてください」

「くどい」と王様に拒絶され、続けてユージンに「去年と同じように、私達に構わず、マーガレットを連れておでかけください」と告げられる。そして二人は、自身の騎士達を引き連れ、振り返ることなく謁見の間をでていった。

「……」

胸が、痛かった。だけど、ここで諦めるわけにはいかない。謁見の間に残った大将軍と一部の大臣達に声をかける。彼らは、ありし日々を駆け抜けた王様と私の友人達だった。

その彼らにも助力を願ってみたが、困ったように首を横に振られた。私を気遣ってくれているが、彼らも建国祭を祝うより、仕事を優先させるべきだと思っているのを、私は知っていた。

「でも、王様は体調を悪くしていらっしゃるようなので、これを機に休んでもいただきたいのよ」

「俺も、国王は無理をなさっているとは思っていた。だが逆に、建国祭をしないで仕事に専念なされば、それだけ早く片付き、休みもとれるだろうと思っている」

彼らの目の前にある仕事という敵は、私が思っている以上に強大なのだろう。

「……ドルフ」

久しぶりに大将軍の名前を呼ぶ。そして、この場にいる大臣達の名も呼んだ。

「貴方達は体を気遣って、ちゃんとお茶を飲んでね。子ども達は、嫌がって飲んでくれないけれど」

確かに美味しいとは言い難いお茶だけど、忙しくしている王様達には、必要なものだと思って、いい残した。私の言葉に微妙な表情を作りながらも、彼らはしっかりと頷いてくれていた。

彼らと別れ、部屋に戻る。しばらく一人になりたいと告げて、窓際に置いてあるソファーへと座った。

「私の言葉は届かない……」

思わず、涙がこぼれ落ちる。心が折れそうだけど、ここで諦めては絶対に後悔する。

『もし、何も変わらず、誰も王妃様の話に耳を傾けてくれないのであれば、そのときは、王妃様の想いを受け取らせていただきます』
最早私には、この言葉にすがる以外の道はないが、それでもすべてが終わってしまったわけではない。
「結論は、セツナ君と会ってからでも遅くないわ……。大丈夫。まだ何も決まっていないのだから」
そう自分にいい聞かせ、明日の準備をすることにした。

目の前に座るセツナ君に侍女がいれたお茶を勧めると、きつい匂いに躊躇することなく、彼は口をつけた。

「苦手な人も多いのだけど、大丈夫だった？」

「はい。モリリナの葉を使ったお茶ですね。久しぶりに飲みました」

「モリリナだって、よくわかったわね」

ユージン達は、妙な味のお茶だとしかいわないのに。

「薬草茶は好きなので。それに、モリリナは香りが独特なのでわかりやすいです」

それからお互いに、薬草茶のことを色々話した。

「僕も、また作ってみようかな」

「もう一杯いる？」

もしかして社交辞令かもしれないと思いながらも勧めてみると、セツナ君は頷いてカップを侍女へと渡す。たった、それだけのことなのに……思わず涙が落ちそうになった。

「……大丈夫ですか？」

私の動きが止まったからか、私の目を見て心配そうにそういってくれる。

「何かありましたか？」

彼の優しい声に促されるように、私は先日セツナ君と別れてからのことを話していく。そして、不安に思っていることも、すべて話した。

「体の調子がよくないようなの……」

王様の体調を話すときは、毒を盛られたときのことを想起させ、心配でたまらなくなる。さらに、ユージンが眠れていないことも話した。

そういった話を、最後まで口を挟むことなく、彼は聞いてくれた。こうやって、真剣に私の話に耳を傾けてもらえるのは、本当に久しぶりのことで、気持ちが少し軽くなっていた。

「とりあえず、当初の依頼のことは置いておいて、解決できそうな国王様とユージンさんのことを話しましょう」

「解決できそう？」

「はい。ユージンさんには、よく効く睡眠薬を用意しましょう。次に国王様ですが、症状を聞く限り早めに治療しないといけません。ただ、本人に自覚症状がないようでしたら、休んで治療に専念してもらうのは無理そうですね」

「どうして、セツナ君にそんなことがわかるの？」

彼は困ったように笑ったあと、その秘密を教えてくれる。

「実は国王様にお渡ししたあの解毒剤は、僕が調合したんですよ」

「……」

「サイラスには、黙っていてもらいました。ガイロンド側に知られると、僕達の命が危ないので」

「私に、教えてもよかったの？」

「仕方ありません。国王様の薬を作ろうと思ったら、事情を知っていてもらわないと、何かと不便ですから」

「それは、確かに……。王様は知っているの？」

「ご存じですよ」

「そうだったのね。セツナ君ありがとう」

「どういたしまして。僕が解毒剤を作れることは、黙っていてくださいね。後ろの方にも口止めをお願いします」

「ええ。ラーレギュルもお願いね」

後ろを向いて念を押すと、侍女のラーレギュルはしっかりと頷いた。

それから、薬を作ってくれるというセツナ君に、できるなら王様が静養しなくても快癒できるような薬にしてほしいとお願いしてみた。無理だとは思うけど、少なくとも、それに近しい薬ができれば王様の負担が減ると思ったからだ。彼は、苦笑するだけだったけど。

「それで、今日の本題に入りますが、以前話していた皆と話すというのは、駄目だったようですね」

私は、申し訳なく「そうね」と答えた。

「そうなると、僕に国王様を監禁してほしいという依頼に戻ることになりますけど、要望としては、聞いた話から考えますと、誰にも邪魔されずに国王様と話す時間を確保してほしい、という理解でいいですか？」

「そうね。1時間程度でも、話し合いができたらと思うのよ」

「確認ですが、話し合いの末、それでも建国祭にはでないという結論になっても、それは構わないですね？　さすがに、答えを強要することには加担したくありませんので」

「ええ、もちろんよ。そんなことしたくないわ」

セツナ君が、大きく安堵の息を漏らした。失礼ね、私をなんだと思っているのかしらと思う。

「それで、具体的には、どういった手はずを考えているのですか？」

「王様はその場にとどまるようになる場合、魔導具で結界を張ることになるの。その間は、他の魔導具や魔法は使えなくなるわ。だから逆に、その場から移動するために結界を解いたときを狙(ねら)って、私達をさらって監禁してほしいというのが、依頼の内容よ」

「でも、そのときがわからないので、難しいですよね。まさか、ずっと隠れて見張っていてとはいいませんよね？」

「そうならないように、考えてあるわ。最近は、国政の問題が山積しているから、午前中から会議が開かれているのだけど、必ず同じ時間に休憩(きゅうけい)をとっているの。だから、そのときを狙ってもらいたいの」

「なるほど。大体、わかりました」

「最初は、魔導具で計画を実行できないかと考えたのだけど、魔導具屋で売られているような物は、威力が弱くてキースに解除されてしまうし、王城の魔導師の中で一番なのはキースだから、彼を超(こ)

える魔導具を作ることもできないの。それ以前に、王城内で魔導具を作っていたら、計画が露呈するかもしれないし」

「それで、僕を頼ってきたということですね」

「ええ。私の知る範囲でキースを超える魔導師は、セツナ君以外いないのよね。まさか表立って、募集するわけにはいかないでしょう？」

　最後のは冗談だったのだけど、「それは、やめてください」と彼は顔を引きつらせた。

「だから、時間がきたらセツナ君にきてもらって、魔法を使ってほしいのよ」

「その程度のことでしたら、魔導具を作ってお渡しすれば、問題なさそうですけど」

「できれば不測の事態に備えて、王城にきてほしいのだけど」

　セツナ君は「まぁ、詳細はあとで決めるとして」と言葉を濁す。その気持ちはわかるから、深追いはせず、彼の話の続きを黙って聞く。

「監禁が成功したとして、国王様を説得する勝算はあるのですか？　本音をいえば、監禁でも大事なので、実行しても徒労に終わるなら、依頼は受けたくないのですが」

「それは、大丈夫よ」

　私は、セツナ君にその方法を語る。今の王様は、将来のための地固めに、少しばかり熱を入れすぎている。けれどあれを見れば、『今、国民にとって重要なこと』にも気を配らなければと思い直してくれるはずだ。私が背中を押されたときのように。

　おそらく色々な難事を抱えてしまったため、先のことを気にしすぎるようになってしまっただけなのだと、私は信じていた。

「王様は、優しい人なのよ。今は、仕事が忙しくて、周りの声が届かなくなっているけれどね」

「そうですか。王妃様は国王様が建国祭にでるといってくれることを、微塵も疑っていないのですね」

「それで、改めてお願いなのだけれど、私からの依頼を受けてくれる？」

私は強く頷いてから、セツナ君に語りかけた。

「……」

セツナ君が、何かを考え始めた。もしかして、依頼を受けてくれないのだろうかと不安になる。彼が依頼を受けてくれなければ、今度こそ、もう打つ手がない。心の中で祈りながら待つ。

「考えをまとめきれませんでした。申し訳ありませんが、明後日に会ってお返事をするということで、よろしいですか？」

私はその理由を尋ねるが、彼は自分の問題だからといって話してくれなかった。でも、何か思い悩んでいることだけはわかった。それでも、私は頷くことができなかった。

「建国祭前日になってしまいますが、悪いようにはしないのでお願いします。そのときに、国王様とユージン様の薬も用意してお渡ししますね」

どうしても、今返答をもらえないかと聞きかけてやめる。セツナ君にも私と同じように抱えている何かがあるというのが、伝わってきたから。無理をいっているのは私の方なのだ……。

「じゃあ、明後日の今日と同じ時間で大丈夫？」

できる限り明るい声で答えると、セツナ君は優しく頷いてくれた。彼のその態度から、私にはまだ希望が残されているのだと、実感できたのだった。

◇7 【セツナ】

窓の外から、ラギさんとアルトが訓練をしている声が聞こえてくる。最近のアルトは、僕よりもラギさんと訓練を行っていることが多い。ラギさんは素手での格闘を得意とし、獣人族ならではの戦い方をアルトに教えてくれていた。

僕も時間が許す限り、二人の訓練を見学させてもらっている。今のアルトでは、ラギさんの戦い方をすべて覚えることは無理だろうから、彼が培ってきた戦闘技術をできる限り多く僕が覚えて、アルトに伝えたいと考えていた。

しかし今朝は集中できなかったので、早々に切り上げ朝食を作ろうと台所に向かう。昨日、会ったばかりの王妃は、かなり気落ちしていた。何気ないやりとりで目が潤むほど、王妃は傷ついていた。

正直、王妃と約束してから十分時間はあったので、いくら忙しいとはいっても、全く話せていないということは、想定していなかった。

そこまで頑なに拒まなければならないほど、リペイドの国政は切迫しているのだろうか。外から見ている僕には、判断がつかなかった。

(だからといって、王妃様をあんなに追い詰め悲しませてもいいとは思えない)

僕は王妃に同情を禁じ得なかったし、その望みを叶えてあげたいとも思っていた。都合がいいことに、願いを叶えることができる魔導具、国王を強制転移させる魔導具と防音効果のある拘束結界用の魔導具だけど、これらを作ることも容易だ。

ただ、「本当に、それでいいのか？」という自問自答は止まらず、心が晴れることはない。王妃様は確かに気の毒だが、国王やユージンさん達がしていることも間違っているとは思えない。むしろ、王妃の日頃の態度が、真面目に取り合ってもらえなかった遠因のような気もする。

それに、王妃自身も話を聞いてくれないとはいうが、彼らが悪いとは一言もいっていない。つまり、今回の件で、誰も悪い者などいないのではないか。それなら、どちらかに肩入れするのは間違っているのではないかとも、思うのだ。

そんな状態で、表立ってサイラス達と事を構えたくはなかった。それが、友としての最低限の礼儀だと思うから。仮に、魔導具を作って渡すだけだとしても。

（ただ、僕は以前、『王妃様の想いを受け取らせていただきます』と約束した）

自分の言葉には、責任を持たなければならない。食材を切る手を止めて、僕はため息をつく。

（それに、仮に魔導具を創って王妃に渡したとして……）

誰も味方のいない場所で、一人作戦を実行する王妃を想像する。それは、あまりにも孤独だった。

その姿に、出会った頃のサイラスやノリスさんの姿が被った。

「おなかすいたー」

思考を遮るように、大声を上げながらアルトが部屋の中に入ってきた。

「戻ってくるのが、少し早かったですかな」

ラギさんが作りかけの料理を覗き込み、僕に声をかけてきた。

「お茶でも飲んで、もう少しだけ待っててもらえませんか」

ラギさんとアルトに薬草茶を渡し、そのお茶で、また、昨日のことを思い出した。

僕の脳裏には、返事を待ってほしいと告げたときの王妃の表情が、浮かび上がる。その瞳が不安に揺れていたことを、僕は知っていた。


食後に、ラギさんから建国祭の準備をしようと提案される。少し心配そうに僕を見ている気がしたが、何かをいってくることはなく、すぐにアルトと会話を始めた。

「けんこくさいの、じゅんびって、なにをするの？」

「そうだの……。まず、ジェルリートの花を買いにいこうかの」

「のりすさんと、えりーさんのところに、いくんだよね？」

アルトが僕を見て首をかしげるので、頷く。

「うん。ジェルリートの花は余裕を持って店に置いてあるから、好きなときにきてくださいといわれているよ」

「そのほかは、なにをするの？」

その質問に、僕はノリスさんから聞いた魔物の皮のことを教える。

続いてラギさんは、ランタンで道を照らすのだと話した。今までこの家の周りをランタンで飾ったことはなかったようだけど、僕達にどうしたいかを聞いてくれて、アルトが飾りたいと嬉しそうに答えた。

「じゃあ、おれたちで、ぎりどっど、たおしにいく？」

「え!? そこから？」

「ははっ」

アルトの思いも寄らない言葉に、僕は驚きラギさんは笑いだす。狩りにいきたいというアルトを説得して、売られている物を購入することにした。


最初に、地面に刺すだけの状態で売られていたギリドッドの皮を出店で購入し、そのあとは、アルトに合わせてのんびり歩いて、ノリスさん達のお店に向かった。

「アルト君！ こっち、こっち」

店に近づくと、エリーさんの元気な声が聞こえた。ちょうど、人が途切れたところだったのか、彼女は僕達を見つけて大きく手を振ってくれている。

「えりーさん、こんにちは」

「こんにちは、アルト君。ジェルリートの花を買いにきてくれたの？」

「うん。けんこくさいで、つかうってきいた」

「うんうん。建国祭の3日間は皆この花を身につけるんだよ！」

「そっかー」

アルトとラギさんは、エリーさんが怪我をして動けなかったときに、お世話をしにいっていたこともあり、気軽に話すことができる仲になっていた。

「ラギさんもセツナ君も、いらっしゃい！」

　彼女の挨拶に、僕とラギさんも挨拶を返す。すると、僕達の話す声が届いたのだろう。ノリスさんがお店の奥から顔をだした。

「エリー？　何かあったの？」

「アルト君達が、きてくれたんだよ」

「あ、本当だ。セツナさん、アルト君、ラギさん、いらっしゃい。エリー、こっちは大丈夫だから、奥に入ってもらったら？」

「うん。そうするね。ささ、皆さんこちらへどうぞ！」

　僕達はエリーさんに手招きされて、控え室に通された。いわれるままに部屋に入り、椅子を勧められ座る。彼女にここでしばらく待っていてくれといわれて、3人で待っていたのだが、どうも不思議な感じがして、落ち着かなかった。

（数日前まで、ここで働いていたことが、まるで夢のようだ）

　そんなことを考えていると、エリーさんが戻ってきた。両手に載るぐらいの木箱を机の上に置き、空いている席に座った。

「どうしたの？　何かあった？」

　僕が部屋を見渡していたからだろう。エリーさんが心配そうに僕を見た。

「いえ、数日前まで本当にここで働いていたんだろうかと、不思議な気持ちになっていたんです」

　エリーさんは嬉しそうに、「また、働きにきてくれてもいいからね」と笑った。

「それで、これが頼まれていた、ジェルリートの花ね」

　彼女の手で、木箱の蓋が開けられる。そこには、つぼみではなく美しく咲いたジェルリートの花が、3本並んでいた。そして、それぞれ違った花を刺繍（ししゅう）されたリボンが、結ばれている。

建国祭前の数日間はとても忙しいために、ジェルリートの花を咲かせてから店にだしているのだと教えてくれた。

「ラギさんにも、アルト君にも、セツナ君にも、本当にお世話になったから、お礼にリボンに刺繍をしたんだよ。受け取ってくれる？」

「こんな素敵なものを、いただいていいんですか？」

「うんうん。そのために刺繍したんだから！」

「あ、おれ、これしってる。しーらるのはなだ」

アルトが、リボンの一つを指さした。

「正解！　アルト君が最初に選んだ花だって、ノリスから聞いたから、シーラルにしてみたんだ」

「おれ、このはなすき」

「喜んでくれて、嬉しいよ」

「えりーさん、ありがとうございます！」

「どういたしまして。それから、ラギさんには白色のリシアンサスにしてみました」

少し照れながら、エリーさんはそっとラギさんにジェルリートを差しだした。

白色のリシアンサスも、ラギさんがここに初めてきたときに選んだ花だ。

「こんな素敵なリボンを、本当にいただいていいのかの？」

「ぜひ、貰（もら）ってください！」

「では、ありがたく……」

ジェルリートの花を優しく受け取り、ラギさんは頭を下げた。

「それでね、セツナ君にはこれ。ノリスと話し合って、ジェルリートの花にしたんだ。感謝の気持ちと、セツナ君達のおかげで、今、私達は幸せだよって気持ちを込めたんだよ」

ジェルリートの花言葉は、『感謝』そして『幸せ』だ。

「ありがとうございます。すごく嬉しいです」

乳白色のジェルリートに、赤いリボンが結ばれている。そのリボンにも、乳白色のジェルリートが咲いていた。


ノリスさん達と別れたあと、僕達はお店に入って昼食を済ませ、住宅地の中を通って家に帰る。するとちょっと離れた小さな広場から、「そこの兄ちゃん達！」と声をかけられた。僕はラギさんを見るが、「『兄ちゃん』と呼ばれるのは、セツナさんだけでしょう」と笑いを返す。

いや、僕はそんな理由でラギさんを見たわけではない。だが、もちろん、彼はそんなことは百も承知で、僕をからかってきたのだろう。

「話を聞いても、大丈夫ですか？」

ラギさんの小さな悪戯をなかったことにして真面目に話すと、つまらなそうにしてから、軽く頷いた。それで僕は、走ってくる男性を待つことにした。

「なぁ、兄ちゃん達、ちょっと手伝ってほしいんだが」

「手伝いですか？」

「建国祭の準備をしているんだが、人手が足りないんだわ。時間があるようなら、手伝ってくれないか？」

僕は「どうしますか」と、ラギさんに尋ねる。

「このあと予定もないことですし、参加してみたらどうですかの」

内心驚きながらラギさんの言葉を聞き、次にアルトはどうだろうと思い顔を向ける。だけど、アルトは知らない人が近くに居るからか、警戒して口を開かなかった。

どうしようかと考えながら、小さな広場の方を見ると、そこでは30人ほどの大人が楽しそうに雑談しつつ、何か作業をしていた。見た感じ、年をとった人ばかりだった。ギリドッドの皮の設置は、杭を地面に打ち込むため力が必要そうだが、お年寄りには辛いだろう。

（ああ。だから僕に、声をかけたのかな？）

正直にいえば、早く自分達の準備を終えて王妃のことを考える時間が欲しかったが、アルトが及び腰になっていたのを見て、彼らの建国祭の準備を手伝うことに決めた。アルトに集団で行動するということを体験してもらう、いい機会だと思ったからだ。

この先、アルトが冒険者として生きていくなら、魔物が大量発生したときに、大勢の冒険者と一緒に闘う日がくるかもしれない。そのとき共闘することにたじろいで足手まといにならないよう、慣れておいてほしかったんだ。

それに、3人でお祭りの準備をする体験なんていい思い出になるだろうし。ラギさんもそう考えたのかなと思い、彼の方を見ると彼は僕を見て楽しそうに笑っていた。

（もしかして、アルトのためじゃなかった？）

ラギさんの笑みの意味を考えてみるが、わからなかった。

「それで兄ちゃん達、手伝ってくれるか？」

男性にもう一度声をかけられ、これ以上待たせるのは迷惑だなと返事をする。

「手伝うことはできますが、僕は1カ月前にリペイドにきたばかりで、勝手がわかりません。それでも、大丈夫ですか？」

「そうなのか!? まあ、作業は簡単なものばかりなんで、大丈夫だ。しかし、誘っておいてなんだが、迷惑じゃなかったか？」

男性が僕達3人を見てから、申し訳なさそうに頭をかいた。

「いえ、僕でよければ参加させてください」

「私も大丈夫ですよ」

「おれも、だいじょうぶ……」

「そうか、ありがとう！ なら、よろしく頼むわ！」

男性は言葉の少ないアルトに気を悪くした様子もなく、「人見知りなんだな！」といって笑った。

彼は、ラギさんがいつも買い物にいくお肉屋さんの息子さんだった。

「俺は裏方だから話したことはないけどよ。よく、うちの肉屋に買い物にきてくれているだろ？」

僕達は簡単に自己紹介したのだけど、男性はラギさんとアルトのことを知っていたようだ。アルトは黙って聞いているだけなので、ラギさんが笑いながら頷いた。

「俺が二人を覚えていたのは、アルトがいつも同じ肉詰めを買ってくれるからなんだよな」

その理由に、アルトが目を丸くして彼を見る。最近のアルトにとって一番お気に入りの食べ物だ。

大好物の話に興味が湧いたのか、アルトの耳が男性の方へと向いた。

「あれは、俺が試行錯誤してやっと作り上げたものなんだ。だから、毎回、一番に選んでくれるのが嬉しくて、覚えているよ」

彼はそういって大声で笑い、「今度、新作の香草の腸詰めをだすから、それも味わってくれよな」と宣伝も忘れない。それでアルトの緊張が少しほどけて、男性にしっかりと頷きながら「たべる」と答えていた。

そんな会話を交わしながら、広場にいる人達の輪に入る。女性達が一斉にこちらを見て、そして先頭の男性に呆れた視線を投げていた。

「楽しんでいる人を、巻き込んだんじゃないだろうね！」

「ちゃんと説明して、了承してもらったに決まっているだろ！」

「本当かしら？」

「しかし、すごく格好いいのを連れてきたのね」

「あれ、あなた。花屋の店員さんじゃなかったかしら？　大丈夫なの？　花屋は今とても忙しい時期でしょう？」

彼女達は手を動かしながら、とにかく皆が好きなように話しかけてくるので、僕達の周りはとても賑やかになった。初めて経験する雑然とした賑やかさに、アルトは目を丸くして硬直していた。

そんな輪の中から助けてくれたのは、僕達を誘ってくれた男性で、「お、おぉ、君達は、まずこっちを手伝ってくれよ」といって、杭を作る作業をしているところに案内してくれた。

移動した場所では、数人で静かに木を削って杭を作っていた。彼らは苦笑して「災難だったな」

と声をかけてくれる。彼らの話では、新しい人が入ると、いつもあんな感じなのだそうだ。アルトは丸椅子を勧められて座ると、ほっとしたように息をついていた。

僕達は杭の作り方を教えてもらい、黙々と木を削っていく。ときどき、助言をもらったり、褒められたり、削りすぎて笑われたり、慰められたりしながら作業が進んでいく。

その杭にギリドッドの皮を取り付ける作業は、先ほど話しかけてきた女性陣の役割なようで、出来上がった杭を運ぶ。

彼女達は太めの針と糸を器用に扱い、ギリドッドの両端を筒状に縫っていた。そこに受け取った杭を通し始め、杭が抜けないように間隔を開けて、ギリドッドの皮を縫い付けていった。

一方でアルトはといえば、あまり会話に参加することはなかったけれど、それでも助言をもらうと頷いたり、褒められると軽く尻尾を振ったりして、精一杯意思表示をしていた。

そこから自分の娘や息子の話になり、孫の話まででたところで杭を作る作業の目処が立ったようで、僕達は違う手伝いに回ることになった。

次にお願いされた場所は、ギリドッドの皮に杭がつけられたものを設置していく作業だった。指示されたとおり、民家の前の地面や、民家と民家の間の地面に、ギリドッドがつけられた杭を打ち込んでいく。

等間隔にはならないようだけど、できるだけ見栄えがよくなるように配置されていった。彼らのそのこだわりは、王家への敬意の表れで、王城から見おろしたときに、少しでも綺麗に見えるようにとの話だった。

人々はわからないことは素直に尋ね、協力を仰ぎながら作業をしている。困っていたらすぐに助けてくれる。そばにきてくれる。

だから、僕達は気兼ねなく、色々なことを尋ねることができ、手伝ってもらった。誰かに頼ることが当たり前で、頼られることが当然という雰囲気がなんとなく僕の印象に残った。

重い槌を振り下ろすこの作業は、体の軽いアルトには無理だった。それでも、真剣な目で僕とラギさんを見つめていたから、何かしら思うことがあったのかもしれない。

予定されていた作業が終わると、一緒に作業をしていた人達が、僕達の家の準備も手伝おうかと声をかけてくれた。

その申し出はとてもありがたいものだったけれど、ラギさんが「なに、あと残り二つ設置するだけですから、大丈夫ですよ」と断っていた。アルトの顔色が少し悪くなっていたのに、気付いていたのだろう。

家に帰り、貰ったお土産（みやげ）を広げ、一息ついた。しばらくして、アルトに元気が戻り、準備を手伝った感想を話してくれる。

最初、大勢の人に話しかけられてびっくりしたこと。質問に答えることができなくても、誰も怒らなかったこと。そのまま違う場所に移動しても、皆が笑っていたこと。

それから、沢山積まれている木の枝を見て、今日中に全部杭にできるとは思わなかったこと。それが全員で話しながら作業していたら、いつの間にか終わっていて不思議に思ったこと。

それらのことをアルトは目を輝かせながら僕達に教えてくれた。

疲れているみたいだったから心配していたけれど、新しい発見を大切にしてくれたようだ。今回のことが、アルトにとって得がたいものになってよかったと、心から思った瞬間だった。

色々と話し終わり疲れも完全にとれたのか、アルトが目を輝かせながら立ち上がり、ラギさんの手を握って軽く引いた。

「じいちゃん、ししょう、おれたちのいえにも、はやくせっちしよう！」

楽しそうな、アルトに急かされて、ラギさんが笑いながら腰を上げる。僕も二人の後ろについていった。そして、家の前にでてきたのだが……。

「おれが、くいを、うちたい！」

「……」

「……」

アルトの言葉に、一瞬、僕とラギさんの動きが止まる。

「おれ、ししょうと、じいちゃんと、おなじこと、したかったけど、できなかったから」

僕達が黙ったことで駄目だといわれると察知したのか、アルトが耳を寝かせてお願いしてきた。

僕としてはもう少し大きくなってからと、伝えるつもりでいた。アルトの筋力ではあの槌は支えきれず、大槌が杭に当たらなければ、杭を押さえている僕達が危険にさらされるからだ。だけどラギさんは、非常に困っているように見えた。

「ラギさん」

断ってほしいという願いをこめて、僕は声をかける。

しかしラギさんは、アルトのお願いを断ることができず、ラギさんが杭を押さえ、アルトが大槌で叩くということに決まった。

このままだと危ない目にあうことはわかっているので、仕方ないと思い僕はアルトに話しかける。

「アルト、ゆっくりでいいから、この大槌を持ち上げてみて」

アルトは嬉しそうに、柄(え)を握り大槌を持ち上げるけど、その重さで体を揺らしている。

「ししょうー、これ、おもいー」

アルトは力尽(つ)きて、大槌を地面に落とすような感じで下ろす。『ドス』という音を立てて、大槌が地面を揺らした。

「おれには、むりみたいだ」

「そうだね。だけど、今日はアルトは頑張ったし、僕やラギさんと同じことをしたい気持ちもわかる」

（それにラギさんも、アルトと一緒に作業をしたいと思っているだろうから……）

「だから今日は、特別にご褒美(ほうび)をあげるよ」

僕は魔法で鞄(かばん)を手元に呼び寄せる。そして、鞄の中の飴(あめ)に、魔法をかけてから取り出し、アルトに渡す。

「これを舐(な)めると、いつもの倍以上の力がでるから、アルトでも大槌を持ち上げられるよ」

アルトは満面の笑みを浮かべて飴を口に入れ、さっきと同じように大槌を持ち上げる。

「すごい、ししょう。みて、みて。ぜんぜん、からだがぶれない！」

姿勢を保つことができて、アルトはとても嬉しそうだ。

「それではラギさん、お願いしますね」

「セツナさん、ありがとう」

「お礼をいわれるようなことは、していませんよ」

ラギさんの困り具合が、僕にも痛いほどよくわかったから、本当に自然とこうなっただけだった。

（そう、困っているから助けたいだけなんだ……）

無邪気（むじゃき）な笑いを浮かべて大槌をふるうアルトと、楽しそうにそれを受けるラギさんを見ながら、僕はそんなことを想っていた。

◇8 【ラギ】

机の上にあるものをぼんやりと眺め、今日という日を振り返る。私は、故郷であるサガーナを捨て傭兵（ようへい）となり、リペイドを終（つい）の棲家（すみか）として生きていた。

この国で数十年の時間を過ごしていたが、建国祭のためにジェルリートの花を買うことも、ランタンを設置したことも、今まで一度もしたことはない。ましてや住民達と一緒になって準備をすることなど、考えたこともなかった。

生活のために買い物へと出向き、そこの店主と世間話ぐらいはするが、誰とも深く付き合ったことはない。人間嫌いが起因してのことだったが、それが私の日常だった。

しかし、アルトとセツナさんと出会ったことで、それは変わっていった。机の上にある、ジェルリートの花に結ばれたリボン。そのリボンには、白いリシアンサスが丁寧（ていねい）に刺繍されている。

二人に出会わなければ、感謝の気持ちがこもったリボンを貰（もら）うこともなく、笑顔を向けてもらえることもなく、住民に話しかけられることもなかっただろう。

そもそも二人に出会わなければ、建国祭を楽しもうとも思わなかったはずだ。それが、私にとって最後の建国祭だとしても、関心を持つことはなかっただろう。

ジェルリートを、そっと手にとる。花瓶に生けなくてもしおれていないのは、セツナさんが時の魔法をかけたからだ。いとも容易く魔法を使う彼には、いつも驚かされる。

私と共に旅をしていた魔導師は、常日頃から魔力量の管理に注意を払っていたが、セツナさんは全く気にすることなく、好きなときに好きなように魔法を使っているように思える。

正直、魔法の使い方が常識から外れているように思うこともあるが、追及するのはやめていた。些細なとはいわないが、彼の本質とは関係ない疑問であるし、彼の魅力はそういったところにはないからだ。少なくとも、私はそう感じている。


2階からセツナさんが下りてくる足音が聞こえ、私はジェルリートを机の上に戻し、彼と酒を飲む準備を始める。準備といっても酒と肴を用意するぐらいなので、セツナさんが部屋に入ってきたときにはもう終えていた。

「アルトは、寝ましたかの？」

今日はいつもと違ったからか、アルトは夕食が終わると眠そうにしていた。しかし、一人で部屋にいくのは嫌だったようで、今まで私達のそばにいたのだが、とうとう頭が揺れだし、見かねたセツナさんが部屋へ連れていった。

しばらく下りてこなかったところをみると、アルトが眠るまで見守っていたようだ。楽しかったと話してはいたが、やはり他人との集団行動は、多少なりとも負担になっていたのだろう。

「はい。遅くなりました」

そう答えた彼の表情に、ちらりと影があった。それは昨日から続くもので、外出している間は鳴りを潜めていたが、自宅での建国祭の準備が終わったあたりから、ふとちらつくようになった。何がきっかけになったのかまでは、わからないが。

セツナさんは深く悩んでいるように思える。だが、表面上は微塵もそれを感じさせない。その自制は、若いのに大したものだと思う。それなのに、なぜ私がセツナさんの隠しているものがわかるのかといえば、似た者同士だからなのだろう。

確認したわけではないが、セツナさんは間違いなく孤独だったはずだ。話しているときの所作、周りを見るときの視線、そういった何気ない仕草に、私と同じ匂いを感じるのだ。その匂いから、僅かばかりの感情が、漏れていた。

おそらくそれを伝えてしまえば、彼はそれさえも隠せるようになると思う。しかし、それは彼のためにならないのではと思って、私は黙っていることにしていた。

そんなセツナさんがいつにも増して憂いを漂わせていたので、普段とは違う行動をすれば気分転換になるかもしれないと、建国祭の手伝いをしてみればどうかと勧めた。

当初、私の提案を、アルトのためだと考えていたようだった。それが違うかもしれないと感じとったときのセツナさんは、年相応の表情をしていたように思う。

「物語を聞いているうちに、寝てしまいました」

「今日も、アヒルの子の物語だったのかの？」

アルトがあまりにもセツナさんの物語のことを話すので、３人でくつろいでいるときに、いくつか聞かせてもらったことがある。それは、私の知らない物語ばかりだった。その中でも、アルトはアヒルの子の話が好きで、飽(あ)くことなく、セツナさんにねだっているようだった。

「よくわかりましたね」

セツナさんはそういって笑い、私の前に座った。もう、誘わなくても彼とこうして酒を飲むことが、私達の日常になっていた。自分の好きなときに酒を注(つ)ぐ。最初はお互い注ぎあっていたのだが、いつの間にか自分で注ぐようになった。

いつものように、アルトのことを話しながら酒を呑(の)み始める。ほどよく体に酒がまわったところで、私は昨日から気になっていたことを彼に聞くことにした。

「それで、セツナさんは昨日から何を悩まれているのですかの？」

「……」

急な話題の転換に、一瞬、目を丸くしていたが、彼は疲れたように笑う。そして次に、深くため息をついたあと「実は……」と話し始めようとした。

正直、これほど素直に話してくれるとは考えておらず、思わず彼を見つめる。するとセツナさんは苦笑して、酒を一口飲むと、少し視線を落とした。

「彼らのように、僕も身近な人に頼ってみようかと思ったんです」

彼らのようにというのは、今日、共に作業をした人達のことだろう。彼らは自分でできるところは自分でやり、頼るところは誰かに頼りながら建国祭の準備を進めていた。セツナさんは、そんな彼らに感化されたということなのだろう。

「聞いてもらっても、いいですか？」

「もちろんだの。私から聞いたのだから」

「依頼のことなんですが、どう対応するべきか悩んでいまして。というのも、依頼されたことをこなすのは、それほど難しくないのですが、問題の本質は、そこにないと感じているんです」

「どういう、ことかの？」

セツナさんは、慎重（しんちょう）に言葉を選ぶためか少しだけ黙って、それから話を続けた。

「依頼主とその家族のすれ違いが、根底にあるんです。時間が経（た）っても、解決するどころか、その溝（みぞ）が深まっていってしまい困っています。どちらか一方が悪いわけではなく、どちらの言い分も正しくて、だからこそ、修復が難しくて……」

「では、依頼を達成すれば、どうなるのかの？」

「お互い歩み寄り溝がなくなるかもしれないし、うまくいかないかもしれない」

「それなら、依頼を受けないというのも、一つの手だとは思うが？」

「それはしたくないんです。僕は、彼女に依頼は受けると約束してしまいましたので」

「どうも、悩みどころがわからないの。今までの話をまとめると、セツナさんは公平でありたいと考えていて依頼を受けたくないが、その依頼主である女性とは約束をしていたから、依頼は受けないといけない、ということかの？」

「そうなりますね……」

歯切れの悪い答えが返ってきて、セツナさんらしくないと思ってしまう。

「他に懸念事項（けねんじこう）は、あるのかの？」

「そうですね。懸念といえるかはわかりませんが、その依頼主の家族は僕の友人の主家になりまして、依頼を受けるとその友人とも敵対することになると思います。なので、気持ちがまとまらない現状で、依頼を受けたくはないなと思っています」

そういって深くため息をつくと、セツナさんは苦い想いを飲み下すように、グラスの中の酒を空にした。

彼は理知的で合理的に見えるが、その実、とても感情的な人間なのだということを、この1カ月の生活で、私は知っている。だからこそ、何を悩むのかと思ってしまう。

セツナさんが依頼を受けると答えた時点で、依頼主は進退窮まっている状況で、彼にはもう見て見ぬ振りができなかったに違いないのだ。公平などというのは、すでに無理がある。

さらに話をややこしくしているのは、おそらく友人への対応の仕方だろう。争いを好まないセツナさんの性格上、善悪が絡まないところでのいざこざを避けてきたのは疑いない。友達だからこそのそういう対立に、慣れていないのだと考えられる。

（私が若い頃は、衝突ばかりだったが……）

いつもは感じさせないセツナさんの若い一面を見て、彼の助けになりそうな経験はないかと、自分の若い頃を振り返ってみた。

サガーナという国がまだなかったあの頃、そのときの獣人族はそれぞれの種族ごとに自分の領土を守っていた。二人の親友と共に、獣人を殺しにくる人間との戦いに明け暮れていた。

いつものように親友達と領土に踏み込む人間を追い返していたのだが、友人の一人が大怪我を負い、友人を庇いながら命がけで逃げていた。

「私を捨てて、逃げろ」

隠れた先で、彼は何度も同じ言葉を繰り返す。だが、そんなことできるはずがない。大切な友人を置いて逃げることなど、できるわけがないのだ。

人間達が近づいてくる気配に、私は最後まで戦う覚悟を決めた。それは友人達も同様で、ここを死に場所と定めた。太陽の神に力を貸してほしいと、最後の祈りを捧げていた。しかし、その祈りが頭上から降ってきた声で中断される。

「おい、幸運ってのはさ、自分で掴み取るもんだぜ？　神頼みなんて、くそなもの早々にやめてしまえ」

あまりにも罰当たりな言葉に今の状況も忘れて、私達は声が降ってきた方を見上げ、木の上に、人間を確認する。声をかけられるまで、気配を全く感じなかった事実に、私達は困惑しつつも、臨戦態勢をとる。

「俺に食い物をよこせば、助けてやる」

何が面白いのか笑いを浮かべ、傍若無人な態度の人間に、殺意が湧き上がってくる。助けてやるという言葉が、嘘であることは明白だ。人間は我々を騙し、奪える物をすべて奪ってから、皆殺しにするからだ。

「すぐに決断しろよ。ここがお前達の分岐点だ」

彼はそういって、私達に手を伸ばした。私ともう一人の友は反対したのだが、怪我をした友人が食べ物を渡した。それが、サガーナという国を立ち上げるきっかけとなった、人間との出会いだった。

危機を乗り越えたあとも、その人間との交流は続いた。私はその胡散臭い人間をなかなか信じることができないでいたが、怪我をした友人は彼のことを信じた。

相変わらず人間達との闘争は続いたが、その人間に対し友の信頼は揺らがず、私達の口論も続いた。それでも、私達の日常はさほど変わることはなかった。

ある日のこと、『国というものに、個々で戦うのは愚かなことだろ。お前達も一丸となって戦えよ。国を作れ、国をさ』と、人間が私達に告げた。

その言葉への、賛成と反対で二人の親友は割れた。そのため、3人で激論を叩き合わせることになった。

「このままでは、獣人族に未来はない！」という悲痛な言葉は、私の胸を抉る。

「人間の口車に乗せられるのか！　集まったところを一網打尽にする罠かもしれないのだぞ！」という疑念の言葉に、共感を禁じ得なかった。

数時間続いた議論は決着せず、親友達は結論を私に託してきた。


「参考になるかわかりませんが、私の話を聞いてくれますかの？」

セツナさんは少し困ったように笑い、「心配をおかけしてすみません」と謝った。ここで謝るのがセツナさんらしい。

「サガーナがいつ建国されたかを、知っていますかな？」

「はい。書物の情報程度ですが」

「では、サガーナの建国には、一人の人間が関わっていたことは知っておるかの？」

私の言葉に、セツナさんが軽く目を見張る。それもそのはずで、あの話は私達の中にしまわれた話で、史書の中に現れる史実ではないのだから。「口外はしないでほしい」と前置きをしてから、私は先ほど思い出したことを、セツナさんに語った。

「私の選択に、獣人族の未来がかかっているように思えた。いや、実際にかかっていた。とても重い選択を、私は迫られたのだよ」

どういう選択をしたのかは、いわずともわかるだろう。

「それでも、私はさほど悩まなかったのだ」

「そうなのですか？」

意外だというように目を丸くした彼に、苦笑する。

「当時のサガーナでは、アルトよりもさらに幼い子ども達が、人間から逃げるための訓練をしているのが当たり前だったんですよ。そんなものが、日常だったのです」

後ろを振り返るな。周りの声を聞くな。一目散に走れ。大人に何度も何度も繰り返しいわれながら、子ども達は一所懸命に走っていた。

思わず声に力が入るが、セツナさんが「ラギさん……」と心配そうに呼ぶものだから、その怒りが静かにとけていった。

「このままでは子ども達に、何も残せないかもしれない。子ども達には、死ぬまで逃げ続ける未来が待っているのかもしれない。そんなことがあっていいはずがないと、心を決めたのです」

「……」

「建国は、苦難の道のりだった。自主独立を尊ぶ者達は、反対を強弁もした。そういった者達は全員、獣人の中でも強い者達だった。ただ彼らのほとんどは、内紛によって殺されることになり、その家族や仲間や部族から、発案者である私達は恨まれた」

「だから、あの選択が絶対に正しいとはいえないが、それでもサガーナからでるとき、幼い獣人が遊んでいるのを見て、私は穏やかな気持ちになったのだよ」

「……」

「セツナさん。どちらを選んでも、禍根を残してしまうのなら、弱い立場の者の味方になってあげればいいのではないかの」

「弱い立場……」

「さらに、もう一つ余計な話を加えさせてもらえるならば、サガーナ建国は友人達の協力なしには、なし得なかったのだよ」

「協力？　怪我をしなかった友人も、力を貸してくれたのですか？」

「最初は反目し合って口も利かなかったが、私が生涯サガーナの地で獣人族を守ることを誓い説得することで、彼も納得して建国に尽力してくれての」

「……」

「もちろん人というのは、考え方が違って当然というものだ。それによって約束を守れなかったり、間違ったり、立場を変えたりもする。だが、それでも手を取り合えるのが、友情だと私は思う。友とは、そういうものだと」

「……」

自分の考えをまとめるためか、セツナさんは黙り込む。彼が思考の海から戻ってくるのは、時間がかかりそうだ。納得のできる答えが導きだせることを願い、私は席を立ち寝室へと向かった。

◇9【セツナ】

いつものように訓練を終え、ラギさんとアルトと一緒に朝ご飯を食べたあと、僕は国王とユージンさんの薬を作るために自分の部屋へと戻ってきた。ラギさん達はアルトの部屋にある物を違う部屋に移動させて、古い壁紙を剥がす準備をするらしい。

時々、廊下から聞こえてくる二人の会話に軽く笑いながら、僕は薬の調合を始める。国王に渡す薬は使う素材が特殊なので、分量を間違わないようにしなければいけないが、ユージンさんへの薬の調合はさほど難しいものではない。

特に問題もなく午前中に薬を作り終えた僕は、お昼になりラギさんが作ってくれた料理を食べてから家をでる。

「ししょう、いってらっしゃい」

「セツナさん。お気をつけて」

「はい。いってきます」

ラギさんは、視線を合わせて軽く頷いてくれる。その眼差しに力をもらい、僕は彼に頷き返した。

それから、アルトに軽く手を振って、待ち合わせ場所へと向かったのだった。

時間より少し早くついたにもかかわらず、王妃はもう待っていた。挨拶をすませると、マーガレットさんが一言添えて、紅茶と少し形のいびつな焼き菓子を、僕の前に置いてくれた。

「この焼き菓子は、王妃様の手作りです」

「王妃様の？」

（売り物ではなく手作りだから、形がいびつだったのか）

王妃の顔を見ると、恥ずかしそうに笑っている。

「建国祭のあいだは、日に何度かバルコニーにでて国民に顔見せをするのよ。国民からのお祝いを受けるお返しに、私がバルコニーから焼き菓子を投げてお返しをするの」

「王妃様が、そのお菓子を全部作るのですか？」

「さすがにそれは無理だから、お城の料理人達がそのほとんどを作るの。小さな布袋の中に焼き菓子を何個か入れるのだけど、布袋の中にいびつな形のお菓子が入っていたら、『あたり』だといわれているわね」

「人気の証ですね」

「ふふ」

いびつな形の焼き菓子は王妃が作ったものだと、リペイドの国民は知っているのだ。

「建国祭は明日からだから、セツナ君にもお福分け。そしてこれはアルト君にお土産ね」

王妃はそういって、小さな布袋を机の上に置き、僕の方へと押し出して渡してくれる。だけど、僕はその袋に手を伸ばさなかった。

「いえ、これは受け取ることはできません」

「……」

布袋を王妃の方へそっと押し返して、僕はお断りする。彼女は寂しそうに笑って口を開こうとするが、誤解を招かないように説明する。

「僕達も王妃様が、バルコニーから投げる焼き菓子を受け取りにいこうと思います。誰もが手にしたいと願っているはずです。ここでいただくわけにはいきません。そうでないと、公平ではないので」

「え……」

「王妃様。僕はアルトと一緒に、空から降ってくる焼き菓子を手に入れたいと思っています」

「セツナ君……」

「でも紅茶と一緒にいただいたお菓子は、持って帰ってもいいですか？」

「もちろんよ。ありがとう。セツナ君」

王妃はそう小さな声で呟き、泣きそうな笑みを浮かべながらそういった。


そのあと僕達は、当日の計画を練り始めた。朝、王妃が寝室をでるときに魔導具を使って結界を張っておくこと、打ち合わせの休憩時間になったら王妃が僕を謁見の間に呼び出すこと、僕は謁見の間に呼び出されたら、王妃と国王と国王の第一騎士を王妃の寝室に飛ばすことが決まる。

直接僕が、国王達を転移することにしたのは、その段階が一番、不測の事態が起きやすいと考えたからだ。現に、国王の第一騎士を飛ばすことにしたのも話していて気付いたことだけど、不測の事態ともいえる。

　なぜ騎士を飛ばすかといえば、彼の前で国王がさらわれたとなったら、彼は自責の念に耐え切れなくなるのではと思い至ったためで、それなら国王と一緒に転移させた方がいいとなったのだ。

　騎士が一緒に転移したとして力ずくで何かをしてくることはないだろうし、部屋の外にでられないので、実害はないと判断した。

　僕が転移するときには変装し、魔法を発動したあとには、すぐに家に戻ることも決めた。それはサイラス達との仲が悪化しないようにということと、上手くいかなかった場合、極刑になってしまうことを配慮して、王妃が提案してくれた。

　僕としては気持ちを固めてここにきていたのだけど、王妃が何がなんでもと勧めてくるので、その厚意に甘えることにした。

　そして今は、僕を呼び出す魔導具について話を進めているのだけど……。

「僕を呼び出すための言葉ですが……」

「セツナ君を呼び出す呪文！」

「違います」

「呪文！　少し謎っぽくてかっこいいわね」

　呪文に対して、全然かっこいいとは思わないし、謎っぽいとも思わない。そもそも、僕は魔導師で、魔導師にとって呪文は、身近でありきたりなものだ。だけど、王妃が瞳を煌めかせているのを見て、あえて僕は何もいわないことを選んだ。

「まぁ、どちらでもいいです。魔導具の起動の呪文を決めてください。僕の名前なんていう冗談は、なしですよ」

王妃の性格を読んで釘を刺してみたが、それは外れたらしい。王妃は深くため息をつくと僕にいい聞かせるように、ゆっくりと話す。

「あのね、セツナ君。名前を呼んで助けにくるのは、最愛の人と決まっているのよ！」

心底、どうでもいい苦情だった。

「だから、セツナ君の名前を呼んで、魔導具が起動するのはどうかと思うのよ」

王妃は、それはそれは真剣に語っていた。

「まぁ、それはおいとくとして、私を守るために呼び出す呪文なのだから、やっぱりかっこよくないと駄目よね！」

そんなことをいいながら、王妃は発動の言葉を決め、僕は魔法を刻むため孔雀石を取り出す。結界石や安価な使い捨ての魔導具を作るのによく使われる石なのだが、王妃がそれを見て、一言「可愛くない」とぼやく。

「普通の魔導具ですよ？」

「そうだけど……。こう……もう少し大きいものとか……光るものとか？」

「……王妃様は、魔導具に何を求めているんでしょうか……」

「だって、普通過ぎるわ」

「普通が一番だと、僕は思います」

「そうだけど、お祭りの日なのよ！　普通じゃなくてもいいと思うの！」

お祭りじゃなくても、王妃はきっと「可愛くない！」といいそうだと思ったが、それは僕の胸中にしまっておくことにした。

記念になるような物がいいとか、可愛い物がいいとか要望をだしてくれるのはいいのだけど、具体的にどういう物がいいのかがないので、僕は少し面倒になり鞄の中であるものを創りだした。

「では、これでどうでしょうか？」

「セツナ君、これはぬいぐるみ？」

僕が鞄からだした物に、王妃は首をかしげて見つめている。

「そうです。可愛いでしょう？」

『可愛い』を、強調する。

「使い終わったあとは、普通のぬいぐるみとして飾ることもできます」

「そうだけど……これは何？　羽があるけど鳥なの？　でも、このずんぐりとした体じゃ飛べないわよね？」

「はい。確かにこの鳥は飛べませんが、とても速く泳ぐことができるんですよ」

僕の説明を王妃は楽しそうに聞いていた。説明が終わると彼女は手にとって、ぎゅっと一度抱きしめる。そして僕に視線を移して「気に入ったわ！」と、とても幸せそうに笑った。

「あ、服を着せることはできないの？」

「それは、必要ですか？」

「絶対に必要よ！　このままじゃ、ジェルリートの花が挿せないわ！」

「そうですか……。王妃様の好きなように変えてくださっていいですよ」

「作る時間は、あるかしら？」

そんなことを話していたのだが、マーガレットさんが微笑を浮かべながら、待ったをかけた。

「王妃様。会議にそのぬいぐるみを持っていかれると、怪しまれてしまいますわ」

「……」

実のところ、もう少し早めに助言をしてくれると期待していたのだけど、マーガレットさんは王妃の楽しそうにしている姿を、見ていたかったのだろう。

王妃は残念そうにしながらも、僕が最初に用意した孔雀石で妥協していた。

「準備は、これくらいでしょうか。あとは、王妃様の交渉次第ですね」

「わかったわ。頑張って、王様を説得するから！」

最後に国王とユージンさんへの薬を渡し、飲み方を伝える。王妃は薬を手にしてほっとしたように息をつくと、魔導具と一緒に大切そうに、自分の鞄へしまった。

そして、次に僕と視線を合わせたときの王妃の雰囲気が、がらりと変わる。

「今回の私の選択で、国民の笑顔がなくなることになってしまったり、セツナ君が罪に問われるようなことになったら、私は命で償うわ。だから、私に力を貸してほしいの」

それは、王妃の決意であり、宣言だった。

「承りました」

「ありがとう」

「いいえ、それでは、最後に報酬の話なのですが……」

「セツナ君、何か要望があるの？」

僕の表情を見て何かを察してくれたのか、王妃がそう聞いてくれた。僕は沈みそうになる心を隠し、ここ最近考えていたことを話した。

彼女は、黙って話を聞いてくれた。そして、悲しそうに瞳を揺らしながら、「必ず、力になるわ」と、僕に約束してくれたのだった。

第二章　アメジストセージ　《家族愛》

◇1【セツナ】

「ししょう、いってきます」

アルトがそういって、ラギさんに連れられて家をでていった。僕以外の誰かに怯えもせず楽しくでかけるアルトの姿など、この町にきたときには想像すらできなかったことだが、アルトの成長の早さに、少ししんみりした気持ちになった。

建国祭の午前、本番は夕方からだけどすでに出店が開いていて、子ども達が食べ歩きながらお祭りの雰囲気を楽しんでいる。そう聞いてちょっとした悪戯の仕返しを思いつき、アルトとラギさんで遊びにいくことを、昨日の夕食時に提案した。

「ししょうも！」といわれたが、僕は「仕事があるから残念だけど」と断った。実際のところは、アルトの前で王妃に急に呼び出されたりしたら心配するかなと思い、その場にでくわさないようにするためでもあった。

ラギさんも察してくれたのか、楽しそうにアルトを誘ってくれた。そこから、すぐに二人ででかけることが決まった。僕がいけないことを気にしてか、アルトがお土産を買ってきてくれると話していたので、楽しみにしていようと思う。

二人が予定どおりでかけていったので、今日の仕事もなんの問題もなく終わればいいなと、ほのかな期待を抱く。

(あとは、召喚前に変装をするだけかな)

そう考えながら鞄を手にとった瞬間、僕はつい先ほどの考えが粉みじんに砕かれたことを知る。

瞬時の景色の変遷。そこは、王城の謁見の間。眼前の国王とその第一騎士。その後ろにいる王妃。さらに、その後ろに大将軍達が続いている。

(召喚された⁉)

時間はまだあったはずと思考が走りだしている僕の目が、申し訳なさそうな顔をしている王妃を捉える。

「セツナ君、ごめんなさい!」

その一言で、僕は状況を理解した。いや、理解せざるを得なかった。予定が狂った。そして、僕の素性を隠すことは、もう無理だということを悟った。

僕の中で、何かの気持ちが芽吹く前に、僕は僕の仕事を遂行する。頭が条件反射で働き、国王の第一騎士と国王、そして王妃を寝室へと転移させた。

昨日の王妃と決めた予定を、改めて思い返す。

まず、会議が終わったあとの休憩時間に、王妃が僕を呼び出す。次に、転移魔法で王妃達を国王の寝室に転移させる。最後に、残っている人達が王妃達を捜し回らないように、国王達が寝室にいることと、話し合いが終わればでてくることなどを記した手紙を落として、この場から逃げる。

そういう、予定だった。

（それが、すべて無駄となってしまった……）

「貴様！　国王様方に何をした！」

謁見の間を守っていた兵士達が、僕を囲み槍を向けている。一瞬逃げることを考えたが、それは悪手だとすぐに決断を下す。僕は変装もしていなければ、王妃が名前を呼んでいる。その状態で逃げれば、ラギさんに迷惑がかかることは間違いない。逃げるという選択肢は、なくなった。

「何があった！　誰か話せ！」

緊迫した雰囲気の中、大将軍の低い声が響く。彼は王妃達が消えるところを見ていたが、僕が魔法を使ったことまでは死角になって、見えていなかったようだ。

彼の命令で僕を囲んでいる兵士達が、「この男が、国王様方を転移させました！」と叫ぶ。それを受け、大将軍が抜刀し、剣と射貫くような視線を僕へと向けた。

同時に、隣の部屋の出入り口からでてきたサイラスと目が合う。彼は目を見開き、息を呑んだあと、一度深呼吸をしてから口を開く。

「セツナ？　お前、どうしてここにいるんだ？　何をしたんだ？」

その声につられたのか、ジョルジュさんとフレッドさんに守られながら、ユージンさんとキースさんが姿を見せる。さらに部屋の奥からは、大臣達がこちらを窺うように顔を覗かせていた。

皆一様に驚いているのを目にして、僕は状況を説明することに決め、まず大将軍に話しかける。できれば僕に向けられている剣や槍を、引いてもらいたかったからだ。

「僕は、セツナと申します。王妃様から依頼を受けた冒険者です」

そのまま説明を続け、王妃から依頼を受けたと話すと、ユージンさん達の眉間に皺ができる。

「依頼？」

「そうです。建国祭を祝うために、国王様を説得する時間が欲しいというものです。なので、王妃様のご希望に沿って、国王様方を寝室に移動してもらい、部屋からでられないように結界を張りました。お二人の話し合いが終わり次第、でてこられると思うので、それまでお待ちください」

「真実だろうな」

「僕としては、信じていただくしかありませんが」

これ以上説明しようがない僕に、助け船をだしてくれたのはサイラスだった。

「大将軍。内容の真偽はともかく、国王様達の安全については問題ないでしょう。俺が保証します」

「……お前は先ほどからこの者を知っているような口ぶりだが、どういった関係だ」

疑心を抱く大将軍は、全く僕から視線を外さない。

「この者は、吟遊詩人のセナです。私が帰城したときの姿と名前は敵を欺くためのものでした。これが彼の本来の姿であり、セツナという名前が、本来の名前です」

「印象がかなり違うが、本当に間違いはないのか」

吟遊詩人のときとは、髪と瞳の色を変え、髪の長さも変えてあった。そのため、大将軍はいまだに信じられないというように僕を見る。しかし、キースさんがサイラスの言葉は真実だと認めてくださったことで、話が一歩前進した。

「国王様と王妃様は、ご無事なのだな？　第一騎士も共に転移させたのは、王妃様のご要望か？」

「はい」

「ならば、ひとまず信用しよう」

大将軍はそういって、自身の剣は鞘に収めた。兵士達は、武器を構えたままだが。

「それで、王妃様は建国祭当日になっても諦めきれず、そなたの手を借りて、強硬手段に及んだという認識でいいか？」

大将軍がため息をつき、いつの間にか会議室からでてきてこちらを窺っていた大臣達も、困ったような表情を浮かべていた。

「そうです。僕としては、お二人の話し合いが終わるまで待っていただければ……」

嬉しいですと続ける言葉は、ユージンさんの苛立ちを含んだ声にかき消された。

「悠長に待っている時間などない。キース、国王と王妃を連れ出してきてくれないか」

キースさんは、僕を睨みながらいった。

「無理です。彼は、私より格上の時使いなのですよ。彼の魔法を無効化することは、できません」

「どうにかならないのか」

「どうにもなりません」

ユージンさんとキースさんの会話を耳に入れながら、大将軍が口を開く。

「王妃様は、話し合いの時間をどれほど見積もっておられた？」

「2時間ほど、時間を作ってほしいとのことでした」

王妃は話し合いは、1時間程度といっていた。だが、薬を飲ませるなど話し合いにもっていくまでにも時間はかかるだろうから、多めの時間を伝える。

大将軍は「そうか……」と答えると思案するように黙り込む。

「……君は、我が国のことには口をださないのではなかったのか？」

静かではあるけれど、責めるような口調で大将軍に代わってキースさんが口を開いた。

「僕は、王妃様の依頼を受けただけで、国政に関与したつもりは、ありません」

自分でも、苦しい言い訳だなとは思う。普通、こんな言い訳は通じない。だが続けての追及の言葉がないのは、その依頼主が王妃という一点につきる。

「セツナ殿は、なぜ王妃様の依頼を受けたのか？」

大将軍が自分の思考から戻ると、聞いてくる。

その言葉で、寂しさや不安を押し隠し、そして、失う恐怖も隠そうとしていた王妃の姿がよぎった。

「王妃様の笑みの中に隠された寂しさを、僕は見つけてしまったから、依頼を受けたんです」

大将軍は苦悶に満ちた顔になり、隣の部屋から集まってきた一部の大臣達も、同じような表情を浮かべていた。

「王妃様は、休憩時間を狙われたのだろう？」

「はい、そうです。予定していた時刻とは、違いましたが」

「皆が疲れていたから、国王様が休憩時間を長くとったのだ」

そこで話を切って、大将軍はユージンさんに話しかける。

「ユージン様。国王様の定めた休憩時間より長くはなりますが、王妃様の希望を叶えて差し上げたらどうでしょうか?」

大将軍の言葉を無視して、ユージンさんは無表情で僕を一瞥するとため息をついた。

「王妃の我が儘に、付き合う必要はない。いくぞ」

ユージンさんが声をかけて歩きだそうとするが、それをキースさんが止めた。

「私達がいっても、結界は解けない」

「外から声をかければいい。呼び続ければでてくるだろう」

「ユージンさん。待ってください」

「いや、待たない。休憩時間は、次の準備をするための時間だ。王妃の我が儘に、付き合う時間ではない」

その答えに、軽い既視感を覚える。困窮していたときのノリスさんと同じ余裕のなさだ。

返ってきた言葉は正論で、矛盾のないものだ。だが、根本的なところで、間違っている。僕が待ってくださいと制止したのは、足止めのためではなく、声をかけたところで中には届かないと伝えたかったためだ。だが、そのことを説明する時間もくれず、彼の話は続く。

「問題は山積みだ。本当は、休憩時間すら惜しい。食事の時間も、寝る時間さえ削っても、まだ足りないのだから」

そう話す彼を、キースさんをはじめ皆が、黙って心配そうに見ていた。

「皆、いくぞ！」

「いや、俺達はいかない。少なくても、休憩時間中は」

反対されることを想定していなかったのか、ユージンさんは歩き始めていたのだが、立ち止まり大将軍を睨み付ける。

「私の命令に、異を唱えるのか？」

「問題ありますまい？　国王様より特権を認められております」

「こんなつまらないことで、その特権を使うというのか？」

大将軍はどこ吹く風というように、態度を崩さない。周りに集まっていた大臣達も、その場から動こうとはしなかった。

「……信じられん」

彼らがいっている『特権』とは、リペイド固有の制度のことで、現国王がリペイドを中興する際にともに戦ってくれた学友にのみ礼として与えた、文字どおりの特権だ。

下された命がリペイドのためにならないと判断したときに使うことが許され、特権を持っている者全員が賛成した場合、その命はなかったものとされ、賛成を得られなかった場合、特権を使った者の財産が没収される。

制度というのにはあまりに不完全なもので、国王の彼らへの信頼と彼らの英知によってはじめて成り立つものだ。

「先の命令は、破棄する。私は国王様を迎えにいく。今は、休憩時間内だ。ドルフ達も好きにすればいい」

ドルフと呼ばれた大将軍が、またも心配そうな眼差しをユージンさんに向けている。ふと、周りを見ると大臣達も同じような目でユージンさんを見ていた。

その姿が、契機となった。突然、ユージンさんの不眠症の話が、頭の中に蘇る。僕の勘がユージンさんをこのままにしないほうがいいと、告げていた。

どうしてだろうとユージンさんを見てみても、なぜそう感じるのかわからない。不眠症でやつれているわけでもなく、むしろ疲れが顔にでているのはキースさんや大臣達の方だ。大将軍や騎士だって、やつれているように見える。

だが、ユージンさんとサイラスだけは、疲れを微塵も感じさせなかった。

(サイラスは、わかる。竜の加護があるのだから。だけど、ユージンさんは違う)

そう思い、もう一度、ユージンさんを見つめ直す。

(ああ、あれは、化粧だ……)

先ほどは、整った肌の色に欺されたけど、よく見れば均質な肌の色合いと光の反射具合で、それが化粧だとわかった。それは、明らかに自分の疲れを、隠すための化粧だ。

(どうして?)

そこまでして虚勢を張る理由は、僕にはわからない。ただユージンさんは、理論武装し外見を偽らないといけないほど、余裕がないのだけはわかる。

(何がユージンさんを、そんなに駆り立てるのだろう)

リペイド国民のためというのはあるのだろうけど、それ以外のものが彼にのしかかっているように思う。そう考えるのは、昔の僕もこんな風になったことがあったからだ。

　昔の僕は、ただ何かを残したかった。生きているという証が、欲しかった。何のために生まれてきたのかという想いや、何も成せない虚しさを消し去りたくて、自分の体調を顧みず溺れるように勉強にのめり込んだ。僕にできたことといえば、頭を使うことぐらいだったから。

『自分の命と天秤にかけてでも、成し遂げなければならないことなの？　それは、今、命を懸ける必要があることなの？』

　事あるごとに母さんに叱られても、僕はやめようと思えなかった。そして実際、命を落としかけた。当たり前だ。病に侵されているというのに、食べることも寝ることも疎かにしたのだから。

　僕にとってそれは必要なことだった。病気の快癒を諦めかけていたから、命懸けでも何かを残したかったんだ。

　だけど、母さんは違った。僕の病を必ず治すとそう信じて、信じて……最後まで信じていた人だった。だから、僕に『命を懸けるな』と伝えていたんだろう。同じように、父にも『生きてこそだよ。刹那』と、きつくいわれた。

『お兄ちゃん。お母さんが声を殺して泣いてたよ』

鏡花が悲しそうに、僕に伝えてくれた。

　今の僕は、生き様も死に様も自身の自由にするべきだと、思っている。だから望まれてもいないのに、その人の人生に対して、他者が口を挟むべきではないと思っている。でも、あのときの家族の想いが間違いだと、僕は否定できない。どうしてもできない。

「これ以上は時間の無駄だ。サイラス、セツナさんに帰ってもらってくれ」

　僕の母と同じように、ユージンさんが倒れたらきっと王妃は泣くのだろう。一人で隠れて泣くの

だろう。笑顔の下に涙を隠して、一人で静かに泣くのだろう。

そんな悲しい想いをしてほしくはない。僕の母のように泣いてほしくはない。

「……」

彼のいうとおり僕の役割は、もう終えている。ここで帰るのが、正しいのだろう。だけど、僕は、ここに残ることを選ぶことにする。

これから先はただの私情で、先に死んでしまった僕から家族への謝罪だ。


サイラスが、近付いてくる。目の前にきて止まるまでの僅かな時間、このあと、僕が王妃のためにしなければならないことを、二つにまとめる。

一つは、この場での王妃への共感を醸成すること。王妃の説得が上手くいって国王が建国祭に参加するとなっても、少しでも共感がなければ、建国祭後の王妃への風当たりが強くなるはずだ。だから、それを避けるようにしたい。

また将軍達の反応からそうなることはないと思うが、『特権』でひっくり返されることもないともいえない。だから、王妃への共感を高めておく必要があるだろう。

そして、もう一つ。ユージンさんを休ませることだ。できれば強制ではなく、自ら休んでもらいたいけど、それは難しそうだ。

考えをまとめたあと、僕はサイラスに、話しかける。

「サイラス。君も、僕は帰ったほうがいいと思うの？」

「俺は、主命を果たすだけだ」

主の命令に、正誤は問わない。騎士の忠とは、主を守り主の命をまっとうすることだと、サイラスと旅していたときに聞いた。彼には『特権』などという、そんな便利なものも与えられていない。だから、当然の答えだ。

「そうだね。それが、リペイドの騎士としてのサイラスで、出会った頃から変わらないね」

あのときが、大分昔のように感じる。それでもサイラスの本質は、ぶれない。

「僕は……。君が必死にこの国の希望を繋いだように、命を懸けなければならないこともあると、思っている。そこを否定するつもりはないよ」

サイラスから視線を外し、ユージンさんを見た。

「頭痛、めまい、目の下の隈、不眠、体の怠さ、苛々するなどの不調は、体からの警告です。それを無視したり、適当に騙しながら働き続けると、取り返しのつかないことになります」

彼が隠そうとしている症状を想定し、話す。

「貴方の言葉が正しかったとして、民のために死ねるのなら本望だ。私の命をどのように使おうが、貴方には関係ないはずだ」

「それは、今、命を懸ける必要があるものなのですか。自分の命と天秤にかけてでも、成し遂げなければならないことなのですか」

「必要だと、いっている」

彼の言い分は、僕にもわかる。そのために、時間を作る。食事と睡眠を棄て、命を削ることになるとしても。それで、本望なのだ。だけど……。

「体や心を壊してしまったら、助けることができるはずだった民を、助けることができなくなります。今の民と未来の民、両方の民を導く方法を考えてみるのはどうでしょうか」

その返事は、ため息だった。

「生きてこそですよ、ユージンさん」

「私のことは気遣ってくれなくて結構だ！　サイラス！」

（とりつく島もなしか。これはユージンさんを休ませるほうは、一旦棚上げするしかないかな）

彼の言葉を聞き、僕は思考を切り替えた。その間に、サイラスは一度目を閉じる。

「はっ」

僕が力尽くでそれを拒んだら、どうなるか見えているのだろう。それでも目を開いたとき、迷いなく真っ直ぐに僕を見た。

それが正しい在り方なのかは、僕にはわからない。僕は騎士ではないから、彼らの気持ちもわからない。ただわかることは、サイラスが決めた覚悟の大きさだけだ。

「ユージンさん、結界は完全な防音結界です。内側からも外側からも、聞こえないようにしてあります。そして、結界は僕か王妃様にしか解除できません」

ユージンさんが苦々しい表情で僕を睨み、僕に近づこうとしていたサイラスを止めた。

「……どうしてそこまでする。母が王妃だからか」

「いいえ、違います」

「では、なぜだ？」

「サイラスのときもそうですが、僕はできる限り、依頼者の味方でありたい。それだけです」

「……」

「ユージンさん。時間がなくて話し合えないのは仕方がないと思います。時間には、限りがありますから。ですが、そのことで、相手を悲しませている、苦しめているという現実とは、向き合うべきだと僕は考えます。あなたの話しぶりからは、それが一切感じられない。貴方は母親であるからというだけで、王妃様の気持ちをないがしろにしてはいませんか？」

ユージンさんは、黙ったまま答えなかった。

「家族といえども、一人の人間なんですよ。本当に話を聞いてほしいと思ったことを、相手にされなかったり、適当に聞き流されてしまったら、傷つきます。この城に滞在している間、僕と王妃様は数回しか話したことがありません。それにもかかわらず、目的を達成するために、王妃様は僕を頼らざるを得なかったんです」

僕の言葉に、周りが静まりかえっていた。

（やるせない……）

そう思った。王妃の気持ちが届かないことも、僕の言動は必死に努力している彼らに対して、責めているように聞こえるだろうことも。

「話は、それだけか？」

ため息交じりのユージンさんの問いに、僕は頷く。

「王妃を傷つけたとしても、私の考えは変わらない。私達が数年、建国祭を祝わなくとも民は困らない。だが、国王の裁可が遅れれば遅れるほど、困るのは民達なのだ」

確かにそうだろう。だけど、そうじゃない。そうじゃないんだ。彼の言葉に、僕はとても悔しい気持ちになる。困る、困らないではない。僕は、王妃との話す時間を持ってほしいだけなんだ。

「僕のいいたいのはそういうことではないのですが、話を続けても平行線のままだと思うので、僕の方から譲歩します」

『譲歩』といったが、その実は全く逆のことを僕はしようとしている。本当は、これからする強引な手段はとりたくはなかったんだけど、この場にいる全員に、王妃の気持ちを知ってもらい、共感してもらうための方法を、もうこれ以外に思いつかなかったのだ。

「譲歩だと?」

ユージンさんの眉間にこれでもかというほど皺が寄ったが、それを見なかったことにする。

「僕と勝負をしましょう。ユージンさんが勝てば、僕は部屋にかけられている結界を解くと約束します。その代わり、僕が勝てば皆さんには、王妃様の建国祭に対する想いを聞いてもらいます」

「受けないといったら?」

「ユージンさん達は、王妃様がでてくるのを待っているだけですね」

そんなやりとりをしながら、僕は足元に落ちていた鞄を拾う。鞄の中で王妃が気に入っていたペンギンのぬいぐるみに服を着せ、ジェルリートに魔法をかけた。次に、それらを取り出して服にジェルリートを挿す。これは、サイラスに花を用意する際に、観賞用として手元に残したものだ。最後に、ぬいぐるみを玉座の前まで風の魔法で飛ばすと、そこに浮かせた。

得体の知れないぬいぐるみに、兵士達が警戒して、ユージンさん達を守るように移動する。

「あのぬいぐるみは、剣で斬れば落ちるように魔法をかけました。ユージンさんは代表を二人選んでください。その二人がこの場から歩き始めて玉座まで進み、あのぬいぐるみを落とせたら、ユージンさんの勝ちです。ただし、僕はそれを阻ませてもらいます」

「阻むというのは、具体的にどうするつもりだ」

僕は鞄の中で想像具現を使い千羽鶴を創り、アネモネの花に魔法をかけたときに使った闇の魔導具と一緒に取り出す。そしてその魔導具の上に、千羽鶴を置く。

「順を追って、説明します。この魔導具は上に置かれた物体に、ある闇の魔法を付与する物です。その魔法とは、僕の思考または体験した状況を、対象者の頭に再現する魔法です。そして今、魔導具によってこの紙の鳥達に、王妃様と話したときの状況を、付与しました」

一塊となっていた千羽鶴に魔法が付与され一斉に膨らみ、それらを風の魔法で分離させてぬいぐるみの周りを守るように羽ばたかせる。

「この紙の鳥に触れると付与された魔法が起動し、王妃様と会ったときの状況が、対象者の頭の中に流れ込みます。もちろん、肉体を害するものではありません。この紙の鳥達が、二人を阻むための唯一の妨害となります」

「それだけか？　鳥が攻撃してくるとか、そういうことはないのか？」

「攻撃はしませんが、触りにはいかせます」

ユージンさんは、空中に浮かぶ千羽鶴を見つめる。

「注意点を挙げるのであれば、心象風景が再現される数秒は、動かないほうがいいと思います。目で捉えている現実と、頭の中に流れる風景のどちらに自分がいるのか、わからなくなることがあります。そのときに動いてしまうと、転倒する危険がありますから」

「つまり、その立ち止まっている時間が、王妃のための猶予時間になるということか」

立ち止まる時間の注意は、代表のことだけを考えて話したわけではないのだけど、それを今ここでいっても仕方がないので、僕はユージンさんの話に合わせることにして頷いた。

「わかった。王妃を待つ無駄な時間が減るのなら、受けて立とう。それではこちらの代表だが、大将軍は参加するか？」

「休憩時間の間は、静観させてもらう」

「キースはどうする？」

「フレッドを推薦します」

「わかった。では、サイラスとフレッドに挑ませよう。二人の働きを期待している」

「はっ……」

ユージンさんはそう言葉をかけると後ろに下がり、サイラスとフレッドさんが一礼をしてから、開始場所へ進んでいった。

◇2 【ジョルジュ】

今日は建国祭初日ということもあり、町の中は早朝からとても賑わっていた。城の中もいつもよりは浮ついている感じはあるが、仕事に差し障りはなさそうだ。

私は、ユージン様の警護についている。本来ならば警護につくはずだったサイラスが、国王様の指示で会議に参加することになったからだ。

おそらくユージン様とは切り離して、竜の加護持ちのサイラスを、魔物討伐に遣わす案を、議題に挙げるためだろう。

　建国祭といっても、我が国の建国祭は実際に建国された日を祝うものではなく、今の国王様が即位した日を祝うために作られた祭りだと、聞いている。

　私も、子どもの頃は祭りと聞けばはしゃいだものだったが、今はそれほど心動かされるものではなくなっていた。

　いや、今が平時ならばまた違ったのかもしれない。しかし、リペイドが周辺諸国と連合を組んでまだ2カ月もたっていない今、やるべきことが山積みで建国祭どころではないというのが、率直な思いだ。

　それは王に仕えし者達の共通認識だと思っていたのだが、一人王妃様だけは建国祭を祝うべきだと、リペイドの民達と祭りを楽しむべきだと、ずっと声を上げられていた。

　それを私達は、冷ややかな目で見ていた。なぜなら、昨年の建国祭のように、王妃様の我が儘がでたのだと皆が思ったからだ。

　昨年の王妃様も、半日だけでも建国祭を祝うべきだと話されていた。城の中で祝うことは無理でも、リペイドの民達に顔出しはするべきだと。

　日頃王妃様は、「私のお仕事は、この城を明るくすることよ。この城が明るいと、国も明るいものになっていくわ」と仰っていた。楽しいことが好きで、祭りが好きで、いつも笑みを浮かべている王妃様には、似合いの信念だと思う。

　だからそのような発言をされても、国王様も大臣達も理解を示した。しかし、実際問題としてガイロンドの脅威があり、そんな余裕もなく建国祭はリペイドの民達だけで祝われることになった。

その中、王妃様は隠れて城を抜け出し、騒ぎになりだした頃に戻ってきた。『古い友人達と、建国祭を祝ってきた』と告げたあと皆に謝り、国王様とユージン様に叱られていた。

それゆえに、今年は王妃様の話に誰一人、耳を貸そうとしなかったのだ。

ただ昨年と違ったのは、王妃様は毎日のように、建国祭のことを口にしていた点だ。国王様にユージン様にキース様にサイラス、そして皆に……。

その様子を私もフレッドも間近で見ていたが、王妃様は少し自重するべきではないかと内心で思ったりもしていた。

王妃様のその言動に、ついにユージン様が怒り国王様がたしなめていた。王妃様は少し落ち込んだ様子だったのだが、すぐに元気を取り戻され、それからも王妃様の態度が変わることはなかった。


会議室にユージン様やキース様をはじめ、大将軍や大臣達が揃ったところで、国王様と王妃様が席につかれた。大分前から国王様と王妃様の関係がよくないことは、この場の全員が知っている。

重苦しい雰囲気の中、大将軍や大臣などの各所から上げられてきた稟議が説明され、キース様達と確認のうえ、決裁がなされていく。

ユージン様が抱える案件も議論され、話し合いが進んでいく。しかし、その表情はずっと険しいままだった。

我が主はかなりの量の案件を抱えており、いったいあとどれくらい仕事をすれば、この嵐のような仕事から解放されるのだろうかと、その身を案じていた。

ただ腑に落ちないのは、いつもならばキース様が助け船をだされるのに、今回は心配そうな眼差しを向けるだけで、手を差し伸べなかったことだ。

そのことを、ユージン様は一人前になったからだと喜ばれ、最初は張り切っておられたが、最近は口数も少なく、ため息が増えていた。それでも、キース様は動かれなかった。

そのためかここ数日は、特に苛々されていることが多く、サイラスが「大丈夫か？」と心配していた。「問題ない。私が不甲斐ないだけだ」と、苦笑が返ってくるばかりだったが。

私達は「本当か？」と訝りながらも、主がそういうならばと、それ以上口出しすることはできなかった。

「では、次に移りたいと思います」

ユージン様がそう告げ、次の案件に移ろうとしたとき、国王様が片手を上げ話を遮る。

「いや、ここで休息を入れる。次の開始は、予定どおり変更はない。ユージン、体を休めるように」

国王様がユージン様の顔を見て、最後にそう付け加えた。きっと、ユージン様の体調を案じたのだろう。

「休息は、必要ありません」

ユージン様が半ば抗議するようにそう告げるが、国王様の決定は覆ることはなく、国王様の第一騎士を前にして、部屋をでていかれる。そのあとを、王妃様が慌てた様子で小走りに追っていき、騎士と大将軍が追従する。

ユージン様は、拳を握り何かに耐えるように俯いた。その姿は自分の不甲斐なさを嘆いているように見えた。

それでもすぐに顔を上げ、この部屋をでるために机の上の書類を片付け始める。その瞬間、王妃様の声がしたかと思うと、謁見の間が騒然とし「貴様！　国王様方に何をした！」という兵士の声が響いた。

その声に騒然となって、ユージン様とキース様が慌てて部屋をでようとするのを、私とフレッドがお止めする。

サイラスは、謁見の間から続くこの部屋の扉の前に立ちはだかっていたが、その横顔が驚愕しているかのように、目を見張り、そして信じられない言葉を口にした。

「セツナ？　お前、どうしてここにいるんだ？　何をしたんだ？」

サイラスの言葉の意味を把握しかねていると、ユージン様とキース様が謁見の間へ移動すると仰ったので、フレッドが二人の前をいき、私が背中を守りつつ隣へ向かった。

謁見の間には、国王様と王妃様の姿がなく、ここにいるはずのないセツナが大将軍と兵士に囲まれていた。

どこか諦めたように、セツナはこれまでのことを説明しだした。王妃様に手を差し伸べる姿勢は実に彼らしいと思う。

彼のその優しさは、困っている人に寄り添うものだ。サイラスやノリス、そして私に寄り添ってくれたように。

だが、今回ばかりはユージン様の仰るとおり、王妃様の我が儘に付き合っている余裕はない。なので、私は彼に依頼を翻してほしいと心の中で願ったが、それは虚しくも叶うことはなかった。

ユージン様とキース様を守るように立ち、私は前に走り始めるサイラスとフレッドを見送った。彼らの前にはセツナが魔法で浮かせた紙の鳥が無数に浮いている。

その紙の鳥で、どうやって二人を阻むというのだろうか。そんなことを考えながら、私は二人を見守っていた。

セツナが手を振(ふ)ると鳥達が各々(おのおの)間をとりながら、サイラスとフレッドめがけて飛んでくる。サイラスが立ち止まりそれを躱(かわ)すが、フレッドは躱しきれず、肩(かた)に羽が触れた。

すると紙の鳥は不思議なことに、まるで砂がこぼれ落ちていくように、サラサラと崩れた。その砂のようなものが床(ゆか)に触れる寸前、もやとなって散り、床を濡(ぬ)らす。

瞬間、突然その鮮烈(せんれつ)な情景が心に降り注いだ。

衝撃(しょうげき)とともに、この場にいる全員に王妃様の想いが伝わり、そして消えていったのだろう。誰も口を開かず、目を見張り、息を止めている光景が視界に映った。

すぐそばに、王妃様が存在するかのような現象に、自身が立っているかも曖昧(あいまい)になる。

(意識をはっきりさせていないと、ユージン様達を守れない……)

頭の中の光景を振り払(はら)い、後ろに注意を向けると、ユージン様もキース様も驚きのあまり固まっているようだった。サイラスとフレッドも同様で、足を止めていた。いや、あまりにも頭の中の光景が鮮明(せんめい)で、どちらに自分がいるのかわからず、動けなくなっているのかもしれない。

(それにしても、これは話が違う)

私が思ったことを、皆も思っているのか、皆の非難の声で場がどよめいている。そのなか、キース様がセツナに向けて抗議をし始めた。

「なぜ、我々が闇の魔法を受けなければいけない。話が違うのではないか？　すぐにこれらの鳥の魔法を、解除してほしい」

「キースさん。僕は、嘘はいっていません。闇の魔法の影響を受けるのは、青い鳥を斬りにくる代表者だけとはいっていない、対象者といったはずです。勘違いしたのは貴方達なのですから、筋違いです」

セツナの回答に、キース様が何かを言い返そうとしたが、大将軍が遮る。

「構わん、続けよ。話をしているだけ、時間の無駄になるだろう。違うか、宰相」

キース様はそれで矛を収めるのだろうかと見守っていると、意外にもあっさりと引き下がった。それを受けてサイラスとフレッドが立ち上がり、セツナも紙の鳥を動かし始める。

（なるほど。二人を休ませるために、無駄だとわかっている抗議をしたのか）

そんな風に私が思っているうちに、フレッドが剣を抜いて、紙の鳥を斬ろうと試みる。多分、情景が頭に入ってくるのを阻止しようと考えたのだろう。

だが、それでも、紙の鳥は闇の魔法を起動させる。私達の頭の中に、王妃の姿が浮かび上がった。予想を超えた展開に、フレッドは驚き剣を手放す。数羽の鳥を巻き込み、剣は床に落ちた。

しばらくして、二人は回復すると前に進む。その彼らに引き寄せられるように、紙の鳥がまた飛翔してくる。両者共に複数の紙の鳥から身を躱すことができず紙の鳥に触れると、同時に3度目の魔法の影響下に入った。その情景には、1度目と2度目とは違い、王妃様の声がついていた。

『このお茶はね、王様達と一緒に教えを受けていた先生から、教わったのよ』

この言葉に大将軍が「先生の……」と呟く声が耳に届いた。

『独特な味だから、皆嫌がるのだけど……。サルキスからマナキスに変わるこの時期には、いつもいれるようにしているの。モリリナには、病の予防と疲労回復、あと、胃腸を守ってくれるって』

『そうですね。忙しく働いている国王様達には、必要なお茶だと思います』

『うん、私もそう思うのよ。少しでも健康でいてほしいもの』

魔法の中の王妃様が、そういって淡く笑う。この時期になると、騎士の控え室にも妙な味のお茶が準備されていた。評判はあまりよくなかったが、王妃様が配られていることは周知の事実だったので、皆、仕事終わりに黙って飲んでいた。

まさか、そのお茶にそんな効能があるとは知らず、私も他の騎士達と同じように息を呑んでいた。

ユージン様の方をそっと窺うと、その瞳が微かに揺れているように思えた。


サイラスとフレッドは顔色をなくしながらも前に進むが、紙の鳥は容赦なく二人に触れ消えていく。それと同時にねじ込まれるように、魔法が頭の中に入ってくる。

『私だって、今が忙しいのはわかっているのよ。それでも、私は建国祭を皆で祝いたいと思っているの』

そういって王妃様が、寂しそうに微笑んでいた。

追い打ちをかけるように、セツナがスッと視線をユージン様からサイラス達に向けると、その動きに誘導されて紙の鳥が彼らへ向かって飛んだ。

フレッドの背中にぶつかりそうな鳥を、反射的に、サイラスが手で払ってしまう。何度目かわからないが、紙の鳥はもやとなり、我々を責める。

『昨年の建国祭は、マーガレットとでかけたのよ』

そう告げる王妃様の表情は、楽しい思い出を語るものではない。そのことに内心首をかしげる。

『友人達の好物を持って、会いにいったのよ。彼らの好物をお墓の前に並べて、マーガレットと水辺にいった彼らとで、建国祭を祝ったの』

「……」

誰もが息を呑んで、その身を固めていた。このときまで、あの日の王妃様が建国祭を楽しんできたのだと、疑っていなかった。サイラスもフレッドも足が止まり、顔を伏せていた。

『セツナ君。沢山の人が、死んだのよ。私達を支援してくれた人達も、大将軍の親や大臣の弟や侍女の姉や、私達の仲間も……。そして、王様は一番沢山のものを失ったわ。自らの手で、両親と兄弟を殺さなければいけなかった。皆、血の涙を流しながら、あの日この国を守ったのよ』

そこで王妃様が俯き、そしてゆっくり顔を上げ真っ直ぐに私を見た。いや、見たのはセツナなのだろう。しかし情景の中の王妃様は、私と目が合っているように錯覚した。

『あの日……。怒号と剣戟が聞こえる場所で、私は傷を負って運ばれてくる支援してくれた人達や友達を、水辺に見送った。一人また一人と、呼吸を止めていく彼らの言葉を聞いた。その言葉は、今も一言一句覚えている』

王妃様の顔が、言葉が頭の中に入ってくるたびに、サイラスとフレッドの顔が苦痛に歪む。

『もう見えていない目で私に笑いかけて、友人がこういったの。『泣かないで、リリア。新しく生まれるための痛みだから』って、セツナ君。そんな痛みを、私は知りたくなかった』

王妃様の声が、微かに震えている。

『戦いで、片腕を落とされて水辺に旅だった友は、『笑え。笑え、リリア。ライナスが勝利を勝ち取る、喜ばしい日だ』といったわ……。沢山の人の命がこぼれ落ちていく光景の中で、私は彼のために笑って見送った』

そして王妃様は、首を横に振り笑って続ける。

『そう、泣かないの。喜ばしいことだから、泣かないのよ』

この会話は、そこで終わった。なんともいえない気持ちが、胸に広がり言葉がでない。王妃様が見た光景は、どれほど凄惨なものだったのだろうか。情景の中の王妃様は、笑っておられた。だけど私には、王妃様が泣いているようにしか見えなかった。

フレッドの動きが、鈍る。それでも、紙の鳥は次々に二人に向かっていった。

『王様や大将軍や大臣達が、涙を落とし、血を流し、命を懸け、戦ったあの戦争は、失うものしかなかった。戦い終えた王様達は、悲嘆に暮れるしかなかった。そんな王様達に、そのおかげで沢山の笑顔がもたらされたことを知ってほしい。その願いから国民の手で作られたのが、建国祭なの』

「……」

『……彼らは王様達が自分達を責めても、リペイドの国民は、こんなにも感謝していると伝えたくて、お祭りを始めてくれたのよ』

大将軍や大臣達が、その瞳を悲しみに染めていた。

その姿に、自分が忘れていた気持ちを思いだした。幾度も聞いた話だった。両親から、大将軍から、先輩から、何度も何度も。どうして忘れていたのだろうか。いつから忘れてしまったんだろうか。

『建国祭は、悪政の痛みを忘れないための日。亡くなった仲間を偲ぶ日。国を思う志を繋ぐ日。悲しいことも辛いことも全部呑み込んで、こんなに平和になりましたって笑う日なのよ』

頭に入ってきた王妃様の顔は、辛そうに笑っていた。王妃様のこんな笑い方は、見たことがなかった。その笑みに、私は胸が詰まる想いがした。多分、そう感じたのは、私だけではないだろう。

『大切な人を守れる国であるように、あのとき戦った全員で王様を支えながら歩こうって決めたの。この国の未来のために、この国をよくしていくために。私達は、王様を支えてこの国を守ると誓った。だから、帝国に狙われても、この心だけは全員揺らぐことはなかった』

王妃様は、とても真剣で強い眼差しをしていた。大将軍や大臣達が情景の中へ答えている。

「あの日から、我々はこの国を守ってきたのだ。それを忘れたことはない」

「私達も、建国祭を大切に想っている」

「不甲斐ない私達の姿を、友達に見せたくなかったな」

「早く挽回しなくては、顔向けができないな」

友に話しかけるように優しい声音で呟いていたが、その感情には苦い思いが多く含まれているようだった。

その声が届いたのかわからないが、フレッドが我に返る。サイラスは魔法にかかりながらも、前に進んでいる。おおよそ、人間とは思えない平衡感覚で、竜の加護によるものだろう。そんな二人でも、顔色は酷く悪くなっているのがわかる。

だが、歩みを止めるという選択はなく、身を躱しながら二人は前へと進んだ。ただ今までと何も変わらず無策で歩いているだけなので、無数に飛び交う紙の鳥から逃れることはできない。当然、何羽もの鳥に触れることになった。

『セツナ君。私はね、建国祭を一度も楽しいと思ったことがないの。仲間や家族や友を失った日を、楽しいなんて思ったことはないのよ……』

「母上……」

「王妃様……」

ユージン様とキース様の後悔を滲ませた声が、耳に届く。

『楽しくはないけれど……。でも、喜びと幸せは感じているのよ』

『国民が、心から祝ってくれるからですか?』

『そうよ』

愛おしそうに目を細めながら、王妃様が話を続ける。

『建国祭の日のために、ジェルリートの花を用意してくれる。私達の心に寄り添おうとしてくれる。そして、私達にとびっきりの笑顔をくれるの。『俺の代わりに、幸せに笑う民の顔を見届けてくれよな』といった友の言葉と一緒に、私は建国祭を祝うのよ』

玉座の前に浮いている青い鳥のぬいぐるみが、目に入る。そのぬいぐるみの胸ポケットには、ジェルリートの花が鮮やかに咲いていた。

私は、王妃様があれだけ建国祭のことを話されていたのに、その花さえも用意しなかった。ノリスに頼めば、喜んで用意してくれただろうに……。

『最初は、お花だけだったのよ。でもいつからか、町中にランタンが飾られるようになったの。セツナ君、お城の高いところから見るランタンの灯りは、地上に星が生まれたかのように見えて、とても、とても美しいのよ……。あれだけのランタンを飾るのは、大変でしょうに』

そういって、王妃様が心配そうにため息をついた。

『皆さん、楽しそうに準備されていましたよ。僕もアルトと一緒に、ギリドッドの皮を加工したり、道に杭を打ったり、ランタンの設置を手伝ったりしてきました』

『え？』

王妃様が、目を丸くして驚いている。

『そんな依頼が、あったの？』

『いいえ』

セツナは、その日あったことを楽しそうに語りだす。

『ふふ』

王妃様が幸せだというように、声をだして笑った。そして、また気付くのだ。私は王妃様のこんな笑顔を、長い間見ていないということに……。

よく笑っているお方なのに、最近の笑みといえば寂しそうに笑う顔しか思い出せなかった。

まだ、二人は進んでいた。魔法が起動するたびに立ち止まり、また一歩進む。紙の鳥はセツナが動かす以外にも、自動で近寄る者に向かっていく。だからセツナに気をとられている間に、思わぬ接触を許し、また魔法にかかってしまう。

それでも確実に、サイラス達は前へと進んでいた。

ユージン様はしばらく黙って考え、悩ましげにため息をつく。そして、苦悶したままセツナに話しかけた。

「君のいうとおり、後回しにしたりせず、私は母の言葉に耳を傾けるべきだったのだろう。だが、それでも、ともに祝うのは来年では駄目なのか？　来年ならば、皆でゆっくり祝えるはずだ」

ユージン様が迷いながらそう問うが、セツナは何も答えなかった。ユージン様に迷いがある限り、サイラス達への命令は覆らない。彼らは進み続け、紙の鳥はそれを阻んだ。

『体の調子がよくないようなの……』

その言葉を皮切りに、涙を落としながら切々と王妃様が病状を語っていく。その様子は真実を述べているとしか思えず、どうしようもない不安な気持ちが湧き上がってきた。

「そこまで、悪かったのか」

大将軍と大臣達は、顔色をなくしていた。

私には、どうか治る病気でありますようにと、心の中で祈るほか術はない。

キース様は、顔色を蒼白にしながらセツナを見た。ユージン様の表情が、陰る。フレッドとサイラスは愕然となって、足を止めた。

「セツナ！　お前が……」

思わずといった感じで、サイラスがセツナの方へと体を向けた。

「サイラス」

サイラスが何かをいおうとしたのだが、セツナがそれを遮り首を横に振った。サイラスは、拳を握り歯を食いしばると、顔をそむける。

そのやりとりに、どういった意味があったのかはわからない。

『治療をすることなく放置すれば、1カ月後には動けなくなります。そして、命を落とします』

魔法の中のセツナの言葉で、暗澹たる気持ちになった。その言葉が脳裏から離れない。

(国王様が、命を落とされる?)

寝耳に水の情報に、動揺を隠せない。同様に、ユージン様やキース様、そしてサイラスも動揺を隠せなくなっていた。

「嘘だろう……?」

「間違いないのか⁉」

ユージン様やキース様、いや、ここにいるすべての者が、言葉をなくしてセツナを見ていた。

(今、国王様が水辺へと旅立たれたら……)

不吉なことを考えそうになり、感情に蓋をした。

「間違いではありません。ですが、僕は……」

セツナが何かをいう前に、サイラスが身じろぎしたことで、紙の鳥に触れた。話が終わっていないにもかかわらず、王妃の別の想いが、頭の中に入ってくる。

『色々難しい注文をつけてしまったけど、できる範囲でいいから、王様の薬をお願いね』

『承りました』

このやりとりで、少なくともセツナが治療薬を用意できるということがわかり、胸を撫で下ろす。

それは、周囲の大将軍達やユージン様も同じだった。

俯いていたサイラスが、勢いよく顔を上げてセツナを真っ直ぐに見つめると、さっきとは違い彼は静かに、そして力強く頷いた。サイラスは、ほっとしたように息をついた。

「ですが、僕はこの病の治療法を知っていたので、王妃様にどうすればいいかを伝えてあります」

情景が流れる前の続きを、セツナが話す。

「王妃様が強硬手段をとったのは、国王様の治療目的もあったのか？」

大将軍が眉間に深く皺を寄せて、セツナに問う。

「はい、そうです。といっても、薬を準備できたのは偶然（ぐうぜん）です。王妃様としては、皆さんに静養してもらうことで、病気を治したり体力をつけてもらいたかったんだと思います。でも偶然ですが、僕に国王様の話をしてくれたことで、病状に思いあたり助言することができたのです」

「では、なぜ最初にそれを俺達に伝えなかった。さすれば、誰も反対などしなかった」

「あの状態で、僕の話を信じてくださいましたか？」

「……いや、そうだな。信じるのは難しかっただろう」

大将軍は、深くため息をついて、それ以上は何もいわなかった。セツナは、大将軍からユージン様へと視線を戻し、静かな声を響かせた。

「僕も、来年の約束をすることはあります。ですが、それが叶わないこともある」

セツナの悲しげな声音に思わず凝視（ぎょうし）するが、彼は軽く顔を伏せていた。もしかすると、彼は叶わない約束をしたことがあるのかもしれない。

「今回の国王様の病は、僕が癒（い）やせるものでした。ですが、考えてください。建国祭を迎えたいと思っている国民一人一人に、平等に来年がくるなんて、誰も保証してくれません。だから、建国祭を今年やることは、とても重要なのだと僕は思います」

彼の声が、静かに部屋を通っていく。

「……」

日常とはいとも簡単に崩れ去ることがあるのだと、国王様が毒を盛られたときに、サイラスの紋様を私の手で破棄したときに、痛いほど思い知っていたはずなのに……。

「僕だって、来年があれば……。来年もあればいいと、思います」

セツナが寂しそうに告げた言葉は、叶うことのない願いを望んでいる、そんな想いを込めた言葉のような気がした。だからこそ逆に、来年がこない人がいるのだと、切実に感じられた。彼はゆっくりと、話し続ける。

「皆で建国祭を祝いたい。王妃様のこの願いは、誰が欠けても叶うことはありません。絶対に叶うと断言できるのは、今……、今日この日しかありません」

セツナはそこで息をつき、視線を下に向けた。

「水辺へ旅立ってしまえば、もう、誰も、何もできない。仲直りも、想いを伝えることも、感謝を伝えることも、喧嘩も、お節介も、我が儘も、悪戯をしかけられることも、話をすることも、声を聞くことも、笑顔を見ることも、笑顔にすることも、日常ですれ違うことさえ……できない」

小さく呟かれた言葉は、私達には聞こえなかった。ただ、何かを自分自身に言い聞かせているように思えた。

だが、すぐに顔を上げたセツナは、特に変わった様子はなかった。

セツナが口を閉じたとき、この場にいる皆の気持ちが一つにまとまった気がした。だから、この次になされるべきことを、皆予測して、ユージン様とキース様の方に視線を向けた。

「フレッド。もういい。進まなくていい……」

キース様の命の撤回（てっかい）に、フレッドが大きく息をつき天井（てんじょう）を仰（あお）いだ。彼のその態度にどれほど、前進することに苦痛を覚えていたのかがわかる。

しかし、ユージン様は何も話されない。

「……わ」

何かを話されようと口を開きかけ、そのまま黙ってしまった。どうされたのかと気になって注視し続けていると、突然、膝（ひざ）からガクリと崩れ落ちる。

キース様がユージン様を受け止め声をかけているが、全く反応がない。大将軍や大臣達も慌ててユージン様の周りを囲み、セツナが顔色を失いながらも、鞄を抱えたままこちらに駆け寄ってくる。

近付いてくるセツナを捉える視界の中で、サイラスも心配そうにこちらを振り向いていた。だが、サイラスの瞳にセツナが映った瞬間、彼はユージン様に背を向け、視線を玉座の上の青い鳥に戻した。

サイラスは、感情の波を抑（おさ）えるように深呼吸したあと、前に進む。ユージン様に気がいっていたフレッドが、それに気付いた。

サイラスの心境は、察してあまりある。もはや、進む意味はない。誰も進むことを望んでいない。さらに青い鳥を斬ったとして、もはや何も得るものはない。そんな虚しい形だけの命だが、サイラスを止める者はいない。ゆえに、サイラスだけは孤独（こどく）に進むしかない。

フレッドはすぐにサイラスを見て手を伸ばそうとするが、引っ込める。それが、主命を妨害する行為だと、フレッド自身が知っていたからだ。

「サイラス」

その名を呼ぶことだけが、フレッドのできる唯一のことだったのだろう。

「俺の命は、まだ撤回されていない」

サイラスは玉座の前に浮かぶ青い鳥を、一心に見つめていた。

「だが、もう意味はない……」

「大丈夫だ、フレッド。お前は戻れ」

「……サイラス」

サイラスの動きに気付いている者は、私達二人だけで、その中、サイラスは主命を果たすために重い体を、突き動かしていた。紙の鳥の魔法は、私達全員の精神を、等しく責め続けていた。サイラス一人が苦しくないわけがないのだ。

それでも、表情をなくしながら背筋を伸ばし、しっかりと前を見て歩く。サイラスのその姿を見て、私は主命が絶対とはいえ、彼の忠誠の証を傷つけたことを思い出した。

◇３　【サイラス】

最近のユージンは様々な仕事を受け持ちながら、その対応に追われる毎日だった。

当初は、重要性と火急性によって区別されていた仕事も、地方から上がってくる嘆願や大臣達が積み上げてくる仕事量に押され、仕分けする時間さえもなくなり、山と積まれるようになった。今は目の前の仕事を片付けるだけで、精一杯の状態となっていた。

減らない仕事を前にして、ユージンが『私に父上の跡を継ぐ資格が、あるのだろうか』と呟いている姿を、俺は何度か目にしていた。

きっと、ユージンは自分自身に、失望していたのだろう。それでも、疲れを隠し今日まで頑張ってきたのは、ひとえに国への思いからだったのだと思う。

そんなユージンを、俺はただ見守ることしかできなかった。俺達は兄弟のように育って、親友ではあったが、それ以上に主従だ。

従者たる騎士は、主命があれば、どんなことがあっても、主を守り主の補佐をする。一方で、主命がなければ、踏み込んではならない。

だからこそ、ユージンの第一騎士である俺は、見守り続けた。ユージンが大丈夫だという度に、助けたいという思いを抑え、それがユージンにとってよいことにならないと思っていながら、ユージンのよき騎士であるように務めた。

（俺は、何をするべきだったのか）

その想いが頭をよぎるが、今考えるのはそれではない。

（俺は、今、何をすべきなのか）

ゼグルの森に放り出されたとき、俺はそれを導き出すことができなかった。セツナに救われたことで道を誤ることはなかったが、そのセツナは、今、ユージンを助けに向かった。

（自分で、考えるんだ）

あいつに任せれば、ユージンは大丈夫だ。おそらく、国王の病の解決と王妃との和解で、緊張の糸が切れて倒れてしまっただけとも思う。だから俺のすることは、ユージンの身を案じて、駆け寄ることではないはずだ。

主命を、放棄することでもない。第一騎士の俺がそんなことをすれば、ユージンの命を遵守し遂行する者がいないと、ユージンの権威を地に落とすことになる。ユージンは、それを気にはしないだろう。だが、王位を継いで国政を担うとき、それは必ず足枷になる。

ユージンが、すでにこの主命を撤回しようとしていたと、俺は断言できる。それでも、ユージンがその口で取り消さない限り、俺はユージンの命令に背くべきではない。

(答えはだせたか?)

いつだったかの国王様の言葉が、俺の脳裏に蘇った。

「サイラス」

フレッドが、苦悶の表情を浮かべて俺を見ていた。

「俺の命は、まだ撤回されていない」

(必ずユージンが、元に戻ってくれるはずだ。それまで俺のなすべきことは、あの青い鳥を斬りにいく、それだけだ)

玉座の前で、幾羽もの紙の鳥に守られている青い鳥を見据える。

「だが、もう意味はない……」

「大丈夫だ、フレッド。お前は戻れ」

(鳥に触れては、駄目だ)

一連の紙の鳥との戦いの中で閃（ひらめ）いていた闘（たたか）い方を、試（ため）すしかないと決意する。フレッドが隣にいたときは、フレッドへの危険性を考え、採れなかった闘い方だが、今なら問題ない。

「……サイラス」

俺は剣を抜き、両手で構え前にでると、紙の鳥が反応して動きだす。

(俺は、俺にできることをやりきる)

ユージンの精神にこれ以上負荷（ふか）をかけることは、不味（まず）いのは明らかだ。それに、ユージンだけでなく、ここにいるほとんどの者の精神は、限界に近いだろう。

(だから、紙の鳥に触れてはならない。これは絶対だ)

すり足で、もう一歩前へでる。途端（とたん）に、3羽の紙の鳥が俺を目がけて飛んでくる。

(大丈夫だ)

確証はある。フレッドが剣を落としたとき、その剣が鳥に触れたのを、俺は見た。だが、魔法は起動しなかった。

(触れなければ、どうということはないはずだ)

横一列に並んで剣の間合いに入ってきたのを見計らって、俺は剣で薙（な）ぎ払う。剣先が鳥に触れる瞬間、柄（つか）の握りを解く。慣性で動き続ける剣は、3羽の鳥を弾（はじ）き飛ばし、その剣の柄をまた俺は握り直す。

(……)

紙の鳥はもやとなって消えたが、俺の視界にはなんの変化も現れなかった。

（王妃様の想いを斬り捨ててしまうのは申し訳ないが、皆に影響を与えないためだ。許してくれ）

上手くいったことへの安堵感と王妃様の想いへの謝罪を抱え、さらに一歩前へ進む。次に飛来してくる鳥達を、今度は袈裟斬りに叩き墜とす。

間合いを詰めたことで、紙の鳥は間断なく飛んでくるようになってきた。休みなく剣を振り続けるが、俺の体力はまだ余裕がある。日々、ユージンのため、そして、リヴァイル様に認めていただけるよう振り続けてきた剣が、今、その成果を表していた。

俺の中の竜の加護のおかげか、飛んでいる紙の鳥が止まっているように見えた。背後の死角からの動きに対しても、風を感じ躱すことができる。

俺はじりじりと間を詰め、最後の反攻も切り伏せ、ようやく、玉座の前に浮かぶ青い鳥の前に立った。

（……）

俺に迷いはない。剣を振り上げ、躊躇なく振り下ろす。

「サイラスっ！　もう……」

振り下ろすと同時に、聞こえるユージンの声。だが、俺を制止する言葉は間に合わない。

それでは、剣を止めることはできない。だが、この青い鳥を斬ることもできない。引くに引けない葛藤の中、俺は握り手を強めた。

瞬間、甲高い音がして、俺の剣は吹き飛ばされていた。目の前に現れたセツナが構えた、剣によって……。

誰一人声を上げない。沢山の人がいるのに息遣いさえ聞こえない。静寂が満ちた空間の中で、最初に口を開いたのはユージンだった。

「先の命は撤回する。もういい、サイラス」

「仰せのままに」

俺は、飛ばされた剣を拾いにセツナに背を向ける。

「思わず、手をだしてしまいました……。この勝負、剣を使った僕の負けです」

「……」

誰が見てもそうじゃないと思うだろう。だが、セツナは有無をいわさぬ声音でそう告げた。

「結界の解除を望まれますか？」

ユージンは、首を振った。

「では、そのように……」

セツナはそれだけ言葉にすると、立ち止まった俺の隣を通り過ぎ、俺だけに聞こえる小さな声で、呟いた。

「間に合って、よかった」

ほっとしたようなその声音に、俺のために最後に負けてくれたことを知った。

◇4　【ライナス】

リリアと話す時間を作らなかったのは、喫緊の課題が二つほどあったからだ。内に一つ、外に一つ、舵取りを誤るわけにはいかなかった。

内の課題は、魔物の討伐に関してだ。各地から上がってくる魔物討伐の嘆願数が、当月は前月に比べて2倍となっており、通常の軍の運用では対処しきれなくなってきていた。

魔物討伐のことを、ユージンに一任したのも、結果的には悪手となってしまった。ユージンの成長を願い任せたのが、裏目にでてしまっている。平時なら、ユージンの力量で対処できたはずだが、現在では手が回らなくなっていた。

キースが「重しがとれたように、魔物の数が増えている」と話していたが、そうであるならば、今後もこの増えている状態で、魔物の数は落ち着くことになるかもしれない。

だとすれば、軍の構成を変え部隊数を増やすなどの恒常的な変更も視野に入れなければならないが、ユージンからはその案は上がってこない。

仕方がないので、いったんユージンに任すことを諦め、暫定的にサイラスを大将とした部隊を作り、部隊数を増やす案を私自ら今日の会議で発案することにしていた。

外の課題はガイロンドの動向で、諸国と連合を組んだことでその動きが鈍ることを期待していたのだが、こちらの動きを探るためか、ムバナとの国境にあるクミウ港に攻撃を仕掛けてきていた。

これに対して、ムバナは各国に支援を要請し、それに応えてセデンは船団を送り共闘の姿勢をしめしているのだが、他国の足並みが揃わないでいる。タラド、ミグリスは軍事物資の支援を行い始めたが、ヌブルの反応は聞こえてこない。

かくいうリペイドも、魔物討伐のために援軍を送る余力がなく、支援を送るだけに留まっていたが、その支援物資を集めるだけでも、窮している状況だった。だからこそ、物資を集める方法を模索するための時間も、今日の会議でとる予定だった。

それゆえに、リリアが私を閉じ込めたことは、許しがたいことだった。しかし、私が病気だと薬をだしてきたことで、私は怒りを抑え話を聞くことにした。

そしてこの薬は、私のためにセツナが作ったものだと語ったとき、彼女の言葉に耳を傾けるしかなくなった。

薬を服用し、ソファーに体を沈めるようにして座る。久しぶりに肩の荷を下ろせた心境になった。その一方で、申し訳ない気持ちにも襲われる。自分が病気を患っていることにすら、気が付いていなかったのだから。

それからリリアは、吟遊詩人のセナが実は冒険者のセツナだったということから語り始め、今回の経緯を説明し終えると、次に建国祭について切々と話し続ける。

リリアの話を聞きながら、木箱の中に丁寧に積まれている、麻紐で束ねられた手紙を手にとった。麻紐を解き手紙を読んでいくと、そこには数多の民達の想いが記されていた。

建国祭の顔出しを楽しみにしているという声、私の体調を気遣う声、最近の周辺国に対する不安の声、そういった声が私の心に染みこんできた。

その私を、彼女はただ黙って待っていた。本来ならばしなくてもよい苦労をしたはずなのに、彼女は一言も私を責めなかった。ただ「ライナスも他の皆も、本当に昔から変わらない」と困ったように笑っただけだった。その笑みを見て、今は亡き友の言葉を私は思い出していた。

『リリアが引かないときは、お前が落とした大事なものをすくいあげてくれているときだ。それを無視して、通り過ぎてはいけない』

今回と同じように、リリアの話を真剣に聞かなかったときにいわれた言葉だった。

（ああ、また怒られそうだ……）

そう思いため息をついた。脳裏に、水辺に旅だった友の姿が浮かんでは消えていく。

（薄情なものだ）

この2年、彼らのことを思い出すことすらしなかった。彼らのおかげで、建国祭を迎えることができるというのに。

そこまで考えて、改めてリリアは私が忘れそうになっていたものまで、すくいあげてくれていたのだと、今更ながらに気付いた。

前方を早足で歩いていくリリアの背を、ゆっくりと追いかけながら、私と私の第一騎士は寝室から謁見の間へと向かっていた。王妃が急いでいるのは、呼び出したまま謁見の間に残してきたセナ、いや、セツナを、気にしているのだろう。

角を回ってリリアの姿がここからでは完全に見えなくなったとき、僅かに前を歩くロンバルが何かをいいたそうにこちらをちらりと見たので、声をかける。

「どうかしたのか？」

「ライナス。死んでくれるなよ」

普段、護衛中は口を開かない男が、珍しいこともあるものだと思う。だが、死んでいった者達の気持ちを代弁しようとしていることは、明らかだった。彼らの描いた未来を実現するためにも、まだ私は死ぬつもりはない。私は、力強く頷く。

私の返事を受け取ると、ロンバルは正面を向き、謁見の間まで私を先導する。扉が開けられ、私が中に入ると、広間の中央で人の輪ができているのが見える。

「何があった」

私が近寄ると、輪が開き皆がこちらを向いて跪く。しかし輪の中央にいたユージンは、その姿勢でふらふらしていたので、私はそばにいたサイラスにユージンを支えるように命じる。疲弊しきっている息子を見て、似た者親子だなと、自嘲を禁じえなかった。

（自身の体調もわからない者が、人の健康を気遣えるはずもない……）

ユージンの成長を願い、キースや他の者達にも自分から補助に回るようなことはするなと、伝えていた。ユージンの限界が本当に近付いたら、助け船をだすつもりでいたが、完全に見誤った。

「父上、申し訳ありません」

「謝ることはない、私の咎だ。それより、大丈夫なのか？」

「はい。ここにいるセツナの治療により、持ち直しました」

私はセツナに顔を上げるようにいい、どのような治療を行ったかを尋ねる。彼は私の方を向き、静かな声で答えた。

「ユージン様のご病気は精神的なものだったので、私の持つ魔導具で闇の魔法を付与した薬を作り、飲ませることで治療を行いました。3日ほど静養していただければ、完治すると思います」

「感謝する。褒美は……」

「いりません。このことは依頼ではなく、僕の気持ちで行ったことなので」

「しかし、セツナ……」

ユージンが、横から口を挟んできた。

「気にしないでください。そんなことより、体を休めていただきたいのですが」

「それは、国王様から今後の方針を、伺ってからにします」

ユージンはそういうと、私の方に顔を向ける。その顔は何か含みのある顔だった。いや、ユージンだけではなく、下を向いている面々からも、同じ気配を感じる。それがなんなのかは、すぐに理解した。

「伝えることは短いことゆえ、会議室に戻らず、この場で伝える」

その一声で、ユージンとセツナが頭を下げた。

「まず、一つ。私と王妃は建国祭で顔出しをすることにした。速やかに、その旨を城下に触れ回るように」

大臣の承知の返事とともに、皆の緊張がほどけたのがわかる。おそらく、この王妃の想いにそった雰囲気を作り上げたのは、セツナであろう。内心で深く感謝をし、言葉を続ける。

「次に、宰相。建国祭への参加にともない、王城の仕事も私が許す者以外は、すべて休みとなる。そこを踏まえ、予定の組み替えを行うように。それに伴い、魔物の討伐など冒険者ギルドに依頼をだすことも視野に入れるように」

「冒険者ギルドに依頼する場合の、財源に関しては？」

「宰相に任せる。承認が必要な場合は追認を行うので、この３日間のうちに冒険者ギルドに依頼をだすように」

宰相の了承を受け、次の話に移す。

「続いて、大将軍に命じる。魔物の討伐で喫緊のものがあるかを宰相と共に確認し、その場合は速やかに騎士団を率いて、征討に向かうように」

　大将軍が、大きく頷いた。

「最後にムバナへの支援物資の件だが、物資を集めることはとりやめる。代わって、建国祭後、２０００の兵を連れて援軍へ向かう。私が自ら赴くことで、兵の少なさによる不信は補うこととする。よって、宰相。先の冒険者ギルドに依頼する件において、私が率いていく２０００の兵も捻出できるよう、考えるように」

　宰相が、私の出兵を諫めようと口を開こうとするのを、目で制する。リリアとユージンが、心を砕いてまで国のために尽くしたのだ。私もこれくらいのことをしなければ、申し訳が立たない。

「質問や、異論のある者はいるか？」

　誰も、声を上げなかった。

「では、以上をもって、散会とする」

　一呼吸おいたのち、私は高らかに宣言した。

「さぁ、建国祭を始めよう」

　私の言葉に、皆が一斉に頭を上げる。各々の表情はとても明るいものだった。


　皆が立ち上がるなか、リリアは見慣れぬ青いぬいぐるみを腕に抱いたまま、サイラスに支えられて立ち上がったユージンに話しかけた。

「ゆっくり休んでね」

　ユージンは、彼女の言葉に迷うように瞳を揺らす。

「母上、私は……」

ユージンの言葉を遮るように首を振り、抱いていたぬいぐるみから、ジェルリートの花を抜き取りつつ、笑って話す。

「これを抱いて寝ると、きっとぐっすり眠(ねむ)れるわ」

リリアは、ユージンに押しつけるように渡(わた)した。ユージンは、ぬいぐるみを受け取ると困ったように笑いながら、静かにそれを右脇(みぎわき)に抱えた。

「私はもう子どもではないんですが……。ですが、母上、ありがとうございます……」

その言葉にはきっと、様々な意味が込められているのだろう。リリアは優しく微笑んでから、ユージンの腕をそっと撫でた。

ユージンは頭を下げ、サイラスとジョルジュに抱えられて、謁見の間をでていった。

それを見届けたあと、後ろで待っていたのだろうセツナが、私に話しかけてきた。

「お久しぶりです。国王様。お体の調子はどうですか？」

「大丈夫だ。怠(だる)さも綺麗(きれい)に消えた」

「魔法を使って、確認してみてもいいですか？」

セツナの言葉に、以前のように誰も反対することはなかったが、ロンバルだけは一歩私のそばに近づいた。彼は短く詠唱(えいしょう)し私に魔法をかけ、ほっとしたように息をついた。

「もう大丈夫です。3日ものんびりしていれば、その怠さも治るでしょう」

「世話をかけた。心から感謝する」

「感謝は、王妃様にしてください。王妃様が気が付かず、そのまま放置していたら、1週間後には寝込むことになっていたでしょう」

　セツナはかなり不機嫌（ふきげん）な声で、そういった。彼の説明に、大将軍達が驚いていないところを見ると、私の病気についても彼から説明があったようだ。

「僕は、食事と睡眠をしっかりとってくださいとお伝えしたはずです」

　私を射るように、冷たい目で見ている。

「……」

「連合を結ぶための無理は、仕方がなかったのでしょう。ですが、そのあとの生活は、おかしくありませんか？　毒の影響で体力が落ちていたにもかかわらず、おざなりな食事と睡眠。挙げ句の果てに、体調を崩していることにも気付かず、貴方を心配する人の声に耳を傾けない。無頓着（むとんちゃく）過ぎませんか？」

　今までのセツナとは思えないほどの辛辣（しんらつ）な口調に、言葉がでない。

「毒で苦しんでいた頃に、戻りたかったんですか？」

「いや……それはない」

「そうですか。それはよかったです。食事と睡眠は生きていくことに欠かせないものです。どうか疎かになさいませんように」

「わかった。肝（きも）に銘（めい）じよう」

「あの薬で効果がなければ、それ以上はどうしようもなかったのですから」

　その言葉で、私が飲んだ薬がどのようなものだったのかが気になり尋ねると、彼は答えるかどうかをしばらく悩んでから、その薬の材料をポソリと口にした。

「は……？　今、なんといった」

聞こえた単語に、自分の耳を疑った。周りも凍りついたように動きを止めている。

「竜の血を、材料の一つとして使用しました」

聞き間違いでは、なかったようだ。

「どうして、そのようなものを……」

声を震わせて問う私に、セツナは困ったようにリリアを見た。

「依頼された薬の効能が、病気を1日で治し、すぐに働けて、副作用がでないというのが、条件だったからです」

全員の視線がリリアに集まる。どう考えても無理な依頼だ。よくそんな無理な依頼をしたなと喉まででかかったが、私がいえることではないと飲み込んだ。

無理な依頼をした本人は、目を見開いてセツナを見つめている。想像ではあるが、リリアは自分の希望を並べただけなのだろう。

どこかに、もしかしたらという気持ちがあったのかもしれないが、すべてが叶うとは思っているはずがない。

「普通ならばその病気は、かかり始めの治りやすい状態でも、完治させようと思ったら2カ月はかかるものです。それをすぐに治そうとすれば、万能薬に近いといわれている竜の血を使うしかありません」

竜の心臓は、どのような病も癒やす万能薬。竜の血は、ほとんどの病気を治す最良の薬といわれている。だが竜の心臓や血など、そう簡単に手に入るものではなく、その価値はムバナに送ろうとしていた支援物資以上だ。

セツナに払う対価は、どれほどのものになるのだろうかと考え、血の気が引いていく。

「セツナ。王妃がそれに見合う報酬を、そなたに払えているはずはないと推測するが、正しいか？」

「はい、まだ報酬はいただいていません」

「それでは、そなたは何を望む？　以前のように菓子というわけにはいくまい」

一国の王として、菓子で済ますなど、それでは示しがつかない。まかり間違っても、民衆から財を奪ったと噂されることがあってはならないからだ。

すると、彼は苦笑を浮かべ「対価は、王妃様にお伝えしています」と告げてお茶を濁した。

「絶対に、約束は守るから」

その言葉に応えて、彼女は言い切った。どことなく寂しそうに笑うセツナが少し気になったが、リリアの態度から、私達に叶えることができるものだと確信する。詳しいことは、あとでゆっくり聞かせてもらうことにした。

「それでは、最後になりますが、王妃様。これは、僕から。建国祭を祝っての贈り物です」

そういうと、セツナは鞄の中から1本の酒を取り出す。見たことがない酒に、酒好きである大将軍の目の色が変わったことに気付いたが、見なかったことにする。

「友人達と過ごされるときにでも、呑んでください」

そうだ。毎年、リペイドの民達が灯すランタンの灯りを見ながら、友と語り、気持ちを新たにしていたことを思いだした。リリアはぎゅっと唇を噛みしめ、その瞳に涙を浮かべながらも嬉しそうに笑った。

「ありがとう。セツナ君」

「どういたしまして。それと、これはただのお節介ですが、ジェルリートは、そのままでよろしいんですか？」

そういわれ、リリアは絶好の機会を得たとばかりに、手に持っていたジェルリートの花を、私の胸ポケットにそっと挿した。その瞬間、私の脳裏にリリアの情景が流れた。その声は、リリアの夢を私に伝えていた。

真っ赤になってうなだれているリリアを愛おしく想い、今日またここからこの国のために生きていこうと決めた。

前国王の治世は、大切な人を守ることさえ困難だった。そんな国にしないために、リペイドの民達のために、私の家族のために、水辺にいった同士と私達の願いを叶えるために。

そして、リリアの夢を実現するために……。

『私は、男の子と女の子のお母さんになるのが夢なのよ。絶対に叶えるんだから！』

脳裏に現れたリリアは、幸せそうにそういっていた。ならば、私もいつか生まれてくる娘のために、この国をさらによい国にせねばなるまい。

転移魔法で去っていったセツナを見送り、私はリリアと謁見の間をでる。

祭りが始まる。建国祭が。

◇5 【セツナ】

城に呼び出されたときと反対に、今度は転移魔法でラギさんの家に帰ってきた。人の気配がないことから、アルトとラギさんは、まだ帰っていないみたいだ。

（普通、戻るとしたら、玄関だよね）

先ほどまでの印象が強すぎて、なぜかいく前の状況に戻らないとという意識が働き、自分の部屋に戻ってしまった。苦笑しつつ1階へ下りて、手を洗う。それから飲み物を用意して、また階段を上り、自分の部屋のソファーに深く腰を下ろした。

玄関に戻れば、こんな二度手間になることもなかったのにと思わずにはいられないが、それだけ、城でのことは、僕の平静を奪っていたのだろう。

「疲れた……」

ため息と一緒にでた言葉は、偽らざる気持ちだった。依頼は完遂できたと思う。でも、最良の結果かといわれると、そうではないような気がするのだ。

もう少し穏便に事を運ぶことができれば……と考え、最初の計画が破綻した時点で、穏便からは程遠かったから仕方ないかと、再び苦笑する。

（最良ではなかったけれど、それでも……）

国王が『さぁ、建国祭を始めよう』と告げたときの王妃は、とても幸せそうに笑っていた。そして、ユージンさんも憑き物が落ちたように、ほっとした表情を見せていたと思う。

思うところはあるけれど、ひとまず、国王の病が治り、ユージンさんが休息をとり、王妃の願いが叶ったことを喜ぼう。

「王妃様の依頼を、受けてよかった」

ソファーに背中を預け、体から力を抜くと、思わずそう呟いていた。彼女の依頼を受けるまでに、色々と考えさせられることはあったけれど、心からそう思えたことが嬉しかった。

◇6 【ラギ】

建国祭ということもあり、人の多さは覚悟のうえだった。それぐらいで疲れるような鍛え方はしてきてはいない。

初めて見るお祭りにアルトはずっとはしゃいでいた。人混みの中はぐれないように私と手を繋ぎ、時折私を気遣いながらも、見るものすべてに視線を奪われ、彼の好奇心は大いに刺激されているようだった。

その中でも、一際心が惹かれているように見えたのは、やはり食べ物だ。屋台から漂ってくる香りに誘われフラフラと歩いていったかと思うと肉を刺した串を自分のお金で2本買って、そのうちの1本を私に渡してくれた。

「はい、じいちゃん」

「ありがとう」

差し出された肉を受け取ると、アルトはとても幸せそうに笑って頷いた。まさか、私の分まで買って渡してくれるとは想像もしていなかった。胸の辺りがじんわりと温かくなるのを感じる。そしてその反面、そばにいる私を頼るという発想がないアルトに切なさを覚えた。

　アルトから貰った肉をしばし眺めてから、ありがたくいただく。二人で「美味しい」といいながら頬張り、半分ぐらい食べ終わったところでアルトに声をかけた。

「アルト。食べたい物や欲しい物があれば、じいちゃんが買ってあげるからの」

　遠回しに、自分のお金を使うことはないと伝える。だが肉を食べ終えたアルトは、次の獲物を物色するかのようにキョロキョロと見渡しながら、私に返事をする。

「ししょうが、きのうおかねをくれた。じいちゃんといっしょに、たくさんたべておいでって」

「セツナさんから貰ったお金で、別の物を買ってはどうかな？」

「うーん。おれは、たべもののほうがいい。ししょうも、すきなだけたべていいって、いってた」

　セツナさんに好きな物を好きなだけ食べていいといわれたのが、よほど嬉しかったのだろう。アルトは、機嫌よく尻尾を振った。

「……食べること限定なのかの？」

「うん」

「そうか。食べること限定なのか……」

「いっぱいおかね、もらったから、いっぱいたべれる！」

　私に返事しているさなかも、アルトの視線は食べ物の屋台に釘付けだ。その様子に苦笑してしまうが、私は抵抗することなくアルトに手を引かれるままに、次の屋台へと向かった。

　一つ食べ終わったらまた新しい食べ物を買い、私達の胃袋の中に次々と収まっていく。次第にお腹が膨れていくのだが、アルトはまだ食べられるようだった。

　これ以上は食べ過ぎになると思い、私の分はいいからアルトの分だけを買うように伝えたのだが「ししょうが　じいちゃんといっしょに、たべるんだよっていった」と譲らず私の分も渡してくれるので、食べないわけにはいかない。私が断ると、アルトも食べるのをやめようとするのだ。

　律儀なアルトの性格を微笑ましく思いながら、私も同じように食べていく。そのうち、お金も尽きるだろうと考えていたのだが、その期待は次の言葉で裏切られることとなった。

「じいちゃん。たべたいものある？　ししょうが、どうか20まいくれたから、まだまだいっぱいかえる！」

「……」

　銅貨20枚……。ここで半銀貨や銀貨を渡さなかったのがセツナさんらしいが、まさかそんなに持たせているとは思わなかった。私一人なら銅貨20枚で、半月は食べることができる……。

（お金が尽きるのを待つのは、無理そうだ）

　そんなことを考えながらチラリとアルトを見ると、今か今かというような目で私の言葉を待っていた。

「あの、お店の物がたべたいかの？」

　期待を裏切ることはできず私が目についた屋台を指さすと、アルトは嬉しそうに頷き、店の前まで私の手を引いた。そして……。

「おおもり、ふたつください！」

　躊躇なく大盛りを頼むアルトに、私は絶句する。愛想のよい店主にお金を払い、大盛りの食べ物を受け取った。礼を告げたときの私の顔は、もしかすると引きつっていたかもしれない。

胃の中へぎゅうぎゅうと押し込んで完食するが、そのあともアルトの食欲はとどまることを知らず散々食べ歩いた。珍しい果汁（かじゅう）を売っている店で木のコップを空けて、私は、もう、何も入らないとなった。

一方で、アルトは美味しそうにコップを口に運んでいたが、通行人とぶつかって、飲み物がすべて服にかかってしまった。その人は謝りお代を返してくれたが、ベトベトの体が気持ち悪いとアルトがいうので、帰宅することにした。

それがなければ、もしかするとまだ食べていたかもしれない。いったい、あの小さな体にどうやって大量の食べ物が収まるのか、誰か説明してほしい。


「じいちゃん、おれ、みずあびてくる！」

帰宅早々アルトは、飲み物をこぼして汚（よご）れた服を脱（ぬ）ぎながら浴室へと駆けていった。帰り道で早く服を着替（きが）えたいと話していたので、特に何かをいうこともなくアルトに簡単な返事をしたあと、居間にあるソファーに体を沈めるように座った。そして無意識に吐（は）き出されたため息に、苦笑する。

以前セツナさんとアルトといった遺跡（いせき）の調査よりも、私は疲れ果てていた。その疲れの原因は、理解している。理解しているが、今後同じことがあったとしても、私はその原因を取り除こうとは思わない。

なぜなら私はその原因となる事柄（ことがら）さえも、とても愛おしく感じているのだから。胃の辺りをさすりながらため息をつく。

（もう今日は、食べ物は見たくない）

アルトの手前平気な振りをしていたが、正直そろそろ限界が近い。だが、アルトの前ではそれが虚勢であっても、弱っている姿など見せたくはなかった。

パタリと音がして、アルトがそろそろ戻ってくるのかと思い苦しいのを我慢して体を起こすが、扉から入ってきたのはアルトではなくセツナさんだった。

「お帰りなさい。楽しかったですか？」

「ああ、楽しかった」

言葉とは裏腹に、ぐったりとしている理由を問われるかと思いながら、セツナさんの言葉を待つ。だが、胃の辺りをさすっている私を見て口元を緩めたかと思うと、彼にしては珍しくニヤリとした笑みを向けた。

「今日は、沢山食べることができましたか？」

そのセツナさんの言葉と笑顔に、私は食べ物限定の意味を知った。日頃の様々な悪戯の仕返しをされたのだと、気が付いた。

「やられました……な……。私と食べるようにいわれたら、アルトは一人では食べようとしないからの」

何度目かのため息をつきながら話す私に、セツナさんは手に持った包みを机の上に置き、笑いながら聞いてくる。

「今からお昼ご飯を用意しますけど、食べたい物はありますか？」

私の返答はもうわかっているだろうに、あえて尋ねてくるセツナさんが憎たらしい。

「……」

何も答えずに知らん振りしていると、机の上の水差しからコップに水を注ぎ、笑いながら薬と水を手渡してくれる。

「消化薬です。飲むと楽になると思います」

「今日一日で、3日分ぐらいは食べたような気がするの……」

また、ため息をつき呟いた私に、セツナさんはとても小憎らしい笑顔を返してくれたのだった。


胃腸の回復は、思ったよりも時間がかかった。すでに外の陽は、大分傾いていた。アルトに悟られないように自分の部屋でおとなしくしていたのだが、薬の効果を感じるまで、かなりの時間を要していた。セツナさんは、強力な薬だと話していたのだが……。

ただ建国祭の本番は夕方からなので、ちょうどよかったのかもしれない。刺繍のされたリボンがついたジェルリートを胸に挿し、私達は戸締まりをして王城の方へ向かった。

建国祭の本質は国王様への感謝にあるので、リペイドの国民はできることならば、国王様に挨拶をしようと王城へ足を運ぶ。城下に広がるこの町の人々ならば、なおさらだろう。

「結構な人数が、集まってきているんですね」

町の賑わっている場所にくると、家をでたときには若干元気がなかったように感じたセツナさんが、驚いてそんな感想をいってくる。アルトは少し怖かったのか、セツナさんの袖を掴んでいた。

「王城の方にいくと、もっと人は増えるのだよ」

「僕は、こんなに人が集まる場所にきたことがなかったので、少し驚きました」

そういうセツナさんの顔は、言葉とは反対に、いつものように涼しげな表情だ。

「おれは、ありえないと、おもう」

アルトは辟易だといった風に顔をしかめたので、私もセツナさんも吹き出してしまった。

「でも、ちょっと意外でしたね」

「何がかな？」

「こういったお祭りに参加しているようには、見えなかったので」

「確かに、間違ってはいないの」

「それでは、僕達のために前もって調べてくれたのですか？　ありがとうございます」

「そのお礼は、20年前の私に伝えてきてほしいがの」

セツナさんがくすりと笑い、アルトがわけがわからないといった顔をする。

「アルト。ラギさんは、20年前の建国祭に参加したことがあるって、いってるんだよ」

「なるほど！」

アルトがすごいという面持ちで私を見てくるが、何に対して尊敬の念を込められているのか、よくわからない。

「おれ、もっといっぱいひとといたら、ぜったい、めをまわす」

「なるほどの。それなら、どうしても駄目だと思ったら、声をかけるといい。私が肩車をしてあげるからの」

「うん！」

アルトは、ほっとした表情になった。

「それで、ラギさんはどうして20年前に建国祭に？」

ガイロンドでの仕事の帰りに、偶然、この町に寄ったのだよ」

ガイロンドは魔の国と隣り合わせのために、魔物が大量発生することが多いので、傭兵はそれなりに需要があるのだということを、私は付け加える。

「よく、わからないんだけど、まものが、たいりょうはっせいすると……」

アルトは、魔物が大量発生をすると、冒険者ギルドから冒険者達へ招集がかかり、彼らがその魔物を倒すと思っていたようだ。だから、傭兵も同じようなことをするのかと問うてきた。

「まえに、きいたときは、きにならなかったんだけど……」

アルトによると、道連れの傭兵にそんな話を聞いていたが、そのときは怒っていたので話の内容自体に興味が湧かず、疑問を持たなかったということだ。

「基本は領民を守るために、領主が自分の兵士を指揮して魔物を討伐するのだよ。だが手勢では魔物を倒せないときに、国の兵士に援軍を頼むか、冒険者ギルドに依頼をだすか、領主が直接傭兵を雇うわけだの」

理解できているか心配だったのでアルトの顔を覗き込むが、うんうん頷いているので、問題はなさそうだった。それならと思い、私は話を続ける。

「他にも冒険者ギルドがない村などでも、傭兵は需要がある。20年前にいったガイロンドの村も、やはりそういったリペイドとの国境付近の村で、魔物を討伐し終わったあとに、なんとなくリペイドにいこうと思い立ったのだよ」

「そのとき、リペイドで建国祭が行われてたということですね」

「そういうことだの。魔物の討伐で荒(すさ)んでいた私の心に、この町の雰囲気がしみ込んでの……」

今も、まさにあの頃の雰囲気と同じように、建国祭の町は賑わっている。そしてその中にちらほらと獣人(じゅうじん)の姿が見える。リペイドの町に住んでいる者と、国内と国外からやってきた者達だが、この群衆の中で、僅かながら同族がいるというのが、私には心地(ここち)よかったのだ。

わけあって祖国(サガーナ)も妻子も捨てた私だが、獣人が全くいない環境(かんきょう)で生きていくのは、あまりに孤独で耐えられないと思っていた。

しかし多くの獣人がいると、私の素性がばれてしまうのではないかと、不安でもあった。だからこの町は、私にとって、理想の環境だと思ったのだ。

それなのに傭兵仲間と別れリペイドにきてからは、建国祭に参加することができなかった。独りでこの群衆の中に入っていく勇気が、私にはなかったのだ。

（それが今日は、二人も一緒に参加してくれる者がいるとは……）

そんな感傷に浸(ひた)っていると、不意にセツナさんが尋ねてくる。

「20年前のリペイドもこんな感じだったんですか？　国の財政は厳しかったと聞いてますが」

その質問に、私は当時のことを思い返しながら答える。

「リペイド全体が貧しかったの。国王様は金を工面するために城の中にある宝を、手当たり次第売らなければならなかったほどにな。リペイドの国民も貧しかったからそういった高価な物を買っていくのは国外の商人達で、リペイドの歴史ある絵画や陶器(とうき)といった財宝なども、そのほとんどが国外にでていってしまったそうだよ」

「そうなんですね。歴史ある物が散り散りになってしまったのは残念です」

「そうだの。だが、そんな中でもリペイドに残っている物がある」

「そうなのですか？」

セツナさんは学者だからなのか、歴史が絡む話が好きだ。今回も興味深げに耳を傾けてくれる。そんな姿にアルトも嬉しそうにしていた。

「それはこの国の初めに関わる魔導具なのだよ。それが国外にでていくのは我慢できなかったようで、リペイドの城下町、つまりここの町の皆がお金をだしあって、その魔導具を買い取ったんだの」

「それは、どんなまどうぐなの？」

興味津々といった感じで、アルトが食いついてくる。その手応えに私は微笑まずにはいられず、頬を緩ませながら答えた。

「周囲を明るく照らす、とても大きな魔導具だよ」

「なんだ……。おれ、もっとすごいものかと、おもった」

「たとえば？」

「うーん、まどうぐがきどうすると、にくりょうりが、いっぱいでてくる、とか？」

あれだけ午前中食べておいて、まだ食べ物の話がでてくるとは、アルトの食欲は本当に底なしだと苦笑せざるを得ない。

「そんな、がっかりせんでほしいの。とても、いわくのある物なのだよ」

「どんな物なんですか？」

アルトの気を引こうとしたところ、セツナさんの興味が引けたらしい。それを見て、アルトも急に興味を取り戻した。内心で笑いが止まらない。

「なんでも伝承では、リペイドの王族は、クットからバウダール山脈を縦断する洞窟（どうくつ）を抜けてきたとされている。暗くて非常に長い旅路だったのだが、真昼のように照らして助けてくれたのが、その魔導具といわれているの」

「たしかにあのどうくつは、とてもくらかったから、すごくたすかるとおもう」

その言葉に、私の目は点になっていたに違いない。バウダール山脈の洞窟などおとぎ話だと思っていたが、アルトがそこを通ったことがあるといったものだから、それも仕方ないだろう。

何かの間違いだろうと思ってセツナさんに話しかけようとしたら、そのセツナさんが慌てて、アルトに口止めをしているところを見ると、信じがたいが本当のことのようだとわかった。

「あっ、じいちゃん。いまのことは、きかなかったことにして」

しゅんとなりながら、アルトはこちらを見上げている。

「ラギさん、このことは内密にお願いできますか？」

二人に揃ってお願いをされるとは、今日はなんと珍しく素晴らしい日なのだろう。

「心配せんでいい。誰にも話したりはせんよ」

アルトの頭を撫でながら、私は二人に約束した。

「それにしても、あれを見つけたとなれば、歴史的な大発見だろうに。隠さなければいけないとは、難儀（なんぎ）なことだの」

「まぁ、色々事情がありまして」

そう苦笑するセツナさんと、お礼を伝えてくるアルトに、逆に私の方が興味を引かされてしまったのだった。

城の前につくと、数え切れない人があふれていて、城と道を隔つ堀がなければ、城壁が壊れるのではないかと思うほどだった。

建国祭では、一日に何度か国王様と王妃様が中庭のバルコニーに立つ機会があるのだが、今日の最後の機会に、中庭に入れずきびすを返し、町中へ戻っていく人々が、この群衆だ。

中庭には入れるように早めにでてきたつもりだったが、想定が甘すぎたというしかない。

「これは残念だが、引き返すしかないの」

「えっ、おうひさまに、あえないの？」

この群衆にたじろぎながらも、アルトは残念そうな声を上げる。

「仕方ないよ、アルト。明日またこよう」

「しかし、この状態では、明日は朝から並ばないと駄目そうだの」

私がため息まじりにそういい終わるのを待っていたかのように、侍女が一人、私達の目の前に現れた。

「え？」

私達が同時に声を上げると、その女性はかしこまりながら話し始めた。

「セツナ様、お迎えにあがりました」

「いえ、ちょっと、困るんですが」

何が起こっているのかと思うより先に、狼狽しているセツナさんを見ておかしくなり、目を細めてしまった。そんな私の感情が伝染したのか、アルトもセツナさんを見てクスクス笑っている。

「セツナ様をお連れしなければ、私の方が困ります」

「そんなこといわれても、マーガレットさん。特別扱いは困ります」

そんなやりとりを見てこのマーガレットさんに、私と同じような悪戯好きの匂いを感じた。私はアルトに小声で「これが、悪戯の見本だの」と呟くと、アルトが「なるほど」と頷いた。それを見て笑いながら、セツナさんに大げさに話しかける。

「事情はよくわからないが、女性を困らせてはいかんの」

「ラギさん！」

「ししょう、ひとにめいわくを、かけたらだめと、いっていた」

面白がってアルトも参加してきたので、「困っているのは、僕の方なんだけど」と呟きながらも、セツナさんは折れて彼女の言葉に従うことに、決めたようだった。

マーガレットさんと呼ばれた侍女が魔法を発動すると、一瞬で、眼前が城壁やバルコニーといった光景に移り変わる。さらに横を見ると、貴族と思われる方々が着席している場所にいたので、さすがに私も肝を冷やした。

「マーガレットさん、ここは貴賓席ですよね！」

セツナさんは抗議の声を上げるも、「お静かに」と制止され、周りから好奇の眼差しを向けられたことで、仕方なく指示に従い席につく。私とアルトもそれに倣って、椅子に座った。

「こんなことなら、会いにいきますなんて、いわなければよかった」

いつも物静かなセツナさんが珍しく、ため息をつきながら呟いている。それを見てアルトが、物怖じしながらも嬉しそうにしているのは、その表情が楽しそうに見えているからだろう。家をでるときに感じた陰りはもう完全に消えていて。私は胸を撫で下ろした。

それから、国王様と王妃様がお見えになるまでには幾分時間がかかり、マーガレットさんは挨拶をして城に戻っていった。

ゆっくりと、バルコニーの入り口で国王様は立ち止まると、貴賓席で座っていた者は立ち上がり、中庭にいる者が総立ちで国王様に頭を下げる。

国王様はそれを見届けてから、バルコニーの先まで進み、昨今の病気の噂を払拭するような大音声で、国民への感謝の言葉を述べると、後ろの方から歓声が沸き上がった。

人々の興奮が一旦落ち着くと、国王様や王妃様が中庭にいる人々に、感謝を込めて手を振り始める。そんななか、王妃様がこちらを向き手を振ったのは、偶然ではない気がした。

そうやってしばらく手を振っていると、籠を持った侍女達がバルコニーへでてきて、王妃様の隣で跪き、籠を掲げる。その中には、先ほどのマーガレットさんもいた。

王妃様は、その籠の中から焼き菓子の包みを手にとり、バルコニーの外へ投げる。中庭にいる皆が立ち上がり手を上げる中、それは嘘のようにゆらゆらと揺れながら、アルトの手の中へ収まった。

無邪気な笑みを浮かべるアルトとは対照的に、セツナさんは乾いた笑みを浮かべている。それを傍観していた私は、笑いをこらえるのに必死だった。

もはやセツナさんと王妃様の間で何かあったことは明白だったが、そんなことより、なぜこんな状況になったと困っているセツナさんを拝めたことが、私にとって最高に面白いことだった。

2投目、3投目と続いたあと、4投目はおおよそ王妃様の力では届かないと思われる、中庭の最奥へと飛んでいく。そんな感じでお菓子は、51個投げられ終えた。中庭の人々に獲得できる機会は、50回しかなかったが。


焼き菓子を配り終えると、国王様と王妃様がバルコニーから城の中へと戻っていき、次いで貴賓席にいた者達が兵士に連れられて城内へと案内されていく。

ここまでくると、もはや私はセツナさんがどんな反応をするか以外に興味がなく、黙って成り行きを見守った。すぐに私達の前にも兵士がきて、先導しようと話しかけてきた。セツナさんは「困りますから」といっているが、相手の兵士の方こそ困っていた。

それは、そうだろう。私達は、城に招かれるなど考えてはいなかったので、正装ではない。まずそんな姿の者が貴賓席に座っていたことが困惑の対象であるのに、それを城内に迎え入れる役が自分になり、なおかつ想定もしていないだろう「困る」などという言葉をかけられたのだ。

私は、なんとなくこうなるだろうなとは想定していたので、笑いを噛み殺しながら兵士に同情する。

「僕は帰ったと伝えていただければ、問題にはならないはずですから、城門に案内してください」

兵士は仕方なく、いわれたとおりに私達を案内してくれ、城外にでることができた。まだ、道々には人々が残っていて、ここで中庭の活気を感じていたみたいだった。

「さぁ、町中に戻りましょうか」

何事もなかったかのように、セツナさんは前に立って歩き始め、城門と道を繋ぐ橋の上を歩き始める。急いでいるように見えるのは、おそらく中庭の人々がでてくるのを気にしているのだろう。

私はアルトの手をとって、セツナさんの後ろに続く。しかし、またもやというか、案の定というべきか、先ほどの侍女がセツナさんの目の前に現れる。

「マーガレットさん、今度はなんのご用ですか？」

もうこりごりだというような声で、セツナさんは話しかけた。

「申し訳ありません。今回は私の個人的な行動ですので、苛立ちはすべて私に向けていただけるよう、お願いいたします」

「いや、別にそこまで怒ってはいませんけど。それで、ご用件は？」

口調が穏(おだ)やかなものに戻ったので、マーガレットさんはほっとしてから、二つの小袋(こぶくろ)を取り出す。

「これは？」

「私の個人的な、お礼にございます。ここ数十日のお……」

不意に彼女の話を遮り、セツナさんが口を挟む。

「道で、そういった話は……」

マーガレットさんは、その言葉に笑いながら答えた。

「セツナ様が防音の結界を張られたので、口が軽くなってしまいました」

「それでしたら、もう、何もいいません。続けてください」

セツナさんは、苦笑している。どうやら、この話を聞いているのは私達だけのようで、それでも話を遮ったというのは、間違いなく私に対して考慮(こうりょ)してほしいという、彼女へのお願いだろう。

今更という気もするが、事情を知らない私にいらぬ心配をさせたくないという、セツナさんの配慮なのだと思う。

（全く、律儀な男だのう）

そんな感想を抱いていると、マーガレットさんは、謝罪をしてから話を再開した。

「ここ数日の私のご主人様のご心労は、とてもいい表せるものではございませんでした。心を痛めているご主人様の力になることができず、歯がゆく思っておりました。ですので、このたびセツナ様にその心労を取り除いていただけたこと、心より感謝しております」

「うまく解決したようで、僕もほっとしています」

「それでお礼がしたく、たいしたものではありませんが、お収めください」

「いえ、マーガレットさんからお礼をいただく……」

「ただの気持ちです。一つはモリリナの葉、もう一つは紅茶です。セツナ様に一度も私の選別した紅茶でおもてなしをすることができず、残念に思っておりました。焼き菓子に合うように配合しましたので、収めていただけましたら、嬉しく思います」

「そういうことでしたら、喜んでいただきますね」

差し出された二つの袋をセツナさんが受け取ると、嬉しそうな笑みを浮かべる。

「ありがとうございます。それとお願いが一つだけありまして、このことは口外しないでいただきたいのです。非常に羨（うらや）ましがるお方が、お一方いらっしゃいますので」

最後に困ったというような笑みを浮かべてそういうと、セツナさんも「承りました」と笑う。それを見届けてマーガレットさんは、別れの挨拶を述べ、姿を消して去っていった。

「いい仕事を、したようだの？」

「何も聞かないんですか？」

「聞かれたら、困るのだろ？」

私の言葉に、「助かります。家に帰ったら、これまでのことを、話せるところだけ話しますね」と頭を下げてから、歩きだした。私達もそれに続き、ようやく橋を渡りきったのだった。


町の中に戻ってきて、3人で出店を回ったあと、町の中央広場に向かう。思いのほかアルトが出店の遊興に熱中したため、辺りはすっかり夕焼けに染まっていた。普段なら薄暗くなり寂寥感が募る頃合いだが、足元のランタンのおかげで、まだまだ町は活気付いている。

中央の広場に向かって歩いていると、後ろから聞き覚えのある声に呼びかけられた。振り返ると20人ほどの一団から離れて、こちらに男女の二人組が歩いてくる。

「ああ。やっぱり、ラギさんとアルト君だ。こんばんは」

挨拶がてら、その女性はアルトの頭を撫で、アルトが嬉しそうに返事をし、胸に飾ったジェルリートを見せていた。

「ノリスさんもエリーさんも、こんばんは」

私も挨拶を交わしている間に、前を歩いていたセツナさんも戻ってきて、二人に話しかける。

「こんばんは。お二人もきていたんですね。エリーさん、具合はどうですか？」

「おかげさまで、この2日間、問題なく働けたよ。ありがとう」

「それはよかった。無理をしないでくださいね」

「うん、そうするね。それで、セツナ君達も、中央広場に向かってるの？」

「ええ。建国祭の主役がこの先にあると、ラギさんから聞いて向かっているんです」

「そうなんですね。僕達も孤児院の皆と向かっている最中なんですよ」

ノリスさん達と一緒にいたのは、孤児院の人だったのだろう。

「建国祭の初日は、親しい者達と過ごす習慣でしたの」

「はい。毎年、孤児院の皆で集まってます。でも今年の建国祭をこうやって迎えることができたのは、セツナさんやラギさんやアルト君のおかげです。ありがとうございました。それでは、お礼だけで去るのは申し訳ないんですけど、皆が待っているので失礼しますね」

「その代わりに、今度の休みはめいっぱい働くから、ラギさんもアルト君も待っててね」

私は「よろしく、お願いします」といいながら、ノリス夫妻が元気よく元の一団へ戻っていくのを見届けた。


曲がり道を上りきると、ぱっと視界が開け、目の前に中央広場が広がる。そして、その中央には私達がひた隠しにしていた物が立っていた。

「じいちゃん、あれ、なに!?」

アルトの感嘆は、白い天幕に向けられていた。3階建ての建物の高さにまで吊し上げられたその天幕は、広場の中央をぐるっと囲んでいて、その周りに人が集まっている。

その感嘆が私には心地よかったので、もうしばらく内緒にすることに決めた。さすがのセツナさんもこれからどうなるのか見当がついていないようで、二人でこれから何が起こるのだろうねと話している。それも、また楽しかった。

そうこうしているうちに、時間がきて広場の灯りが一斉に消える。同時に喧噪（けんそう）が静まった。アルトがなんだろうとキョロキョロしていると、大きな声が響き渡った。

『それは優しい春の風（シルキス）が吹く、暖かな日のことでした』

同時に、天幕に一人の女性の影（かげ）が映し出され、天幕の内側から横笛の音が聞こえてくる。

『リリアという女性が、ブレナス邸（てい）の門を叩きました。ブレナスは当代きっての博識で、彼の元には有望な人材が集まって、日々、知識や魔法や剣術を研鑽（けんさん）し合っていたのです』

その言葉と同時に、立派な邸宅の影が天幕に映され、その影の中から一人の男性の影が現れる。

『その中でも、群を抜いていたのが、ライナスという青年でした』

その青年を模した影が歩きだし、女性の影へと近寄っていく。

『リリアとライナスは、初めて会ったその日から、お互（たが）いに惹（ひ）かれ、恋（こい）に落ちたのです』

その瞬間、二人の影が大きくなって抱き合い、横笛の音に竪琴（たてごと）の音が被（かぶ）さる。影絵に見入っている人々は、静かに拍手（はくしゅ）を送った。

「皆が秘密にしていたのは、この影絵だったんですね」

天幕に没入しているアルトの気を逸（そ）らさぬように、セツナさんが小声で同意を求めてくる。

「そのとおり。先ほど王家から買いとった魔導具の話だが、あの天幕の内側で光を発し影を映し出しておるのだよ」

「リペイドの町の人は、本当に粋（いき）ですね」

場面の転換で大きな音が鳴り、あちらこちらで、「国王様！」とか「王妃様！」という声が飛ぶ。その声で、アルトが目を丸くしてセツナさんを振り返った。

「え？　こくおうさまと、おうひさまの、ものがたり⁉」

「そうだよ」

「おれ、こくおうさまと、おうひさまの、なまえしらなかった……」

「お城では皆、お二方のことを名前で呼んだりしなかったからね」

『ライナスは拳を握りしめ、決意を固めました』

アルトはまだ色々と聞きたそうにしていたが、語り手が話しだすと舞台の方へと顔を戻した。一先ず物語に集中することに決めたようだ。

だが、物語の登場人物が自分の知り合いだと気付いたことで、舞台を見始めたときよりもその瞳を煌めかせていた。話が進んでいくと、アルトが小さな声で呟く。

「こくおうさまと、おうひさまの、ものがたりだから、さいらすさんは、でてこないんだね」

その呟きに、セツナさんが苦笑する。

「サイラスはまだ、生まれてもいなかったと思うよ」

「そっかー」

そういったあと、二人は一言も喋らず、ライナスとリリアがその学友と共に、国を正す物語をじっと見つめていた。

友という言葉に、少しだけ寂しそうな表情を浮かべながら……。

◇7 【ユージン】

何の音もなく、目覚めが訪れた。いつもならば、心の声に急かされるように、疲れの残った体を無理矢理起こすのだが、今日は清々しいほど体が軽く、快適に起きることができた。

しばらくベッドの上でぼんやりしていたのだが、ふと、いつから自分は寝ていたのかと思い返す。確か、国王が解散を宣言したあと、サイラス達に連れてこられベッドに寝転がったところまでは、覚えている。

しかし、そこからの記憶はない。だが、窓から差してくる光は朝陽に違いなく、私はほぼ一日寝ていたことになる。

そのことに呆然とし、早く仕事をしなければと考え始めると同時に、廊下から何やら賑やかな声が聞こえた。何事だと思いながらも、扉の前には騎士がいるはずなので報告を待っていると、その騎士の制止する声を押しのけて、母が扉を開けて入ってきた。

「ユージン、目が覚めていたのね。体調はどう？」

母は、簡素な服を身につけ、その上からエプロンという姿で部屋にきた。どうして、そのような姿でいるのかと問いかけようとしてやめた。

微かに甘い香りが届いたことで、聞かなくてもその理由がわかったからだ。今日は建国祭2日目であり、きっと、朝から国民に配る焼き菓子を焼いていたのだろう。

「もう、大丈夫です」

「頭痛は？」

「全くありません」

「目の下の隈も薄くなったわね……」

「……」

　それからも、色々と心配して聞いてくるが、本当に大丈夫だと伝えると、母はほっとしたように柔（やわ）らかな笑みを浮かべた。

「昨日から何も口にしていないでしょう？　何か用意させるから一緒に食べましょう」

　その言葉に自分が空腹だということを自覚する。着替えて食堂に向かうと話したのだが、「ここに運ばせるわ」と押しとどめられ、侍女に食事を運んでくるようにと告げ、母と共に私の部屋で食べることになった。

　いつもならば、勝手に勧（すす）めていく母の行動に嫌気（いやけ）が差すのだが、今朝は不思議と苛立つこともなく、穏やかに話すことができた。そのことに、内心で驚いた。

（心境が変化したのだろうか……）

　そんなことを思ったのだが、料理を食べながら本当にどうでもいい母の話を、ほぼ聞き流していたことに気付いた。なので心境の変化ではなく、体の不調からくる苛立ちが消えて、精神的に余裕が戻ったことによるものだと結論づけた。

　それでも、「食欲が戻ってよかったわ」と嬉しそうに笑う母を見て、私は胸の辺りに痛みを覚えた。

『あなたは母親であるからというだけで、王妃の気持ちをないがしろにしてはいませんか？』セツナの言葉が脳裏に浮かんだ。

自分ではないがしろにしているつもりはなかったが、そういわれても仕方ないことだと今ならわかる。『王妃を傷つけたとしても、私の考えは変わらない』という言葉が、どれほど酷い言葉だったかも。

ときに、家族を、誰かを傷つけてまでも、貫き通さなければならないことがあるのかもしれない。だけど、それは、今ではなかったのだ。

「ユージン？」

「母上、私やサイラス達にまた、モリリナのお茶をいれてください」

母は一瞬驚いたように体の動きを止めたが、すぐに、幸せそうに笑って頷いてくれたのだった。

そのあと、護衛を引き継いだジョルジュを部屋の中に呼び、朝の引き継ぎを受けた時点での状況を確認する。

昨日の建国祭は、急なことだったたが問題なく行われ、今日も準備のために城内は忙しくしていること。

建国祭を祝うことで変更された予定については、キースが調整をし、今日の昼頃には終わりそうなこと。

そして、私の公務は今日一日休みになっており、明日の建国祭にもでなくてよいことなどを聞いた。

さしあたっての話を聞き、今日一日この部屋で養生を命じられているということで、私はしぶしぶベッドの上に寝転がった。

昨日まで忙しなく働いていたせいか、落ち着かないし、暇で仕方がない。しかし、気が付いたらいつの間にか寝ているという状況から、かなり心と体を酷使していたのだと思い知った。

午前中は大将軍が見舞いがてら、魔物討伐についての認識合わせにきたが、それ以外はすることもなく、静かに寝ていた。

昼食の時間にも母がきて、一方的に話しながら、わずかな時間で食事をとると、マーガレットに急かされるようにして、部屋をでていった。

それからしばらくして、外で歓声が上がった。その歓声で、建国祭2日目の顔出しが始まったのだと知る。国民の喜びの声が胸に響き、建国祭に国王と王妃が参加したことを、素直によかったと感じた。

窓辺に近づき外を見るが、国王と王妃の姿も国民の姿もここからでは見えない。それでも私は、しばらく窓辺の椅子に座り、国民達の楽しそうな声を聞いていたのだった。

顔出しは、一日数回行われる予定になっている。その1度目の顔出しが終わったあと、父が私の部屋を訪れた。

「大丈夫そうだな」

「はい。ご心配をおかけしました」

そこで、私よりも父のほうが危うかったことを思い出し、慌てて口を開く。

「父上のご病気は、大丈夫なのですか」

「ああ、リリアのあり得ない要望のおかげで、全く問題はない」

昨日あったことを大将軍から聞いていたので、思わず片手で目元を押さえた。私のその態度に、父が小さく笑う。低く笑う声に、私も思わずつられて笑ってしまった。

しばらく笑ったあと、父が私をじっと見つめた。その瞳にはどこか、私を探るような光がある。

「父上？」

「いや……」

どうかしたのかと首をかしげてみるが、父は言葉を濁し、さらに私を見つめたあと、朝の母と同じように表情を緩めた。そして、静かに息をついてから口を開いた。

「自分が病だと知っても、さほど自身の心配などはしなかったが、息子が臥しているのを見ると、自分のこととは比べることができないほどに、心配になるものだ」

ここで、父の視線の意味が理解できた。私が本当に健康かどうかを、確認していたのだろう。母が、目の下の隈や顔色を気にしてくれていたように。

「仕事のことは気にせずともよい。今日一日ゆっくり休むように」

「……はい」

父が部屋からでていき、私は深くため息をつく。皆に心配されていたことを実感し、不甲斐ないと感じながらも、私は幸せな気持ちも同時に感じていたのだった。

夜になり、ジョルジュと交代するためにサイラスがやってきた。同時に仕事を終えたキースも、夜番のフレッドを護衛につけ、訪ねてきた。

部屋の中で、大の男が3人も立っていると煩わしいので、座るように促す。だがサイラスはそうせずに、深く頭を下げた。

「サイラス？」

いきなり下げられた頭に、立ち上がりそうになるが抑える。

「悪かった」

謝罪の意味がわからず、首をかしげる。

「俺は、ユージンの友として、お前を止めるべきだった」

「止めてくれていただろう？」

そう。サイラスは止めてくれていた。「もっと寝ろよ」とか「しっかり食べろよ」と忠告してくれていた。それを聞き入れなかったのは、私なのだ。

「それに、騎士の領分として、サイラスの言動は正しいものだった」

「……確かに、騎士としては正しかったのだと思う。だけど、大将軍なら、きっと、力尽くで止めていた」

彼の言葉に内心で頷く。父の学友だった大将軍や一部の大臣達は、父に遠慮なくそういったことをいっているのを知っている。しかし、それは彼らの中でおさまっており、他の騎士達が国王に何かをいうことはできない。

「俺も、ジョルジュも、フレッドも、この国の貴族家から騎士になった。代々、俺の家は騎士が輩出される家だった。だから、物心つく前から、リペイドの騎士の在り方というものを叩き込まれてきたんだ。フレッドも俺と似たり寄ったりだろう？」

サイラスの問いかけにフレッドは何も答えなかったが、キースが「そうなのか？」と尋ねると彼は、「そうです」と一言答えた。

「俺は、あの家で叩き込まれた騎士の在り方よりも、大将軍のような騎士になりたいと思った」

「サイラス」

「主に意見をするような騎士は、騎士ではないと教えられた。それでも俺は、主が体や心を壊しそうになっていたら、迷わず止めることができる騎士でありたいと思ったんだ」

「……」

「……」

「だけど、それは俺だけでは駄目なんだ」

「どうしてだ？」

サイラスが大将軍と国王のような関係を望むのであれば、私としても否はない。

「俺やジョルジュ、フレッドが命を落としても、次にお前達を守る騎士達が、お前達を止めることができるように、そんな騎士の在り方であってほしいと思うんだ」

それは、リペイドの騎士の在り方自体を変えたいといっているのに等しい。だが、サイラスの強い意志が宿った目を見て本気なのだと感じ、驚きで声をだせないでいると、キースが呟いた。

「昔、兄上も同じことを話していた」

珍しくキースが父のことを兄上と呼び、その声はどこか寂しげに聞こえた。

「父上がか？」

「昔のことだが、騎士の在り方を変えたいと思われていたようだ。だが、兄上は今の状態を受け入れ、自分達の仲間内だけに留めることを選ばれた」

「それは、どうして？」

私の質問にキースは、ため息をついた。

「歴史が長い貴族家ほど、受け入れられないと反発したからだ」

「……俺の元実家はその筆頭だっただろうな」

サイラスが、忌々しそうに吐き捨てる。

「反発など、撥ね除ければよかったのではないのか？」

「今ならばできるかもしれないが、兄上はそのことよりも、まず、国を安定させることに心血を注がれたのだ」

「そうか。そうだな」

国を安定させることに、心血を注がなければならないほど、この国は疲弊していた。きっと、父は様々なことを諦めながら、国を導いてきたのだろう。

キースとサイラスの会話を耳に入れながら、私は騎士の在り方を変えたいと話した父の気持ちが、わかるような気がした。

『俺は、ユージンの友として、お前を止めるべきだった』

この言葉とともに、サイラスの後悔の感情を滲ませた表情を思い出す。私は、友にそんな顔をしてほしくはない。

今までの私ならば、『自身の感情を殺し、主の意に沿うことが騎士としての正しい姿だから仕方ない』と、その一言で済ませていただろう。

だが、私はもうそれで済ませたくはない。父と同じように、騎士の在り方を変えたいと、私も、そう思った。

色々と調整が必要だろう。試行錯誤しながらの改革となるだろう。だが、父のときよりも、その土壌は培われつつあるのではないだろうか。

大将軍に憧れる騎士は多く、またサイラスに憧れる騎士も増えている。きっと、彼ら以外にも同じ思想を持つ者がいるはずだから。

「キース、サイラス、フレッド」

私は決意を胸に、彼らに呼びかけた。

「私は、騎士の在り方を変えていこうと思う。国王様が諦めざるを得なかったものを、私が引き継ぎ成し得たいと思う。一筋縄ではいかないだろうが、協力してくれないか？」

「未来のリペイドの王子が、病気でへろへろにならないようにな」

「新たな規範を、作らねばなりませんね」

「どこまで意見するのかの線引きも、必要ですね」

サイラスの軽口に、キースとフレッドが、真面目な顔をしながらも冗談で続き、一瞬の沈黙のあと誰からともなく笑いだした。しばらくして笑いが収まるのを待ってから、私は皆の前で誓いを立てた。

「私の意志で始める改革だ。絶対に途中で投げだすことはしない」

話し合いが終わり、皆が部屋をでていこうとしていたところ、私はふと思い立ち、サイラスを呼び止めた。

「どうした？」

「頼みたいことがある」

「俺にできることなら、何でもいってくれ」

「セツナに、礼をいいたいのだ」

今日一日、体を休めながら母や父と接したことで、セツナが私に話していたことが、身にしみたのだ。

父と母が必死にこの国を導く背中を、子どもの頃からずっと見てきた。しかし私は、両親が様々な痛みを抱え、それを乗り越えてきたのだと、本当の意味で理解していなかった。

表面上でわかった気になっていただけで、その本質に触れたことは今までなかったのだと、気付かされたのだ。

母を傷つけていると教えてくれたこと。父の病を癒やしてくれたこと。そして、私に「生きてこそ」だと、真剣に伝えてくれたことに、お礼をいいたかった。

「手数をかけることになるが、仲介(ちゅうかい)してくれないか」

「それなら、私もお願いする」

「……」

サイラスは、私とキースの願いに少し間を置いてから、「わかった」と頷いたのだった。

第三章　ヒヨドリジョウゴ　《すれ違い》

◇1【トゥーリ】

私の一日の始まりは、クッカがいれてくれるお茶で始まる。寝ぼけることはないけれど、今までは時間の感覚というものがなかったので、慣れるまで少し時間が必要だった。

セツと出逢った日を境にガラリと変わってしまった生活は、以前とは比べものにならないぐらい穏やかな時間が流れている。

近頃は、クッカのお仕事を眺めていることと、彼女と他愛ない会話をすることで、一日のほとんどが過ぎていく。最初はそれさえも新鮮で、日々満たされていたのだけど、この状況に慣れてきたせいか、私も何かしてみたいと思ってしまっていた。

以前の私は何も見えず、ただ座ってときが過ぎるのを待っているだけだったのに、何かが満たされると、その次の何かを望んでしまっていた。それではいけないと思うのに、振り払えない私はなんて欲深いのだろうか……。

今は読書が終わり、これといってすることもないので、セツに頼まれて薬草園の手入れをしているクッカを、眺めている。クッカは、可愛い声で、可愛い歌を歌いながら、楽しそうに薬草のお世話をしている。その姿は、とても微笑ましく思う。

その後ろをついて歩くぬいぐるみの子馬も、また可愛い。

（ぬいぐるみが歩いているのは、変なのに……）

クッカが子馬の手綱を引くと、口からスコップがでてくる。

「ありがとうなのですよ」

違和感すら通り越し、おかしくて笑いそうになる。

（クッカ。それはぬいぐるみなの、ぬいぐるみなのよ）

そう思っていたのだけど、だんだん、本当の子馬のように思えない私の方がおかしいのかしらと、わからなくなってきた。

そんな非常識な現実に呑まれてはいけないとクッカから視線を外し、自分のすぐそばにある本を手にとる。この本は、セツが私のために置いていってくれた一冊だった。

私は本を読むのがとても好きだったので、『トゥーリは、本を読むのかな？』とセツが聞いてくれたときは、思わず自分の立場も忘れて頷いてしまった。

私の反応に、嬉しそうに笑っていたセツの顔が思い浮かぶ。なぜあんなにも、喜んでいたのだろうと思いながら、私は本の表紙をそっと撫でた。

久しぶりに本を手にとったとき、その感触に感激し、しばらく表紙を撫でたり、頁をパラパラとめくってみたりしていた。そうやって楽しんだあと、いざ本を読み始めると、物語の続きが気になって、夢中で読み続けていた。

だがそれも、物語も終盤になるまでだった。読み終わってしまうのが悲しくて、頁をめくる手が止まる。続きを読みたいと思う気持ちと、終わってほしくないという気持ちがないまぜになる。この複雑な想いと闘ったのも、久しぶりのことだった。

でも、それも今日で終わってしまった。無限に本がない限り、いつかは迎えなければならない日が、今日だった。

(最後の一冊も、読み終わってしまった)

そんな感傷に浸っていると、セツから2通目の手紙と、瓶詰めされたよくわからない物が届く。

(何かしら……)

隣を見ると、クッカにも手紙と瓶詰めの何かが届いているようで、早速手紙を開封して読んでいた。謎は置いておいて、私も封を切り手紙を読み始める。そこには、リペイドでの生活が丁寧に記されていた。

花屋の店員になる依頼を受けたこと。アルトとラギさんと遺跡の依頼にでかけたこと。婚姻申し込みの儀というものを手伝ったこと。その他にも、3人の共同生活のことが書かれてあった。

その文章から、ラギさんという方の人となりが手にとるように伝わってくる。とても懐の深い、優しい方のようだ。アルトが「じいちゃん」と呼び、手ほどきを受けるほど心を許していると書かれてある。アルトにとって、とてもいい出会いになったんだなと嬉しくなった。

そしてそれは、セツにとってもいい出会いだったのだろう。彼が綴る文章の端々に、ラギさんに対する敬愛が見えていたから。

手紙は続いて、リペイドでの建国祭というお祭りに触れていく。建国祭ができた理由から始まり、

花屋の依頼で仲よくなったご夫婦に、綺麗な刺繍のリボンをもらったこと、アルトとラギさんと一緒に建国祭の準備を手伝ったことなどが、記されてあった。

（アルトも、頑張ったのね）

アルトが楽しそうに準備する姿が手紙には書かれていて、私まで楽しい気分になっていた。

そして、瓶詰めの中身の謎もここで解ける。これは、アルトが私達のために選んでくれた食べ物のようだ。瓶の中には、魔物の肉の燻製が詰められているらしい。

アルトらしいといえばアルトらしい選択に、思わず笑ってしまった。あとで、クッカと一緒に食べようと思う。

セツからの手紙を読み終わり、ほっと息をつく。セツの生活は目まぐるしく変化しているようだったけれど、二人は健やかに過ごせているみたいでよかったと安心した。

だけど、手紙を封筒にしまいながら、ふと、思い出す。

（そういえば迷子の同行者という人は、どうなったのかしら……？）

前回の手紙には、同行者という人が頻繁に記されていたのに、今回の手紙では一度もでてこなかった。その同行者については、名前が記載されていなかったので、気になっていたのだけど、色々あって忘れていた。

今、２通目の手紙を読み終えて、急にそのときの気持ちがぶり返してきた。その思いに駆られて、私は以前に手紙を貰ったときのことを、思い返していた。

あの日は、クッカと一緒にお茶を飲みながら、他愛のないおしゃべりをしていた。急に彼女が、「クッカは……」と話しかけてきた。今まで私といっていたのが、どうしてと思い、その理由を尋ねた。

するとと、自分の名前が可愛いからだと胸を張って自慢してきたので、その様子が微笑ましくて、彼女に同意するように頷く。クッカに「トゥーリ様も、自分の名前を自慢するといいのですよ」と勧められたけど、丁寧に断った。

確かに私もセツに貰った名前は、とても素敵だと思っている。しかしさすがにこの年で、自分のことを名前で呼ぶのは恥ずかしかった。

ふと、何かが光っているような気がして、後ろを振り向く。机の上の魔法陣が淡く光っていて、私は目を細めてそれを見つめた。しばらく様子を見ていると、光が収まり、魔法陣の上に一通の手紙が現れた。

「ご主人様から、お手紙ですか？」

「そうみたいね」

「クッカも、お手紙が欲しいのですよ！」

私の手紙を見て、クッカが少し拗ねたような声を上げる。すると、その声とほぼ同時に、彼女の机の魔法陣も光りだし、それが収まると、先ほどと同じように手紙が置かれた。

「クッカにも、お手紙が届いたわね」

クッカの机の上を見て、私は内心でほっと息をつく。セツのことが好きなクッカに、手紙がこないのは、可哀想だと思っていたから、手紙がきてよかったと心から思った。

「わーい。クッカにもお手紙がきたのですよ～」

届いた手紙に手を伸ばし、嬉しそうに掲げた。その様子が可愛らしく、自然と口元が緩む。ただそうなると気になるのは、クッカが字を読めるのかということだ。もし読めないのなら私が読んであげようと思い尋ねる。

「クッカは、精霊文字なら読めるのですよ～」

「そうなのね」

精霊文字といえば幽閉される前までは私も習っていたのだけれど、残念ながら中途半端で終わってしまっている。

（セツにお願いしたら、教えてくれるかしら？　でも、クッカも読めるのなら、彼女に頼んでみるほうがいいのかもしれない……。セツはいつも忙しそうだから）

そんなことを考えて、首を振る。何かをしたいなどと、今の私がいっていいことではない。少し落ち込みながら、届いた手紙を手にとる。すでにクッカは、とても幸せそうに読んでいた。

私は、封筒に視線を落とす。几帳面に封蝋で閉じられていた封筒には、何も書かれてはいなかったけど、かすかに花の香りがする。不思議に思いながら封筒を裏返したりするけれど、どこから漂ってくるのかはわからなかった。

一通り確認したあと、封筒を開けることにする。それなのに、いざ開けようと思うのに、指が動かない。セツからの手紙に何が書かれているのか、見るのが怖い。

私に対して、セツはとても強い感情を見せた。手紙にも同様に激しい感情がぶつけられているとしたら、私はセツにどう返事をしていいのかわからない。

彼から手紙がきたことは、素直に嬉しい。私を忘れずにいてくれた。手紙を送るという約束を守ってくれた。それが嬉しい。

なのに、その手紙を読むのが怖いなんて。私は複雑な胸中を押し殺して、封を切り便箋を取り出す。二つ折りにされた便箋を開くと、とても秀麗な文字が目に飛び込んできた。

『親愛なる、トゥーリへ』

そう始まる手紙に、不安と喜びを胸に秘め、彼からの手紙を読み始める。

『僕とアルトは、クットの国からリペイドの国へ移動したよ』

そう続くセツの手紙は、あの嵐のような2日間が想像できないぐらい、穏やかな手紙だった。激しい感情をむきだしにした姿が頭から離れずにいるので、どこか不思議な感じがする。

しかし思い返してみると、基本的に彼は、穏やかで優しい人だった。ただ、出会ってすぐの印象が強すぎたのだろう。

セツの手紙はとても興味深く、一つの冒険物語を読んでいるような気持ちにさせてくれた。ここを旅立ってから、迷子の同行者と一緒にリペイドという国に向かい、最終的に初老の獣人族の男性の依頼をアルトが受けたところまでの話が、面白おかしく綴られていた。

同行者とアルトとの噛み合わない会話のことや、洞窟の中で見つけた湖に魚がいなくて、アルトが落ち込んでいたこととか、思わず笑ってしまうほどだった。セツとアルトが楽しく旅をしている様子が目に浮かび、知らない間に表情が緩んでいく。

『今はアルトの依頼で知り合った、初老の獣人族であるラギさんの家に、下宿させてもらうことになったんだ。しばらくこの国に留まって、依頼を受けてお金を貯めることにするよ』

セツがここから離れた国で落ち着いたことを実感し、少し寂しくなった。

『トゥーリ、大好きだよ。また、手紙を書くね。セツナ』

最後の文章は私への気持ちが綴られていたけれど、怖いと感じることもなく、純粋にその言葉が嬉しいと感じられ、ほっとする。

セツがここを発ってから、自分の気持ちを考えていたけれど、結局ぐるぐるとなって答えはでていない。私のセツに対する気持ちは、いったいなんなのか。

私がセツを求めたのは、寂しさがあったのは否めない。恋だと思った初めての感情は、本当は違うもので、ただ家族が欲しかっただけ、それだけなのではないかとも思う。だから私の彼に対する気持ちは、アルトと一緒なのかもしれない。

独りで死ぬのが怖いから、彼を繋ぎ止めるために恋だと偽っているだけではないだろうか……。そんなことを思いながらも、一方でそれは違うと心が否定する。彼に名前を呼んでほしいと思う。声が聞きたいと思う。遠くの国にいることを知って、寂しいと思うのだ。

私の気持ちは、セツが好きだと泣いている。でもそれは、恋ではなくても感じることかもしれない。だとしたら、私の気持ちは、いったいなんなのだろう？　私の気持ちは、どこにあるのだろうか……。

早く答えをだしたい、ださなければと焦る気持ちに追い詰められる。『僕のことが好き？』とセツに聞かれたら、私はどう答えていいのかわからないから。

考えれば考えるほどわからなくなってしまい、困ってしまう。悩みに悩んだ末、セツと正式に夫婦になるのは早くても2年後なのだからと、自分の心を誤魔化し深く考えるのをやめようとした。

しかし、そうしたいと思うのだけれど、手紙の内容に気になる箇所が一つあった。セツから貰った手紙にもう一度視線を落とす。

リペイドまでの道程は、森で魔物に襲われていて、死にかけていたところを助け、自分の国への帰り方がわからないという人を、その人の国に送り届けるといったところから始まっている。

手紙には、その迷子の同行者の話も沢山綴られていて、セツともアルトとも仲よしになったことが窺えた。だけど、何度も話にでてくるのに、その人の名前が記されていない……。

初老の獣人族の方はアルトが「くそじじい」といったと話していたので、男性だとわかっているし、ラギさんと名前も書かれている。

(……一緒に旅をした人は、どういう人なのかしら)

セツの手紙には、この迷子の同行者については、最後まで、名前も性別も記載されていなかった。わかっているのは、この人の国がリペイドだということだけ。素性が何も書かれていないから、気になってしまう。セツとアルトが送り届けるということは、自分の国に戻れないか弱い存在だと思われる。

(それってやっぱり、人間の女性よね?)

「……」

「トゥーリ様、眉間に皺ができているのですよ」

結構長い時間、悩んでいたせいか、気付くとクッカが私の顔をじっと眺めていた。

（……気になる）

同行者が女性なのか、男性なのかとても気になってしまう。

（女性と決まったわけではないわ。非力な男性もいるのだし。それに、もしかしたら子どもかもしれない……）

セツからの手紙を何度も読み返し、何か手がかりになるものがないかと探してみるけれど、何度読んでも見つからないものは見つからない……。

（同行者の名前ぐらい、入れておいてくれてもいいのに）

少し逆恨(さかうら)みっぽいことを考えながら、セツからもらった便箋を机の上に取り出し、返事を書こうとする。しかし、どう書けばいいのか悩んでしまう。なぜか、迷子の同行者のことが気になって仕方がない。

（さりげなく聞いてみようかしら……）

でも、せっかく穏やかな手紙を送ってくれたのに、寝た子を起こすことになりそうな文章は避(さ)けたいとも思う。そうなれば、私が困ってしまう。

自分の都合のいい考え方に、ため息がこぼれる。たまらずクッカに話しかけた。

「クッカ。自分の身勝手を直す方法って、ないかしら？」

「人とは、身勝手なものなのですよ」

「そんなものかしら？」

「そんなものなのですよ」

クッカがうんうんと頷いてから、耳を疑うことを口にした。

「特にご主人様は、酷(ひど)いのですよ！」

「……クッカ？　セツのことではなくて、私のことよ？」

「わかっているのですよ」

「セツはいつも私達のことを思って、行動してくれているわ？」

彼を庇(かば)うようにそういってみると、クッカは「それはそれ、これはこれなのですよ」と少し膨(ふく)れている。

（……クッカとセツの関係は一体どうなっているのだろう？）

普通(ふつう)ならば、下位精霊は契約(けいやく)した主人を悪くいうことはない。クッカがセツのことをどう思っているのかが知りたくて、質問してみる。

「クッカは、セツが嫌(きら)いなの？」

私の言葉に、クッカは驚愕(きようがく)の表情を見せ激しく首を横に振り、否定する。

「クッカは、ご主人様が大好きなのですよ‼」

必死に言い募(つの)るクッカに、言葉の選び方を間違(まちが)ってしまったことを悔(く)いた。

「……ごめんなさい。今まで見てきた精霊と、クッカは少し違うような気がしたから」

クッカは、私の言葉に表情を曇(くも)らせて、しょんぼりと俯(うつむ)いてしまった。

「それは、ご主人様のせいなのですよ」

「セツの？」

「私は、他の下位精霊とは違うのです」

「どういうことかしら？」

「下位精霊は、人間にとっては『物』なのです。だから、人間が契約するときの根底にある気持ちは、『支配』なのですよ。これが、中位精霊になると『対等』、上位精霊だと『守護してくれる者』になるのですよ」

クッカの話してくれたことは、習ったことがあるので知っている。だけど下位精霊については、それ以上のことは知らなかった。それは竜族にとって、下位精霊は取るに足りない存在だったからだ。

「下位精霊は、ただそこに『ある』だけのモノなのです。たとえるなら、雲のようなものです。それが、人と契約することによって、『命』と『存在意義』を貰うことができるのです。『存在意義』とは、契約者がその精霊に望むことで、『奉仕』や『献身』などになります」

でも今は、複雑な思いを抱いてしまう。するとその気持ちを察したのか、クッカは真剣な表情で私を見つめた。

「トゥーリ様から見れば、哀れに思われるかもしれません。ですが、下位精霊にとってみれば、トゥーリ様の哀れみは、余計なお世話なのですよ」

私は、頭を殴られたような衝撃を受ける。

「トゥーリ様は、最初から意志や姿というものを持って生まれているため、その観点から下位精霊達の幸せをはかろうとしているのですよ。下位精霊達は見つけだしてもらえてやっと、自分が発生した意味を知るのです」

「……」

「見つけてもらえなかった下位精霊は何も知ることなく、そのうち消えてなくなってしまうのですよ。誰かと交わす意思もなく、生まれてきたともいえない存在のまま消えていくのです。契約者のいない下位精霊ができることといえば、自分の存在に適した場所を求めて移動するぐらいなのです」

私は、クッカの顔を見ることができなかった。だけど、彼女の話に真剣に耳を傾けた。

「はたから見れば、ただ使役されるだけの存在かもしれません。ですが、『契約者と繋がって、確かに自分がいる。そして、自分をくれた存在のために働ける』という、ちゃんと幸せがあるのですよ」

「ごめんなさい……」

自分の尺度で幸せをはかり、私の尺度で下位精霊達が不幸だと決め付けてしまった。そのことに申し訳なさが募る。

「トゥーリ様、謝らないでください。クッカが変なのですよ」

その言葉で顔を上げた私に、クッカは困ったように笑った。

「……」

クッカは、何かをいいかけて、また口をつぐんでを繰り返す。そして下を向き、唇をぎゅっと噛んだかと思うとゆっくりと顔を上げた。

「普通、下位精霊は、こんなことをいったりしないのですよ。ご主人様の大切な人を傷つけることは、絶対にいわないのですよ。望まれたことだけを遂行するのが、本来の下位精霊なのです」

クッカは目に涙をためて、落ち込んだように俯いた。そして小さな声で「ごめんなさいなのですよ」といった。

「クッカ。私は傷ついてはいないわ？　私は、今のクッカが大好きよ」

クッカの目に盛り上がった涙が、こぼれ落ちた。

「……どうして泣いているの？　やっぱり私がクッカを傷つけて……」

「トゥーリ様のせいではないのですよ……」

「……」

「精霊は、いつも契約者と意識が繋がっているものなのです。だから、精霊は契約者の気持ちがわかり、下位精霊は契約者の嫌がることを避けられるのです」

そこまでいって、クッカはぐっと言葉を呑んだ。それだけ、このあとの言葉を彼女はいいたくなかったのだろう。

今までの話の流れで、クッカが思っていることが私にもわかってきたので、続きを望まないと首を振る。でもクッカは、押し寄せる悲しみに抗いきれなかったようだ。

「だけど、クッカは違うのです。ご主人様は、クッカと……クッカと意識を切り離しました。クッカのこ、と、きらいなの、かなぁ」

最後は、嗚咽で言葉にするのがやっとのようだった。膝を抱えて泣いているクッカを抱きしめてあげたいと思うのに、結界が邪魔をしてそうすることができない……。

「トゥーリ様。ご主人様は、クッカにこの薬草園とトゥーリ様のことをお願いしていかれたのですよ。なのに、私との繋がりを切られているのです」

黙って話を聞くことしかできない。

「ご主人様は、きっとクッカが薬草園を作らなくても、ここを離れてしまっても、何もいわないと思うのですよ……」

心に、ずっと不安をためていたんだろう。クッカの涙は、次から次へとあふれて、地面を濡らしていく。

セツのとった行動に傷ついているクッカは不安定で、心配になってくる。私に凛として諭したクッカと、今泣いているクッカが、別の精霊に見えてならない。

（どうして、セツはそんなことをしたのかしら……）

泣いているクッカを励まそうと考えているうちに、その原因がクッカの『存在意義』と関係しているのではないかと思いついた。セツは、自分にクッカを仕えさせようとしているようには見えなかったから、彼女の『存在意義』は、普通の下位精霊のものとは違う気がしたのだ。

「クッカがセツから貰った、『存在意義』を聞いてもいい？」

「……なぜなのですか？」

「生まれたての精霊の『存在意義』は、契約者の根底にある一番強い気持ちが与えられるのでしょう？」

「そうなのですよ……」

「だとしたら、セツの根底にある一番強い気持ちが、クッカの『存在意義』になっているはずよね？だから知りたいと思ったの」

「クッカの『存在意義』は、『自由』なのですよ。自分の生き方を、自分で決めなければいけないのです。自分で考えて、自分で行動しなければならないのです」

クッカは、顔を上げて不安そうに私を見た。でも私は、『自由』という言葉で謎が解けたような気がした。

「セツと意識が繋がっているということは、彼の意識に支配されるということなのでしょう？　それは、彼が大切にしている気持ちと相反するものだったから、クッカと意識を切り離したんじゃないかしら？」

（セツから自由を貰ったという意味で、私とクッカは似た者同士だ。突然、自由だといわれても、戸惑うのは仕方ないけど、私もクッカもそれに向き合わないといけない……）

「ねえ、クッカ。クッカの左手の薬指にはまっている指輪は、家族の証だわ。セツがそれを渡したということは、セツにとってクッカが家族だという証明なのだと思うのよ」

自分の指にはまっている指輪を、クッカは涙をこぼしながら見つめた。

「セツはクッカを支配して命令したいんじゃなくて、クッカと家族でいたかったのよ」

クッカは、目をパチパチとさせながら、私を凝視する。

「クッカは、セツが一番大切にしているものを貰ったのね」

「……ご主人様が、一番大切にしているもの……」

そう呟いたきり、クッカは何かを一所懸命に考え始める。私は、彼女が納得できる答えがだせるように、黙って見守っていた。やがて、納得できる答えを見つけることができたのか、花が咲いたような可愛い笑みを浮かべた。

「クッカも、ご主人様と家族でいたいのですよ！　そして、ご主人様の孤独を癒やして差し上げるのですよ！」

クッカが、気になる言葉を紡いだ。だけど私がその意味を問う前に、クッカが『トゥーリ様、ありがとうございましたなのですよ』と笑い、そのあと薬草の様子を見にいくといって、薬草園の方へ駆けていった。

あのときの薬草園で働きだしたクッカと、今のクッカが私の中で重なり、思考の渦から戻る。ふと、何かを忘れているような気がした。何を忘れているのかと考える。

（そうだ……。同行者の名前が記されていなかったことを、思い返していたのだったわ）

おそらく、セツが同行者の名前を書かなかったのは、書きたくない理由があったということなのだと思う。

（どうして……こんなに気になるのかしら？）

同行者の名前が書かれていないことも、自分がどうしてこんなに気にしているのかもわからず、心の中にモヤモヤとしたものが留まり続けていく。

（明日は新月だから、それとなく聞いてみようかしら？）

そんなことを考えてみたけれど、無理そうな気がする。手紙なら大丈夫かもしれないと便箋をだしてみるものの、結局ためらってしまい書けない……。

長考しても解決しないので、一旦考えるのをやめることにした。そして、明日の私に丸投げすることにした。セツがどんな話をしてくれるのかはわからないけれど、そのときの流れで決めようと考えて、気持ちに区切りをつけたのだった。

◇2 【セツナ】

建国祭最終日の夜中。アルトもラギさんも、もうとっくに眠りについている。特にアルトは、ずっとはしゃいでいたので、この3日間は夕食を食べるとすぐに寝ていたように思う。

それは、アルトに振り回されていたラギさんも同様だった。二人でお酒を酌み交わす時間が少し減り、彼の睡眠時間が増えていた。

そういう僕も、町の喧騒やアルトの勢い、そしてラギさんの好奇心に引きずられて、いつもとは違う日常を過ごしていたと思う。王妃様達の建国祭への参加もすごく喜ばれ、その盛り上がりかたは、僕の想像を超えていた。

それは衰えることはなく今もまだ続いているようで、時折、町の中心の方から賑やかな音が風に乗ってここまで届いている。

僕は窓を開け、町の中心の方を見る。町のランプの灯りは、新月の夜を流れる二筋の星の河とともに、夜空へ鮮やかな彩りを加えていた。

時間がきたので声が漏れないように結界を張り、ピアスに魔力を込めて、トゥーリの名前を呼んだ。

「セツ……?」

少し緊張した感じの声が、僕の耳に届く。このピアスを通して話すのは、まだ2度目だからだろう。そういう僕も、最初ほどではないが緊張している。

思えばトゥーリにとった僕の行動は、間違いばかりだった。それでも、彼女への気持ちに嘘はない。幸せにしてあげたいと、心から思っている。

だから2年後に、トゥーリがあの洞窟から解放されたとき、僕はもう一度彼女に告白しようと決意していた。そのうえで、彼女が僕を愛せないというのなら、リヴァイルのいうとおり、僕達の関係を解消しようとも考えている。

（だから、今だけは……）

「セツ……？」

思考に沈んでいた僕の意識を、トゥーリの心配そうな声が引き戻す。僕がトゥーリの名前を呼んだのに、黙り込んでしまったから、心配をかけてしまったようだ。僕は様々な気持ちを心の奥底にしまってから、口を開いた。

「ごめん。トゥーリもクッカも変わりはない？　体調を崩してたりしない？」

「ええ、変わりはないわ。体調も大丈夫。クッカはもう寝てしまっているけれど、毎日元気よ」

「トゥーリは大丈夫？　眠くない？」

「……私は大丈夫」

大丈夫と告げる彼女の声は、なんとなく沈んでいるように思えた。どうして「眠くない？」と聞いただけで、トゥーリが落ち込んだような声をだしたのかわからず、その理由を尋ねる。

「トゥーリ？　何かあったの？」

彼女は僕の問いに、答えるかどうか悩んでいたのだと思う。しばらくの間沈黙が続き、そして本当に小さな声が僕の耳に届いた。

「……私は、一日何もしていないもの」

「……」

「クッカは、毎日、頑張って薬草園の手入れをしているわ。だけど、私は、座って彼女を見ているだけだから、疲れることは何もしていないもの……」

（そうか。トゥーリは何もすることがないから、クッカが働いているのを見て心苦しい想いをして

いるのか）

彼女の性格からすると、一人だけのんびりしているのは嫌なのだろう。しかし、自分から何かをしたいともいいだせない。トゥーリがいる場所は、本来、彼女にとって罪を償う場所だから。何かをしたくてもできないんだ。

できることならば、僕はトゥーリの明るい声が聞きたい。彼女に憂いなく日々を過ごしてほしいと思っている。それが、彼女の性格上無理なことをわかっていても。

だから、僕はトゥーリにできそうなことを考えることにする。確かに、日がな一日ずっと、クッカを眺めて座っているだけの生活は苦痛だろう。

「トゥーリ」

「なに？」

「トゥーリは、竜国では毎日どんなことをしていたの？」

この質問に、トゥーリは息を呑んだ。僕も、無神経な質問だとは思う。だけど、彼女がどんなことに興味を持っていて、何をしていたのかを知らなくては、問題は解決しない。興味のないことを、勧めても楽しめないと思うから。

「私は……」

彼女はそういったきり、黙り込んでしまった。余計に落ち込ませてしまったのだろうか。僕は、話題を変えるべきかと悩んでいると、トゥーリがゆっくりと話し始めた。

「私は……。私は、まだ、色々勉強の途中だったの」

「勉強？」

「ええ。精霊語とか、竜族の歴史だとか、魔法とか……」

（それなら、クッカを眺めているだけの時間を、学ぶために利用してみたらどうだろうか？）

だとして、僕は何を教えてあげられるだろう。精霊語は、教えることができる。竜族の歴史は、花井さんやカイルでも詳しくなく、竜国で教わる内容には敵わないだろう。魔法は、あの中に入っている限りは無理だ。

（精霊語でもいいけど、どうせならトゥーリが生きていくうえで役に立つことを、教えてあげたい）

竜国に帰れないということは、こちらの大陸で生活するしかない。僕は、彼女のすべてを支えることができるし、のんびりと生活してほしいと思ってしまう。

しかしそれをすると、トゥーリはいたたまれない気持ちになってしまうだろうから、彼女の生きがいや自信に繋がるものを、見つけてあげたかった。

トゥーリのやるせないというようなため息を聞きながら、僕は考える。そして、クッカと一緒にできることを一つ思いついた。

「トゥーリ。何かしてみたいと思うのなら、僕の仕事を手伝う？」

「……セツのお仕事？」

「そう。僕の仕事」

「……セツ、私は、ここからでたくないの……」

トゥーリの戸惑った感じの声が、僕の耳に届く。

「冒険者になって、一緒に依頼を受けてといってるわけじゃないよ。僕は、薬の調合もしているんだ。だから、トゥーリが覚える気があるのなら、薬草の種類、薬草の効能、薬の調合まですべて教えることができる。ただ……」

僕が教えることができることを、話していたのだけど、彼女の声がピタリと聞こえなくなったので、一度止める。

「トゥーリ？」

名前を呼んでも、返事がこないことに不安を覚えた頃、呟くような小さな声で返事が届いた。

「教えてほしい……」

トゥーリのその声は、涙混じりの声だった。

「どうしたの？　僕は何か気に障ることをいってしまったかな……」

「違うの。セツのせいじゃないの。薬草学は、母が教えてくれるはずだったの。竜族の女性は、必ず代々伝わる、薬の調合を、教えてもらうのよ」

「……」

「私は覚えることが、できなかったけれど……」

声を押し殺して、泣く声が聞こえる。僕は彼女が泣きやむまで、しばらくの間、星の河を眺めていた。

「ごめんなさい、セツ。もう、大丈夫。話を続けて。『ただ』のあとがあるのでしょう？」

数えきれないほどの時間、苦難の中を生きてきた彼女は、今回も悲しみに耐えた。その強さを尊敬する。

「ただ薬は命を左右するものだから、教える相手が誰であっても完璧を求めるよ。きっと、厳しいことを告げることもある。それでも、僕からトゥーリは薬草の調合を学びたい？」

アルトに弟子になる覚悟があるかと問うたときと同じように、トゥーリにも真剣に学ぶ覚悟があるかと問う。僕の声音がいつもと違ったからか、彼女は一瞬言葉を詰まらせた。

「っ……」

本当は、こんなことをわざわざいわなくても、彼女は真面目な性格だから真剣に取り組むはずだし、薬がどういった意味を持つものかも理解していると思う。

だから、優しく教えても問題ないだろうし、彼女ならどんな教え方をしても、大切なものを見失うことはないと思っている。トゥーリが楽しく覚えることができるのなら、それが一番いいとも思う。

だけどあえて厳しいことをいったのは、彼女が僕との恋愛とは関係なく取り組めるようにするためだった。

アルトと同様に師として接すれば、彼女が気兼ねなく質問でき、学べるだろうと考えたんだ。

「トゥーリ、答えは今ださなくてもいいから、落ち着いて考えてみて。返事はいつでもいいからね」

「……はい」

短い返事だったけれど、彼女の真剣な想いが伝わってきた。

この話はここで区切りをつけて、昨日から考えていた話題を振ろうと口を開きかけるが、僕よりも先にトゥーリの声が耳に届いた。

「建国祭はもう終わったの？」

思いがけないトゥーリからの話題に、僕は一瞬驚き、そして嬉しくなった。彼女から話題を振ってくれるのは、これが初めてのことだったから。

「今日が最終日だよ。町は今も賑わっているみたいで、時々風にのってその声がここまで届くんだ」

「夜通し、お祝いするのね」

「そうなるのかな。お祭り自体は終わるけど、出店は朝まで開いてるらしいよ」

「じゃあ、アルトはラギさんという方と一緒に、お祭りにいっているのかしら？」

「アルトもラギさんも、もう寝ているよ」

「そうなの？　アルトのことだから、ずっと起きているのだと思っていたのに」

「本人は、起きていられるなら、起きていたかったと思うよ」

この3日間のアルトの様子を、僕は喋(しゃべ)った。彼女は軽く笑ったり、相槌(あいづち)を打ったりして、僕の話を聞いてくれていた。

「セツは？」

「僕は、アルトとラギさんに振り回されていたよ……」

「そうなのね」

建国祭で起きた、王城での出来事以外を、僕は面白おかしく話していった。

「そういえば、アルトからの贈(おく)り物は、もう食べたの？」

「うぅん……。一口だけ食べてみたの」

彼女の反応から、口に合わなかったことが窺える。かなり独特な味がする燻製肉だから、相当人を選ぶと思う。アルトとラギさんは好んで食べていたから、もしかすると、獣人が好む味付けなのかもしれない。

「多分……。一番上の兄なら喜んで食べる味だと思う」

リヴァイルは基本食べられたらいいという人だから、喜ぶことはないのではないかと思う。そう突っ込みたいけれど、僕とリヴァイルの繋がりは彼女には内緒だから、無難に答えることにした。

「無理して食べなくても、いいからね」

「ん……。せっかくアルトが、私とクッカのために贈ってくれたから、きちんと完食を目指すの」

完食を目指すという言い方が面白くて、笑っていると、トゥーリがちょっと拗ねたように僕の名前を呼んだ。

しばらく、他愛のない話をしていたのだけど、何かに気を取られているのか、それとも眠くなってきたのか、段々と上の空になってきた。

時々、何かを聞きたそうにしている気配はあるんだけど、待ってみても何もいわないので、やっぱり眠いのかもしれないと思い、そろそろ、お開きにすることにした。

最後に用意していた物を渡そうと、鞄から白の薔薇を取り出す。それは、今日の朝、ノリスさんとエリーさんの家にいって、譲ってもらったラグルートローズだった。薔薇には、時の魔法をかけて、花が開かないようにしてある。そして、その茎には白色のリボンを結んであった。

「トゥーリ。机の上を見てくれる？」

僕は、彼女の机の上にラグルートローズを転送した。トゥーリの一瞬息を呑んだ音が聞こえる。

「とても大きい薔薇。これは、手紙にあったあの薔薇？」

どうやらノリスさんの薔薇に関心があったみたいで、手紙を読んだときの薔薇の印象を語ってくれる。でも思っていたより大きかったと、嬉しそうに話してくれた。

「その白い薔薇はね……」

ラグルートローズの由来を話すと、トゥーリは「二人の願いが叶いますように」と祈ってくれていた。

「トゥーリ、リボンを解いてみて？」

「リボン？　解いてしまっていいの？」

「うん」

トゥーリが、言葉を失い息を呑んだ。今の、彼女の表情を見ることができないのが残念でならない。

「セツ、すごく綺麗に咲いたわ…………」

彼女の声は、今日聞いた声の中で一番明るいものだった。

「気に入ってくれた？」

「うん。ありがとう」

「喜んでもらえて、よかった」

「とても綺麗。あれ？　セツ？　このリボンに書かれてある文字は、どうやって読むの？」

本当は、竜国語で伝えたかった。だけど、今のトゥーリにその言葉は重荷になると思って、苦し紛れで日本語を使った。だから、今はまだ、伝えない。

「うーん。秘密。そのうち教えるね」

「どうして、そのうちなの？」

不思議そうに問う彼女に、僕は少しおどけた風に答えた。

「僕が、恥ずかしいから」

トゥーリが軽く笑う。

「薔薇や、リボンや、贈る言葉。色々照れてしまう要素が一杯だよね」

「嘘。セツは、そういうの平気そう？」

「トゥーリの中の僕は、どうなっているのかな？」

僕の嘆くような返答に、トゥーリが可愛くクスクスと笑った。笑ってくれたことが嬉しくて、愛しさがこみ上げる。会いたいと想う気持ちを自制することが、こんなに辛いことだとは、想像もしていなかった。

「この言葉の意味は、いつ教えてくれるの？」

（君が僕を、好きだといってくれたら……）

本音をしまいこみ、いつもの声音で彼女に答えた。

「いつか、僕が恥ずかしくなくなったら、かな？」

「それは、答えになってないわ？」

「本当は、トゥーリ、大好きって書いてあるんだよ」

「もう、嘘ばっかり！」

「僕が、トゥーリを好きなのは嘘じゃないよ？」

僕の本音がこぼれ落ちたことで、ゆるい雰囲気が終わってしまった。

「……」

何かを考え悩んでいるトゥーリに、少し哀しくなった。だけど、これ以上困らせたくなくて、僕から話題を変えてみる。アルトとラギさんの悪戯（いたずら）の話や、僕もラギさんにやり返したことなどを話した。

だけど、トゥーリはどこか上の空で、やはり、何かを考えているようだった。何を考えているのか気になって、聞いてみたけれど「どうこう……うーん。やっぱりなんでもないの」といって、話すことをやめてしまった。

一度変わった雰囲気は、完全には元に戻らなかった。それでも、最後は少し笑ってくれたから、僕はほっと胸を撫で下ろし、お休みといって魔力を切った。もう少し、彼女の声を聞いていたい気持ちを抑（おさ）える。

リボンに書いた言葉を、伝えることになるのが先か……。

僕が君を、手放すのが先か……。

眠る気にもなれなくて、僕は月のない空を独り眺めていたのだった。

第四章　トルコキキョウ　《楽しい語らい》

◇1　【ラギ】

3日間続いた建国祭が終わり、夏(サルキス)の4の月から、秋(マナキス)の1の月へと移り変わった。シルキス、サルキス、ウィルキスが1の月から4の月まであるのに対して、マナキスは3の月までしかない。

他の季節と比べ1カ月少ないだけなのだが、冬が厳しい姉大陸では、このマナキスの間に冬支度(ふゆじたく)をせねばならず、気分的にかなり忙(せわ)しなく感じる季節ともいえる。

だから、マナキスの初めての連休となる2日間は、人々がゆとりをもって秋を楽しむ数少ない休みだ。しかし、その貴重な休日を棒に振(ふ)ってノリスさんとエリーさんが、壁紙(かべがみ)の張り替(か)えを手伝ってくれることになっていた。以前から約束していたとはいえ、ありがたいことだ。

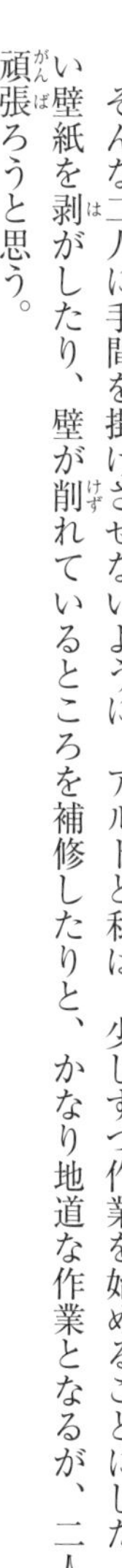

そんな二人に手間を掛(か)けさせないように、アルトと私は、少しずつ作業を始めることにした。古い壁紙を剥(は)がしたり、壁が削(けず)れているところを補修したりと、かなり地道な作業となるが、二人で頑張(がんば)ろうと思う。

セツナさんはどうするのか聞いてみると、『割のいい依頼』を冒険者ギルドから紹介してもらえるので、それを受けながら冒険者の仕事を再開するつもりだと朝食を食べながら話してくれた。

セツナさんを見送ったあと作業をしていたが、昼過ぎになってもセツナさんが戻ってこないので、アルトがやきもきしていた。夕方にやっと戻ってきたセツナさんは、例の依頼とは別に、魔物討伐の依頼も達成してきたので、遅くなったと話してくれた。

なぜそんなに魔物討伐の依頼があるのか不思議に思って聞いてみると、リペイド国が軍でやるはずだった魔物の討伐を、冒険者ギルドに依頼したため、リペイド国内での魔物討伐依頼が膨れ上がったのだと教えてくれる。

普通、国で実施する魔物討伐は、多くの魔物の群れを討伐するもので、人員が必要となり、冒険者ギルドが依頼でだすようなものではない。

だが今は、建国祭を見に他国から冒険者がきているので、それを見越してリペイド国が冒険者ギルドを頼ったのではないかと、セツナさんは話してくれた。

それならと次の日に、私はアルトに休日をあげて二人で魔物討伐にいったらよいと送りだした。楽しそうにでていったアルトだったが、帰ってきたときはご機嫌斜めだった。

何があったのかとセツナさんに聞いてみると、リペイドの外からきた冒険者達と一悶着あり、セツナさんのために憤慨しているのだと苦笑する。私が余計なことをしたためと謝ろうとすると、セツナさんはいつものことと笑っていた。なぜ、こんな気のよい若者がと私の胸は痛む。

翌日になってアルトの機嫌は直っていたが、普段よりも強くセツナさんについていきたそうにしていた。おそらく自分のことよりも、セツナさんのことを気にしてのことだろう。だがセツナさんは、そんなアルトをたしなめ、一人で冒険者ギルドへでかけていった。

私は「セツナさんのために、美味しい夕飯を用意してやろう」とセツナさんの背中を見続けているアルトにいうと、アルトは強く頷く。

「そのためには、模様替えの準備をさっさと終わらせないといけないな。今日は、休みなしだの」

そうおどけてみせると、アルトは冗談とも思っていないようで、強く手を握って、「じいちゃん、がんばろう」と答えた。


そんな3日間を過ごし、ノリス夫妻を迎える休日となった。魔物討伐の依頼を受けることになり、セツナさんはでかけることになってしまった。ギルドマスターから癖のある魔物だからとお願いされ、断れなかったようだ。

「ししょう、きょう、おそくなる?」

アルトが寂しそうに耳を寝かせながら、セツナさんにそう尋ねた。

「うーん、依頼自体は魔物の討伐だけだから、短時間で済むと思うんだけど、目的地がここから半日ぐらいの場所だから、移動に時間がかかりそうなんだ。初めていく場所だから、転移魔法が使えないし。でも、夕方までには帰ってこられると思うよ」

アルトは、かなりしょんぼりとしている。まぁ、それも仕方がないと思うのだ。皆で一緒に壁紙の張り替えができると、アルトは本当に楽しみにしていたのだから。

「ごめんね。僕も、壁紙の張り替えを手伝いたかったんだけどな……」

セツナさんがでかける直前になっても、アルトの耳が寝ているのを見て、彼は申し訳なさそうにアルトの頭を撫でていた。

「そのまものが、ちかくのむらを、おそうかも、しれないんでしょう？」

「うん」

「だったら、しかたないよね」

アルトは自分に言い聞かせるようにそういったあと、「ししょう、きをつけて、いってらっしゃい」と笑って見送った。

「うん。いってくるよ。ラギさん、本当に申し訳ありません。よろしくお願いします」

「こちらのことは気にせずともいい。依頼のことだけを考えて、怪我をしないようにの」

「はい」

セツナさんは、もう一度アルトの頭を撫でてから、家をでていった。

それからしばらくして、ノリスさんとエリーさんがきてくれた。彼らもセツナさんがいないことを残念がっていたが、すぐに気を取り直して、キビキビと新しい壁紙を張り替えていってくれた。

お店の壁紙も自分達で張り替え、こういったことは得意だと話していたこともあり、ノリス夫妻の手際はとてもよかった。

アルトも彼らに感化されたのか、負けじと私の手伝いをしてくれていた。一段落ついたところで、皆で昼食を食べる。そのときの話題は建国祭のことで、アルトは身振り手振りを加えて、お祭りが楽しかったのだと伝えていた。

「アルト君、建国祭で豆料理は食べた？」

「けんこくさいでしか、つくられない、りょうりだよね」

「そうそう」

「たべたけど、おれは、あんまりすきじゃない」

少ししょんぼりとしたアルトの返答に、エリーさんとノリスさんが苦笑した。多分、返ってくる答えはわかっていたのだろう。

「たのしみに、してたのに」

伝統料理に興味をもっているアルトは、建国祭でしか作られることがない料理を楽しみにしていた。だが、想像していたものからかなりかけ離れていたからか、当日、豆を手にして呆然としていた。

「おれは、にくのほうが、すき」

「うんうん。私もお肉料理のほうが好きかな」

「僕は豆料理も好きだけど、あの豆自体があまり好きじゃないな」

「あー。わかるわかる。ちょっと酸味があるしね」

建国祭でしか作られないというその豆料理は、簡単にいえば塩ゆでされた豆だ。子どもの片手ぐらいの大きさの豆を塩ゆでしたもので、子どもには大変不評らしい。

だからといって、大人でも好きという人は、さほどいないようだ。それなのに、その豆料理が建国祭で作られている理由は、前国王の悪政を忘れないためだといわれている。

その豆には少量の毒が含まれている。そのまま茹でて食べると腹を壊すために、毒を抜くことから始めなければならない。かなり手間がかかるため、普段食べることはあまりない。

だが、それでも食べるようになったのは、食糧不足に困った人達が最後に目を付けたのが、この大きな豆だったのだ。その豆は繁殖力が旺盛なこともあり、簡単に手に入れることができた。

「でもあの豆はね、この国の国民の命を繋いだ食糧だったんだよ」

「あまり好きじゃないけど、建国祭の屋台で見かけたら、1回は必ず食べてる気がする」

「そうそう。不思議だよね。あんまり美味しくないんだけど、なぜか買って食べてるの」

「えー。おれは、ぜったいに、にくをかう」

「もちろん、お肉も買うけどね！　アルト君はどのお肉料理が好きだった？」

料理の話で盛り上がる彼らを微笑ましく思い眺めていたのだが、玄関の扉が叩かれる音が聞こえ、席を立った。

「さて、誰がきたのか」

私が懇意にしている知り合いなどいないため、不思議に思いながらも玄関へと向かう。

「どなた様かの」と返事をしながら扉を開けると、そこには、濃藍色の髪に、素鼠色の瞳をした、一人の青年が立っていた。

「すみません。俺、いや、私はサイラスと申します」

その青年の名前は、セツナさんに聞いて覚えていた。きっと、セツナさんを訪ねてきたのだろう。

「あの……」

青年が続けて、声を発しようとしたのだが、バタバタと元気よく走ってきた、アルトの声にかき消されていた。

「あ、しってるこえだと、おもったら、やっぱり、さいらすさんだった！」

青年がアルトの姿を見て、ほっとしたように表情を崩した。

「どうしたの？　ししょうに、あいにきたの？」

「よう、アルト。元気そうだな」

「うん、げんき。それで、どうしたの？」

サイラスさんの用向きが気になるのか、アルトはじっと彼を見つめる。

「アルトのいうとおり、セツナに会いにきたんだ」

「そっか。でも、ししょうは、いらいにいっているんだ」

彼は、少し落胆したように肩を落とす。

「そうか、いつならいるか、わかるか？」

「うーん。けんこくさいが、おわってから、ししょうは、まいにち、まもののとうばつの、いらいをうけてるから、わからない」

「毎日……？」

サイラスさんは、軽く目を見張った。そして何かに気付いたのか、拳をぎゅっと握った。

「さいらすさん？　だいじょうぶ？」

彼の雰囲気が変わったことを察して、アルトが心配そうにサイラスさんの顔を覗き込む。

「ああ、悪い。大丈夫だ」

「ししょうと、なにかあったの？」

その問いに、彼は首を横に振りかけたのをやめた。

「セツナに助けてもらったのに、礼を伝え忘れたんだ」

多分、彼がここを訪れた理由の一つでもあるのだろうが、それだけではないことに、私は気付いた。それは、一瞬、サイラスさんの表情が哀しげになったためだ。それに、アルトも勘付いたのだろう。

「……ししょうと、けんかしたの？」

アルトの問いに、虚を衝かれたようにサイラスさんが息を呑んだ。

「どうして、そう思うんだ？」

「ししょうも、ちょっと、げんきなかったから」

「……そうか」

(やはりアルトにも、セツナさんが少し変に見えていたのだな)

建国祭初日の夜、セツナさんは自分の依頼のことを少し語ってくれた。王妃と親しかったのは、王妃から依頼を受けたからだということ。私に相談したのは、その王妃の依頼だったということ。

当然、依頼内容までは、語られることはなかったのだが、それでもセツナさんは、王妃とその家族の仲は改善したといっていた。ただ、気にしていた友人のことについては何も話さなかった。

それは、意図的に話さなかったというのではなく、無意識に避けていたのではないかと私は思う。そうでなければあのセツナさんが、私に相談した手前、何らかの報告をしないはずがないのだ。だから、触れてほしくないのだろうとあえて私は尋ねなかった。

その友人というのが、おそらく目の前の彼なのだろうと、私の直観が告げていた。

「サイラスさんでしたかな。よければ、詳しくお話を聞かせてください。何かお手伝いができることがあるかもしれませんからの」

どこか途方に暮れて黙り込んでしまった彼に、そう声をかけた。

「いえ、ご迷惑をおかけするわけにはいきません。日を改めたいと思います」

「さいらすさん。おれは、どうして、ししょうと、けんかしたのか、しりたい」

帰ろうとする彼を、アルトの言葉が留める。

「……」

迷うような彼の態度に、私はもう一押ししてみる。

「貴方様のことは、アルトとセツナさんからよく聞いていましたよ」

「何を話されていたのか、気になりますね」

「さいらすさんは、うしにのるのも、うまいって、じまんしてた」

「アルト⁉」

「ははは。アルトからの話はともかく、セツナさんからは、大変忙しい騎士様だと聞いておりますよ。今日もお勤め帰りだと、お察しいたしますが」

彼の服装は、リペイドの騎士が身に纏うものだ。休みを利用して訪ねてきたのなら、私服でくるだろう。

「予定が立つのであれば、セツナさんに言伝しておきますがの」

「……」

「お互いに気まずい状態では、心が安まらないのではないだろうか。それは、命懸けの仕事をする二人にとって、いい状況とはいえませんな」

私の言い分に、サイラスさんが不思議そうに私を見る。

「余計なことだとは、わかっておりますよ。貴方が腕のたつ騎士だというのは、この老いぼれの目で見てもわかりますからな。セツナさんも気持ちの切り替えができる人だから、そう心配することではないかもしれないが、憂いはないほうがよい」

「……」

「それに、こういう問題はときが経てば経つほど、きっかけが掴めなくなるものですよ」

「貴方は、不思議な方ですね」

「なに、ただの年の功ですな」

サイラスさんが、クスリと笑う。

「セツナさんの気持ちにも関わってくることですから、解決できるとはいえませんが、機会を取り持つぐらいはできるかもしれませんの」

サイラスさんは、「機会を取り持つ」と小さく呟き、意を決したように頷いた。

「話を聞いていただいても、よろしいでしょうか」

「私からいいだしたことだからの。それと、私にもアルトと同じように話してくれると嬉しい」

「ありがとうございます。できれば、私に、いや、俺にもセツナ達と同じように話してもらえると嬉しいです」

そういって彼は、私に笑ったのだった。

サイラスさんを部屋に招き入れると、ノリスさんとエリーさんが驚いて、彼を見ていた。

二人はなかなか戻ってこない私達を心配して、部屋の中をうろうろしていたようだ。そこに、騎士服を着た彼を連れてきたものだから、二人の驚きも、無理はない。

「何かあったんですか？」

ノリスさんが我に返り、私とアルトの顔を交互に見る。

「いや、セツナさんとアルトの友人のサイラスさんが、わざわざ訪ねてきてくれたのだよ」

「サイラス様？」

「ユージン王子様の第一騎士の？」

サイラスさんは、かなり有名なようだ。

「でも、髪の色と瞳の色が違うような……。同名の方ですか？」

エリーさんの疑問に、サイラスさんは気を悪くすることなく、魔導具で色を変えていると答えた。

すると、彼女は深く頷きながら「本来の姿だと、すごく目立つものね」と納得していた。

「しかし、皆さんで歓談されていたのではないんですか？　お邪魔してしまい申し訳ありません」

「彼らも、セツナさんとアルトの友人での。今日は、壁紙の張り替えを手伝うために、わざわざきてくれたのだよ」

私がノリスさん達の方へと顔を向けると、二人はサイラスさんに自分の名前を告げた。

「初めまして、騎士様。僕は、ノリスと申します」

「初めまして、騎士様。私は、エリーと申します」

「ノリスさんと、エリーさん？　もしかして、ジョルジュの薔薇を用意した花屋のご夫婦ですか？」

「はい、そうです」

「あの薔薇は、本当に美しい薔薇だった。一斉に花開く様は、今でも鮮明に思い出せます」

「ありがとうございます」

そこから話が、弾んでいく。サイラスさんが「気軽に話してほしい」と願ったことで、3人は普段と同じように話すまでになっていた。

「セツナさんが、サイラスさんに花びらを纏わせた理由がわかりました」

「あれは、本当にびっくりしたな……。ユージンとキースにも笑われたしな」

婚約式のあとの話を、時折、質問を交えながら彼に聞いていた。

しばらく和やかに話していたのだが、会話が途切れたところで、私が水を向けるとサイラスさんは、今までとは違い静かに、セツナさんと何があったのかを話し始めた。

彼の話は、セツナさんから聞いた話とおおむね一致していた。ただ異なっていたのは、セツナさんに仲裁してもらったときの話だった。セツナさんは何もいっていなかったが、サイラスさんはお礼をすることができず、ずっと気にかかっているということだ。彼は、とても辛そうだった。

「俺は、その問題が深刻になる前に、セツナから助言をもらっていたんだ」

「……」

「セツナとアルトと釣りにいったときに、俺に遠回しに色々と忠告してくれていた。なのに、俺は、あいつの思いに気付くことができず、気配りをふいにしてしまった」

彼は、遠くを見つめ続けた。

「俺は何も考えず、疲れからその言葉を聞き流していた」

「でもあのとき、ししょうはそんなに、きにしていなかった。さいらすさんつかれているから、ねかせてあげようっていってて、ちゃんとはなしができなかったの、しかたないねって、わらってたよ」

「そうか。だが俺は別れ際に、ジェルリートの花をもらっていたんだ。その意味を考えれば、きっと俺にも何かができたはずなんだ……」

私には話を聞いていても、理想論や結果論といった言葉しかでてこなかった。花一本で気付けといわれても、それが建国祭の重要な花であっても、彼の状況でどれくらいの者が気付けたというのだろう。仮に気付けたとして、話を聞いている限りでは、彼の力だけで何ができただろうか。

その渦中にいない私だから、このような無責任なことがいえるのかもしれない。ただ話を聞いて感じているのは、彼のこの強い後悔が、もっと違う場所からきているのではないかということだ。それがどういったものなのかまでは、わからないが。

「セツナ君は、どうしてはっきりと伝えなかったのかな？」

「依頼の内容は、第三者に話してはいけないからだと思うよ」

小さな声で疑問を口にするエリーさんに、ノリスさんがそっと答えていた。

「そうですか。では、サイラスさんは、セツナさんにお礼を伝えるためにこられたのかの？」

「いえ、それだけではないんです。我が主とキース様もセツナに会って礼を述べたいといっていて、俺はその場を設けるためにきたんです」

彼の言葉に、ノリスさん達が固まった。サイラスさんは今まで、誰の名前をだすこともなく、話していたので、ここで初めて二人はこの問題が、王族にも関係していることだとわかったのだろう。

「ゆーじんさんと、きーすさんもくるの？」

そしてアルトがごくごく自然に、この国の王子と宰相の名を呼んだことで、その畏縮具合に拍車がかかった。

「アルト君。王子様と宰相様を、御存じなのかしら？」

　質問をしてくる、エリーさんの言葉遣いが、おかしい。

「うん、しってる。このまえ、おかしをもらったんだ」

「……そうなんだ」

　二人は顔を見合わせて、それ以上聞くことをやめた。深く考えないことに決めたらしい。賢明な判断だのと、内心で笑ってしまった。

「ではサイラスさんは、セツナさんと会ってその予定も立てたかったのですな」

「そうです。俺は明日から4日間、魔物の討伐で遠出の予定になってまして、できるなら、今日、会って話をしたかったんです」

「おや？　国が行う予定だった魔物討伐は、冒険者ギルドに依頼をだされたのでは？」

「すべてを、冒険者ギルドに依頼にだしたわけではないのです。キース様が見繕ったものが冒険者ギルドに流れていて、他は騎士団で討伐することになってます。それに冒険者ギルドがない村からの嘆願などもあって、出征がまだまだ残っているんですよ」

　リペイドの財政で、どうやって冒険者ギルドに依頼をだせたのかという素朴な疑問が湧き上がったのだが、今、触れることでもないので、サイラスさんに労いの言葉をかける。

「なるほどのう。それは、大変ですな」

「それでも見通しが大分立って、休みもとれるようになりました」

「ししょう、ゆうがたぐらいに、かえってくるとおもうけど」

「俺は明日の準備があるから、残念だけど、夕方までいることは無理なんだ」

「そっか」

「次に、こられるとしたら……」

彼の予定を聞いていたのだが、下手をするとかなり先になりそうだと思った。

(さすがにそこまで、葛藤を抱え続けるのも、酷というものだろう)

「サイラスさんは、11日は予定が空いているのかの？」

「どうしてですか？」

「11日に、ちょっとしたお祝いをしようと思っているのですよ」

「お祝い？」

「まぁ、お祝いというよりは、壁紙の張り替えが終わったことを喜ぶ、食事会ですかの」

「壁紙の張り替えが終わったことを喜ぶ？　食事会……？」

サイラスさんはよくわからないというように、首をかしげた。確かに、私もよくわからないのだが、アルトが「かべがみを、はりかえた、おいわいを、したい！」といったので、することにしていたのだ。

「エリーさんとノリスさんも参加していただけるので、そのときに、サイラスさんも参加されるのはどうでしょうか。もちろん、ユージン王子様とキース宰相様もご一緒で大丈夫ですよ」

彼はしばらく考えてから、口を開く。

「ご迷惑ではないですか？」

「大丈夫です。肩肘張らず、食事会を楽しむ目的でいらしてください。皆で楽しく食事をすれば、気まずさなど吹き飛ぶというものです」

「ありがとうございます」

サイラスさんが頭を下げるなか、ノリスさんとエリーさんは静かに目を見開いていた。それでも反対はしてこなかったので、二人とも協力してくれる気なのだろう。

そっと彼らに謝意を込めた視線を向けると、二人はハッとしたように私と目を合わせて、微笑で応じてくれた。

「あ……」

そんなやりとりをしている僅かな間に、サイラスさんが小さな声を上げた。

「どうされたのかの？」

「当日、ユージン様とキース様と、二人の護衛である俺とフレッドという騎士が、参加になると思います。それ以外に、もう一人、ジョルジュも連れてきたいのですが」

「ああ、その方も同じ理由ですかな？」

「はい。彼も、セツナを気にしていたので」

「もちろん、構いませんよ」

「ただ……彼はその日、非番なので、どうやって連れ出したものかなと」

「普通にお誘いすることは、できないのですかな？」

「いや、おそらく非番の日だからソフィア嬢の家にいっていると思うんだが、両家の付き合いに水を差すことになりそうなので、ちょっと……」

「なるほどの……」

私とサイラスさんが黙り込み、何かいい方法はないかと考えていると、エリーさんがそっと私を呼んだ。

「私達はジョルジュ様に頼まれて、数日おきにソフィア様にお花を届けているんですが、そのときに、誘ってみましょうか？」

「ソフィア様をかの？」

「はい。私はソフィア様と仲よくさせてもらっていて、お花を届けたときに、いつもお茶を頂いて少しお話ししているんです。そのときに、ソフィア様がノリスとセツナ君に会ってみたいと話していたので、ちょうどいいかなって」

「どうして、僕とセツナさんに会いたいの？」

「ジョルジュ様と一緒に、贈り物を用意してくれた二人に興味があるみたい。色々、話を聞いてみたいんだって」

「どんなことを、聞かれるんだろう？」

ノリスさんが、不安を口にする。

「んー。ジョルジュ様が、どうして贈り物に花を選んだのか知りたいっていってた」

エリーさんが、なんとはなしにそう答える。

「……」

サイラスさんは、貝のように口を閉じてしまった。

「エリー、まさかその理由、ソフィア様に話して……」

ノリスさんが恐る恐る問いかけると、軽く眉間に皺を寄せて「いえるわけないよ」と苦笑していた。

「エリーさん」

話が横道に逸れてきたので、話題を戻そうと彼女を呼んだ。

「ソフィア様をお誘いしたら、ジョルジュ様も共にきてくださいますかな?」

「ソフィア嬢がくるのなら、ジョルジュも絶対についてくるはずだ」

私の問いに、エリーさんではなくサイラスさんが答えた。

「そうですか。では、エリーさん。ソフィア様をお誘いしてみてもらえるかの?」

「はい! 任せてください」

参加者が決まったところで、食事会のことを大まかに決めていく。料理は私とエリーさんが用意することとなり、食後のお茶請けはサイラスさんが用意するといってくれた。

集まる時間なども決め終わったところで、私は大切なことを一つ口にした。

「そうそう。セツナさんには、食事会を開くことは伝えますが、サイラスさん達がくることは秘密にしておきますからの」

私の言葉に、アルト以外の皆が私を凝視した。

「じいちゃん、どうして、ししょうに、ひみつにするの?」

「そのほうが面白そうだからの」

「また、いたずらするの? じいちゃん、このまえ、おこられたばかりなのにー」

「大丈夫、今度は怒られまい」

「えー。それ、まえもいってた!」

私とアルトの会話に、まずエリーさんが「セツナ君が怒るって、どんな悪戯をしたの？」と笑い、次にノリスさんが「セツナさんに、隠し事は難しそうですが」と苦笑した。

そのやりとりを見ていたサイラスさんは本当に楽しそうに笑い、「食事会が楽しみだ」と呟いていたのだった。

アルトとセツナさんの部屋の壁紙の張り替えは、無事に終わった。本来ならばもっと時間がかかると思っていたのだが、2日間の連休だけで事が済んでしまった。ひとえに、壁紙の張り替えが得意だと話していたノリスさんとエリーさんのおかげだというほかない。

最後の1枚を張り終えた、アルトとノリスさん達の「やり遂げた！」という表情で、私の肩が揺れた。

（壁紙の張り替えがここまで楽しいものになるとは、想像もしていなかったの）

感謝の言葉で二人を見送ると、食事会を楽しみにしてますといって、帰っていった。

（面倒事に巻き込まれてしまったというのに、文句の一つもないとは、気持ちのよい人達だ）

そんなことを思いながら、アルトと今後について打ち合わせをする。明日、壁紙が乾くのを待って荷物を部屋に戻し、模様替えが終わったら、セツナさんに食事会の話をしようと伝える。

アルトが不思議がったので、サイラスさんのことを考えれば早く切りだしたいところだが、何か抜けていないか考える時間も必要だと伝える。

「いそがば、まわれ、だね」

アルトのその返事に頷くと、ちょうどセツナさんが戻ってきたので、私はアルトに目配せをしてから、玄関に向かった。

翌朝になって、依頼を休んだセツナさんと一緒に部屋を掃除し、壁紙が乾いてから、外にだしていた家具などを、アルトとセツナさんと一緒に配置していく。

二人の好みに合わせて家具を増やしたり、配置を換えたりしたことで、以前の部屋とは全く違ったものになっていた。その印象をガラリと変えたその部屋は、主人がくつろぐに相応しいものだと思う。

(アルトとセツナさんの、部屋らしくなった)

私の依頼を受けた冒険者ではなく、下宿先ではなく、二人が帰る場所に……。

「アルト。それ以上置くと、棚から落ちてしまうよ」

「だって、ししょう。これとこれは、いっしょにおきたいんだ」

「それなら、これを後ろに持っていったら？」

「いちれつに、ならべたほうが、みやすいとおもう」

「並べたら、落ちるから……」

二人の困ったような、それでいて楽しそうな声が耳に届いて、やはり肩が揺れる。

彼らは今、アルトの宝物の場所を決めるという、大仕事のまっただ中だ。アルトはこういったことにかなりこだわるため、その仕事は遅々として進んでいない。

「これを後ろに持っていくと、見栄えがよくなるよ？」

セツナさんは、真面目な顔でこれといった物を指差している。

「えー、したのぶぶんが、みえなくなるでしょう？」

彼の言葉に、アルトが真剣に見えなくなる部分も大切なのだと訴えている。

「落ちて壊れるより、上でも見えるほうがいいと思うんだよ？」

きっと、第三者が見たらくだらない会話に聞こえるだろう。

「そうだけど、これは、ぜんたいがみえるほうが、いいとおもう」

されど私には、この時間がとても愛しいものに思えて仕方がなかった。

「じいちゃんは、どうおもう？　ぜったい、いちれつに、ならべたほうがいいよね？」

「僕は、これを後ろに持っていったほうが、全体が引き締まると思うんですが」

アルトが私に助言を求めると、セツナさんも自分の主張を声にだした。

（ああ、本当に愛しい）

私は心からそう思いつつ、二人と一緒に解決策を探すことにする。


しばらくして配置換えが一段落したので、私は食事会の話を切り出した。

「昨日、エリーさんから聞いて思い出したのだが、リペイドでは家を建てたり部屋を修復して綺麗にしたときは、親しい人を招いてお祝いをする習慣があるのだよ」

一晩考えて、セツナさんにサイラスさんのことを気取られないようにするには、信用を増すために事実を交ぜて話すのが最善だと、結論をだしていた。なので、エリーさんの話と自分の体験を織り交ぜて話をする。

「私がここに家を建てたときは、親しい者などいなかったからお祝いなどしなかったんだが、今回はセツナさん達がいるから、盛大にしようと思うのだ。参加してくれるかの？」

「それは、楽しそうですね。ノリスさんとエリーさんは、もう誘ったんですか？」

話の中でエリーさんの名前をだしたおかげで、思惑どおりセツナさんの意識は、エリー夫妻に向いたようだった。

「実のところその話をしたときに、すでに誘っているのだよ。あとは、セツナさんが参加してくれるだけという手はずになっていたのだが、どうだろうか？」

他の参加者に意識が向かないように、『だけ』という言葉で参加者の話を終わりに誘導する。

「予定は、いつなんですか？」

「11日が都合がよいということでその日に決めたのだが、セツナさんはどうかの？」

「大丈夫です。喜んで参加させてもらいます」

すでに予定が入っていることが、一番の懸念事項だったのだが、杞憂だったようだ。

「ししょう、ぜったいに、よていいれないでね」

アルトも気を利かせて、セツナさんの意識を予定の方に、移そうとしてくれているみたいだ。

「しょくじかい、おれ、すごくたのしみなんだ」

いや、どうやら気のせいだったらしい。アルトは純粋に、『皆で美味しいものを食べる』というところに、想いを馳せているだけのようだ。アルトらしいといえばアルトらしい純粋な想いだが、それによって別の想いの実現を手助けしているのだから、素晴らしいことこのうえない。

「食事会？　お祝いじゃなかったの？」

「お祝いで料理を用意すると知って、食事会ということにしたのだよ」

「おれが、たべきれないくらいの、りょうりを、ならべるんだ！」

「え？」

「えりーさんが、たくさん、りょうりを、よういするんだよって、はなしてた」

「……そう」

エリーさんの考える沢山の料理とアルトの考える沢山の料理は、恐ろしく深い溝があるような気がするが、今回は、料理の量で参加者の人数が想定されるのを避けるため、訂正はしなかった。

「えりーさんが、おれのしらない、りょうり、つくってくれるって、いってた！」

「そうなんだ。それは楽しみだね」

アルトの嬉しそうな声に返事したあとで、セツナさんは、「食べきれないくらいの量ってどれぐらいだろう。そういえば、アルトが食べ残したのを見たことがない……」と呟き、真剣に悩んでいるのを見て、少し胸が痛んだが、聞かなかったことにした。

それからセツナさんは色々と悩んだ末に、裏庭で肉を焼くといいだした。家に台所があるにもかかわらず、庭で肉を焼くという彼が不思議でならなかった。

しかし、招待した人数を考えるとそのほうが好都合だと考え、賛成したのだった。


数日後、『壁紙の張り替えが終わったことを喜ぶ、食事会』の日を迎えた。アルトに気付かれないように、昨晩は真夜中になるのを待って、肉と野菜を金串に刺す作業をしていたので、少々眠い。

食材は、セツナさんが美味しいと評判の魔物を狩ってきた物だ。道具も、セツナさんが雑貨屋で買って揃えていた物だ。だが、なぜ金串に刺す必要があるのかは、私にはわからなかった。

そのまま焼けば楽だと思うのだがと聞いてみたところ、「串に刺しておくことで、順番に上から食べるようになるでしょう。そうすれば、肉だけ食べないようにすることができるし、交互に違う物を食べることで、味の変化を楽しむことができるんですよ」と答えてくれた。

そんな風に準備した食材を前にして、アルトは歓喜の声を上げた。それを見て満足そうにセツナさんが、井戸に水を汲みにでていく。それとほぼ同時に、肉を見ていたアルトの表情が、少し悔しそうなものに変わっていった。

「じいちゃん」

「どうしたのかの？」

「おれ、たいせつなことを、おもいだしたんだ」

「大切なこと？」

「うん」

アルトは耳をピンと立て、周りをキョロキョロと見渡し、警戒しながら小さな声で話しだした。

「さいらすさんがくること、ししょうには、ないしょだから」

（ああ、セツナさんがいないのを確認していたのか）

「じいちゃん。さいらすさんには、きをつけて」

「……どうしてかの？」

「さいらすさんは、おれのごはんを、とろうとするんだ！」

アルトが嘘をつくとは思えないし、彼はそんなことをするような人間には見えなかった。それに、アルトと仲よくしているように見えたので、不思議に思い尋ねてみる。

「何かとられたのかの？」

「うん、おれのさかなを、とられた！　さいごに、たべようと、おもっていたのに！」

ああ、そういうことかと苦笑する。アルトは好きな物を最後に食べる癖がある。きっと、彼は悪戯のつもりで、アルトをからかっていたのだろう。

「そうか。それは、悔しいの」

「くやしぃ！　だから、じいちゃんも、きをつけてね」

食べ物の恨みをありありと顔に滲ませて、忠告をくれるので思わず笑ってしまった。しかし、本当に悔しそうにしているアルトを見て、ふと脳裏にあることがよぎる。

私は、それを耳打ちすると、アルトは目を丸くし、そして満面の笑みを見せる。

「そんな、いたずらもあるんだ」

そう感嘆の声を漏らしたアルトに、ちょうど水を持って戻ってきたセツナさんが「何を話しているの」と声をかけてくる。『いたずら』という語を、聞かれてしまったらしい。

しかし、事情を話すわけにはいかないため、私とアルトは「なんでもない」と言い張り、その追及を躱した。

「ノリスさんとエリーさんが、困るような悪戯はしないようにね」

セツナさんはそれだけいうと、自分の準備に戻っていった。

上手くセツナさんからの追及を逃れられたので、アルトのために一緒に悪戯の準備を始める。ア

ルトを手伝っているうちに、傭兵仲間にした悪戯とその準備を思い出し、少し懐かしい気持ちになった。

私とアルトの準備が整ったところで、ノリスさん達がやってきた。食事会の時間よりも1時間ほど早いのは、エリーさんが料理の仕上げをここでするためだ。

挨拶をして台所に案内すると、二人がキョロキョロと周りを見渡す。

「セツナさんは、いないんですか？」

「セツナ君、いないの？」

二人の疑問に、庭で食べることになったことを教える。

「セツナさんに、サイラスさん達がくることを話したんですか？」

「いや、話してはいないの」

「それなのに、庭で食べることになったんですか？」

彼らがセツナさんにも挨拶をしてから、料理を仕上げるというので、全員で中庭に移動する。その間に、情報を交換し合う。

「ソフィアさんとジョルジュさんも、参加するといっていたよ」

「それはよかった」

中庭にセツナさんの姿が見えたことで話すのをやめ、彼の方に近づいていったのだが……。皆がその光景を見てあ然とするしかなかった。

そこは、かなり様変わりしてたのだ。肉が焼かれるという場所には、レンガが積み重ねられ、その上に網のようなものがのせられている。かなり大きく作られているので、一度に沢山の肉が焼けそうだ。

大きな机の上には、金串に刺された大量の肉と野菜。アルトの好きな肉詰め。私の好物である肉や魚。ノリスさんとエリーさんが好きだと話していたチーズや野菜などもある。

そして、別の机の上には様々な種類の果物や飲み物や酒なども置かれていた。これだけの量を揃えるのは、かなり大変だったのではないだろうか……。

「セツナ君……これ、食べきれるの？」

「え？　食べきれない量の料理を用意して祝うんですよね？」

「え？」

「沢山の料理を用意するんですよね？」

「え？　うん？」

「え⁇」

二人の話が嚙み合っておらず、お互いが困惑したように見つめ合っているのが面白い。

「セツナさん。エリーさんの考える沢山と、アルトの考える沢山は、かなり深い溝があるのではないだろうかの」

私がそう助け船をだすと、セツナさんが軽く目を開いた。

「……そうですね。僕もそう思います」

今になって気付いたというように、セツナさんが困ったように笑った。

「でも、まぁ、アルトが喜んでいるので、ノリスさんもエリーさんも、遠慮なく食べてくださいね。

もし、余ったら、持って帰ってもらいますので、本当に遠慮なく」

「しっかり、いただきますね」

「う、うん。頑張って食べるね」

二人はセツナさんの言葉に、苦笑しながら頷いていた。

「見たことがない、お肉がある」

「肉の種類だけで、どれぐらいあるんだろう？」

ノリスさん達の質問に、セツナさんが肉の種類を答えていく。そのほとんどは、依頼のついでに狩ってきたもので、食べることができない部位は、ギルドに買い取ってもらったようだ。

アルトは待ちきれなくなったのか、「ししょう、もう、やく？」と聞いていたが、「まだ、焼く準備ができていない」となだめていたのだった。


エリーさんが作った料理を机の上に並べ、ノリスさんが自宅から持ってきた花を飾っていく。色とりどりの花が飾られた机は、一層華やかになっていた。

「しょくじかいって、こんなに、ごうかなんだね」

目を輝かせながらのアルトの言葉に、ノリスさんとエリーさんがアルトに気付かれないように、小さく首を横に振っていた。

午後間近になり、そろそろサイラスさん達がくる頃かと考えていたところに、馬の駆けてくる音が耳に届く。馬車の車輪の音も聞こえることから、彼らがやってきたようだ。

「あれ？　誰かきたのかな？」

準備をしていたセツナさんが顔を上げた。

「どれ、私が見てきましょうかの」

「僕も、いきましょうか？」

セツナさんは、外に大勢の来客を感じて、警戒したのだろう。こちらを見てきたが、私は首を振った。

「いや、一人で大丈夫だよ」

私は心配ないというように笑い、招待客を出迎えるために玄関へと向かった。

セツナさんに気付かれてはいけないので、挨拶に時間をとるようなことはしない。

サイラスさんに軽く他の方々を紹介してもらい、早速、私は中庭へと案内する。

その短い移動の間に、「今日は身分のことは気にせず、気軽に話してほしい」と頼まれたので頷いた。どうやら、彼らは少し緊張しているようで、それ以降口を開くことはなかった。

「ラギさん、なにかありましたか？」

足音の数が多かったからだろう、私の姿を確認するとすぐにセツナさんの声が届いた。そして、私に続く人達を見て、彼は驚きに目を見張った。緊迫した雰囲気が私達を包む。

「どうしてここに？」

「私が招待したのだよ」

「……」

セツナさんの問いに、笑って答える。

「もしかして、知らなかったのは僕だけですか？」

セツナさんがノリスさんとエリーさんに視線を向けると、二人はそっと首を縦に振った。

「アルトも、知っていたの？」

「うん。しってた」

「そう。だから、食べきれないくらいの料理を並べようといったの？」

「え？　それは、かんけいあるの？」

「え？　僕に秘密だったから、サイラス達の分の料理を確保したかったんじゃないの？」

「ちがう、おれが、たべたかったんだ」

アルトは、意味がわからないというように、首をかしげながらはっきりと否定した。

「ふっ……」

どこまでいっても、自分の食欲に忠実なアルトの言動に、セツナさんが吹き出した。そして、「あは、あはははは」と声をだして笑う。彼の笑う声に、この場の雰囲気が変わる。

ひとしきり笑ったセツナさんはサイラスさん達の方を見て、「壁紙の張り替えが終わったことを喜ぶ、食事会へようこそ」と楽しそうにいったのだった。


それからは、急いで中庭に皆のための机や椅子を運び込む。全員が手伝おうとしてくれたのだが、これは主催者の仕事だからと断り、私とアルトはテキパキと中庭に机と椅子を配置する。主催者という言葉にアルトが満面の笑みを浮かべ、楽しそうに働いていた。

私達が、食器などを各机に振り分け終わった頃には、各々での挨拶が進んでいた。ユージンさんやキースさんをサイラスさんに紹介されて、ノリスさんとエリーさんは固まっている。

（ノリス夫妻は、大丈夫だろうか……）

そんなことを思いながら、セツナさんの竈の準備の状況を聞いていると、私達の前に一組の男女がやってきた。

「いきなり訪ねてしまい、すまなかった」

「いえ、気にしないでください」

「それとサイラスに宛てた言伝の件、感謝している」

「あぁ。あれは、僕の配慮不足だったので、礼には及びませんよ」

「さらに、サイラスを止めてくれたことも……」

「そのことは、僕が穏便に済ませられなかったせいでもありますから……」

「それに……」

連続して感謝を伝えてくるジョルジュさんに、セツナさんは微笑みながら返事をしていたが、3回目が始まろうとすると、その言葉を遮るように口を挟んだ。

「ジョルジュさんの気持ちは伝わりましたから、十分ですよ。それより、そちらの方を紹介していただけないんですか？」

その言葉で、ジョルジュさんは思い出したかのように隣に立つ女性の方を向き、彼女は微笑みを浮かべて頷いた。それを受けてセツナさんに向き直ると、仕切り直しのため会釈をしてから話し始めた。

「改めて紹介させてくれないか、セツナ。彼女がソフィアだ」

ジョルジュさんに紹介された女性は、興味深そうにセツナさんを見ていた。

「はじめまして、ソフィア様。貴方のお話は、ジョルジュさんからよく聞いてましたよ」

優しく笑い挨拶されると、彼女の顔は、ふっと赤くなった。

「はじめまして、セツナ様。先日はありがとうございました。先にお帰りになったと聞いて、とても残念に思っていましたの」

「申し訳ありません。色々詮索されるのを避けるために、早めに帰宅させてもらいました。許していただけると嬉しいのですが」

「理由は、ジョルジュ様から聞いておりますから、お気になさらないでくださいね」

「ありがとうございます」

「それから、私のことはソフィアと呼んでいただけると嬉しいです」

彼女は、先ほど私にいったことと同じことをセツナさんにもいった。

「では、ソフィアさんと呼ばせていただきますね。僕のことも好きに呼んでください」

「はい」

続けてセツナさんはアルトの方を向いて、ソフィアさんに引き合わせた。ソフィアさんは私の姿を見ても驚くことはなかったが、アルトに対しても同様に、穏やかな表情で微笑んでいた。

アルトは緊張した面持ちでいたが、彼女が目線を合わせるように少しかがみ優しく語りかけたことで、その緊張は薄れたようだ。

「エリーさんから、アルト君の話を聞いていて、会うのを楽しみにしていたの！」

「おれも、そふぃあさんのはなしを、えりーさんから、きいてた」

「どんな話をされていたのかしら？」

「ししゅうが、すき？」

「ええ。エリーさんの刺繍が、大好きなの」

「おれもすき」

セツナさんとジョルジュさんは、その様子を微笑んで眺めていた。しばらくしてセツナさんが、火の準備がまだだといってこの場を離れた。

そのセツナさんを追うように、ノリスさん達の元を離れてユージン様達も移動しだすが、大量に置かれている肉に目を奪われて動きを止めてしまった。

「本気で、この量を食べるつもりか？」

サイラスさんの思わずでた言葉に、セツナさんが彼に視線を向ける。

「アルトの希望が、食べきれないくらいの量だったんだ」

「あ……」

「僕は、アルトが食べ残したのを見たことがないから、どれぐらい食べるか想像がつかない」

「そういえば、どれだけ作っても一欠片も残っていなかったな」

二人が話しているのは、旅をしているときの話だろう。

「アルトは、そんなに食べるのか？」

「あの体つきからは、想像できないが……」

ユージン様とキース様が、肉を凝視しながら聞いていた。

そこからアルトの食欲の話になり、用意された肉の話になり、そして、自然と会話が流れるようになったのを見計らって、ユージン様がセツナさんにお礼を伝え始めた。それに続いて、いつのまにかセツナさんのそばに寄っていた騎士達と宰相が、頭を下げる。

「ししょうとみんな、なかなおり、できたかな？」

「楽しそうに話しているみたいだから、できたんじゃないかな？」

「笑っているしね」

アルトの言葉に、エリーさんとノリスさんが答えた。

「そっか。じゃあ、いたずらは、だいせいこう、だよね」

「そうだの。大成功だの」

同意した私に、アルトは満足そうに「よかった」といって尻尾を振ったのだった。

◇2 【ソフィア】

目の前のジョルジュ様や兄様の姿を見て、ここ数日の二人の挙動がおかしかった謎が、解けた気がした。

建国祭初日、王城から戻ってきた兄様は、心ここにあらずといった状態になることがあった。それが兄様だけではないということを、ジョルジュ様と会ったときに気付く。

最初は、急に国王様と王妃様が建国祭に参加されることになったことで、忙しくなったからだろうと思っていたのだけど、建国祭が終わってもそれは続いていた。

ジョルジュ様に関しては、サイラス様がユージン様の護衛を外れたことで、ジョルジュ様の護衛当番が増えたためと考えていたけれど、兄様については思い当たる節が何もなかった。

　そんな中で、エリーさんにお食事会に誘ってもらった。これはいい気晴らしの機会になるのではと思って、喜んで参加させてもらうことにした。

　それにその会には、薔薇に時の魔法をかけてくれた魔導師も参加するとのことだったので、私としても興味を惹かれたのだ。

　まさかそのときは、その魔導師とジョルジュ様や兄様の間に何かがあって、心が落ち着いていなかったのだとは思いもしなかったのだけど、どう見ても原因はそこにあったのだと思う。

　なぜなら、セツナ様に礼を表す二人の表情は、ここしばらく見ていない、とても晴れやかなものだったからだ。

　あとで、ジョルジュ様や兄様のどちらかが事情を説明してくれるかしらと思う。でも、話してくれないのならば、私から尋ねるのは何か違う気がするから、それでいいとも思う。そんなことを思いながら、こちらに戻ってくるジョルジュ様を迎えた。


　そのあと、セツナさんが火の準備が終わったとラギ様に伝えると、ラギ様が全員に挨拶をして回り、大きな声で説明を始める。

　人数が多すぎて同じ机で食事をとることはできないので、料理は別の机の上に並べることにしたこと。最初だけ席につき自分の皿やコップを決めたあとは、各自、自由にお皿に盛り付け、好きな席に移動して食べるようにしてほしいこと。

　その２点を告げられ、次にアルト君が礼をしてから話し始めた。

「きょうは、かべがみの、はりかえが、おわったことを、よろこぶ、しょくじかいに、さんかしていただき、ありがとうございます！　たくさんたべて、ください！　おわり！」

素直な挨拶が終わると、皆が笑いながら「お招きありがとう」や「招待を感謝する」などの言葉があふれた。

アルト君の素敵な挨拶でお食事会が始まり、まずはとラギ様が家の中に招き入れてくれる。もちろん、部屋の模様替えのお披露目が目的の一つだったので、私達はどのような部屋なのだろうと興味津々で、後に続いた。

最初に拝見したセツナ様の部屋は、温かみのある暖色系で纏められていた。家具の配置は動線を意識されていて、几帳面な方なのだということが窺えた。

その人の私室は、個性がとても反映される場所だと私は思っているので、基本、その人に抱いた印象と重なることが多い。

そういった意味でいえば、ここに招待される前にエリーさんから「セツナ君は優しくて、とても温かい人だよ」と聞いて想像していたものと、セツナ様の部屋はほぼ同じだった。

次に、アルト君の部屋を見せてもらったのだけど、エリーさんから聞いた印象で描いていた想像が、裏切られる。

『とても元気な男の子』という印象だったので、部屋も明るい感じを想像していた。だけど実際は、淡い紫色と白色の壁紙で彩られた、『元気な』というよりは、柔らかな優しい感じが漂っていた。

ただ家具や小物については、雑多に所狭しと配置されていて、『元気な』少年らしさが感じられた。

その小物を、アルト君は宝物といっていた。彼の説明を要約すると、宝物の基準はその物の価値ではなく、純粋に自分が好きな物ということだ。なので残念ながら、最初に見たときには、その価値がわからない物ばかりだった。

でも、全員で宝物自慢を聞いていくと、それらについて、価値を共有できるようになっていった。美しいという気持ちは共感できた。不思議な物にも一緒に驚くことができた。

だけど、瓶一杯にぎゅうぎゅうに詰められたクレミルという虫の抜け殻を、集めるのが楽しいという気持ちは、私には理解しがたかった。

(男の子って、皆そうなのかしら。兄様も子どもの頃に集めていた理解しがたい物を、いまだに大事にしまっているようだし……)

そんな感想を抱くが、自分の心の中にそっとしまって言葉にすることはしない。なぜなら、私以外の人達は、大なり小なりクレミルの抜け殻に思い出があるようだったから。

皆の思い出話に耳を傾けながら、私はそっと視線を動かす。そしてアルト君の机の上にも、リボンが結ばれたジェルリートの花を見つけた。丁寧に刺繍がされたリボンを見て、表情が緩む。

私の部屋にも、リボンが宝物として飾ってある。それは、ジョルジュ様から貰った薔薇に結んであった12本のリボン。それを並べて額にしまって、壁にかけてあるのだ。

12本のリボンは、各々に綴られた最初の2文字だけを残し、ジョルジュ様の言葉の部分は消えてしまっていたけれど、額を見るたびにその文字達に幸せを感じていた。

そのリボンに、薔薇が枯れるのと同じくして変化が現われた。消えたはずの言葉が、浮かび上がっていたのだ。それを前にした私は、目を疑った。そして、知らないうちに涙がこぼれていた。

（近いうちに私も部屋の模様替えをして、宝物を披露しようかしら）

そんな想いに駆られながら、私はアルト君の部屋をあとにした。


戻ってくると、セツナ様が竈の中の木に、火をつけた。竈の上は網が置かれているところと、そうでないところにわかれていた。

そして、こぶし大のお肉やお野菜などが刺さった金串を網のないところで、魚や茸などを網の上で、それぞれ焼き始める。

少し時間がかかるから歓談していてほしいと、セツナ様は話されていたけれど、皆は初めて見る料理に目が離せないようだった。

私はあまり料理や食事には興味がないほうなのだけど、皆が興味深げにしているのを眺めるのは、楽しかった。

たとえば、お肉とお野菜が一緒に刺さったこの料理の下準備を、詳しく聞いているエリーさん。目を輝かせて、生き生きとしていて綺麗だなと思う。

また、自分達が食べたことのない魔物の肉が金串に刺さっていると聞いて、「信じられない」と声を上げるユージン様とキース様とサイラス様。普段、遠目でしかご尊顔を拝したことのない第一王子様や宰相様、そして今や竜の加護を得て時の人となったジョルジュ様のご友人であるサイラス様が、意外にも無邪気なところは親近感が湧いてくる。

さらに、そんなお三方を見守る兄様やジョルジュ様を見て、幸せだなと感じる。

（ノリスさんは、エリーさんのそばをちゃんと離れずにいるのに）

そんなことを思わなくもないのだけど、今回は婚約者を放っておく騎士様については、目をつむることにした。

結局、皆がセツナ様の前から離れようとしなかったため、お肉を焼くその周りで、手にお茶を持ちながら、様々な会話が交わされだした。

それでも、アルト君にだけは誰も声をかけないのは、一心にお肉を見つめるアルト君の邪魔をしないためだと思う。


そんな中で、不意にラギ様が全員に向かって話しかけた。

「しかし、これだけ男性がいて、女性がお二人だけなのは、甲斐性がないのかの？」

どこかお茶目な瞳で、ラギ様が周りを見渡した。確かに、男性が９人いて、女性は私とエリーさんしかいない。彼のその言葉で、ジョルジュ様とノリスさん以外の男性の動きが止まった。

兄様を見るとその笑顔が引きつっている。私と目が合うと「何もいうな」という視線を向けられた。

誰も声を発しないなか、ジョルジュ様がサイラス様の方を見て、珍しくニヤリと黒い笑みを浮かべる。そして何か仕返しを思いついたような顔で、サイラス様に話しかけた。

「サイラス……」

「黙れ」

ジョルジュ様が何かをいいかけるのを、サイラス様が低い声でさえぎる。兄様が何か思い当たったのか、苦笑しながらお茶を口に運ぶ。

ジョルジュ様とサイラス様が、睨み合いをしているのを微塵も気にせずに、ユージン様の仰った言葉が、場を凍りつかせてしまう。

「サイラスは、ノア嬢を口説いている最中だよね？」

キース様が手のひらを額にあて、ため息をついた。

「なっ……！」

サイラス様は、固まって目を見開いている。私やエリーさんは、もう興味津々という顔をして黙って、サイラス様達の会話を聞いていた。

「誰から聞いた……。なぜ……お前が、知っている……」

ユージン様を睨みながら、情報元を問い質す。

「私は前から知っていたが、最近は、侍女達の噂の的になっている」

噂になっているという言葉に、サイラス様は驚愕を隠せない。助けを求めるようにジョルジュ様や兄様に視線を向けるけれど、二人とも力強く頷いた。ジョルジュ様が話そうとしたことは、ユージン様と同じだったらしい。

「……」

場に混沌を招いたラギ様は、してやったりという顔で耳を傾け始め、私はドキドキしながら、成り行きを見守る。

「それは、サイラスに春がきたっていうことなのかな？」

セツナ様が、少し突っ込んだことをユージン様に聞くと、ユージン様が首を横に振られた。

「1年ほど前からの、サイラスの片思いだね」

「てめーっ‼　ユージン。お前……本当に、いつから知ってたんだ⁉」

「サイラスはわかりやすいから、私もキースもとっくに気付いていた」

サイラス様は、がっくりと肩を落とす。そこにセツナ様が、思い出したといった様子で、口を挟んだ。

「ノア嬢って、青い瞳と薄い緑の髪の女性だったよね。そばにいると元気になれそうな人だったから、記憶に残っているよ」

その言葉でサイラス様が完全に沈黙してしまう。ユージン様は少し驚いた顔をして、セツナ様とノア様との関係を聞いた。

「あれ？　セツナは、ノア嬢を知っているのか？」

「竪琴を奏でたときに、そばにいた女性の一人でしょう？」

「ああ、そういえば……」

ユージン様が、そのときの状況を思い出したのか、鷹揚に頷いて納得していた。

「それでサイラス様は、ノア様とどうなりましたの？」

私がそう尋ねると、サイラス様は、そっと視線を伏せてぽそりと言葉をこぼした。

「彼女は、吟遊詩人が好きらしい……」

「……」

「……」

なぜか再び、場が凍りつく。私の隣にいたジョルジュ様と兄様が息を呑み、ユージン様とキース様も動きを止める。セッツナ様も、お肉を持ち上げようとしていた手を止めて、サイラス様を凝視していた。

まるでときが止まったかのように感じたのだが、そのときを動かしたのはラギ様の一言だった。

「失恋（しつれん）したんですな」

誰もが口にするのをためらったその言葉を、その場に少しの淀（よど）みも与えずにいいきると、もう一言続ける。

「無情ですの」

その言葉がなぜかとてもよく響（ひび）き、しばらく、しんみりとした雰囲気が漂っていた。

「ししょう、にくがこげる！」

アルト君の言葉で、その雰囲気が解き放たれる。セツナさんが慌（あわ）ててお肉をひっくり返し、意気消沈してしまったサイラス様を、ユージン様とキース様が必死に慰（なぐさ）めだした。

その姿を見ながらも、ノア様の心を射止めた吟遊詩人がどのような方なのか気になり、兄様やジョルジュ様に聞いていいのだろうかと、悩んでいたのだった。

◇3 【セツナ】

肉が焼けると真っ先に、アルトとサイラスはかぶりついた。この二人は全種類の肉を食べると張り切っている。その他の人達は、それぞれが違う肉を選んで、仲よく分け合い食べ比べをしていた。

僕はラギさんにお酒を注（つ）ぎ、この場を作ってくれたことへお礼を伝える。彼は穏やかに微笑んで、

「悪戯が成功してよかった」といってくれたので、僕は素直に頷いた。

歓談しながらの食事会は、とても和やかに進んでいた。肉を食べ終えたアルトが、エリーさんの料理を楽しみにしていたと話したことで、皆の興味が彼女の料理に集中する。

その料理は、僕が知っている料理に例えるとラザニアに似ていて、とても美味しそうだ。一人一人とりにいくのも煩わしいだろうからと、エリーさんは全員のお皿に料理を盛り付けてくれた。

そのかたわらで、ノリスさんが真剣な面持ちになって、「最初に少量を一口食べてみてください、口に合わなければ残してくださいね」と話しているので、全員が尻込みをしてしまった。

（それなら、最初の一口は僕が食べようか）

そう思っていたところ、サイラスが自分のお皿に盛られた料理を、一度にすべて口の中に入れた。まぁ、サイラスの気持ちはわからなくもない。食欲をそそる香りがしているし、お皿に盛り付けられた量は、さほど多くなかったからだ。なので、多少、味が独特でも大丈夫だと判断したのだと思う。

他の人も、彼が口にしたのと同時に、僅かな量をとって口に運び始めていた。

その結果、サイラスは目に涙を浮かべ盛大にむせることになった。咳き込みながらも吐きださなかったのは、サイラスの努力の賜物だろう。現在、彼は色々なものと戦っているようで、目を白黒させ、右手で口を押さえている。

量を抑えていた皆も、顔色を赤くしていたり、額に汗が浮いていたり、口元を押さえていたりと、各々でその動作は違っているが、思っていることは皆同じではないだろうか……。

「し、ししょう」

アルトのフォークを持つ手が震えている。そして涙をこぼしながら、僕を見た。「大丈夫？」と声をかける前に、アルトは「みず‼」と叫んで、手元の物を一気に飲み干した。それでも全然足りなそうだったので、僕の分も手渡す。

動きを止めている人達も、きっと考えていることは、アルトと同じだと思う。しかし、彼らは、飲み物で流し込んでしまうのは気が引けたようで、口の中の物がなくなってから、ゆっくりとグラスに手を伸ばし、飲み物に口をつけた。

ふと、ラギさんはと思ってみると、表情にださないようにしているが、その耳がアルトと同じようにぺたりと寝ている……。よほど、こたえたようだ。

「あ、あの、大丈夫ですか？」

机に伏せて動かなくなったサイラスを心配しながら、ノリスさんは周囲の人達に声をかける。だが、皆まだ衝撃から立ち直れていないようで、声をだすことができないようだった。

それでも、心配そうに周りを見るノリスさんとエリーさんを見かねてか、ジョルジュさんがかすれた声で「大丈夫だ」と答えた。

「少し、驚いてしまって……」

彼を皮切りに、ソフィアさんとラギさんが口を開く。

「刺激的な味付けじゃの」

「初めて食べました」

フレッドさんが淡々と答え、ユージンさんとキースさんは、まだ飲み物を飲んでいた。

彼女が振る舞ってくれた料理は、ヌブルの伝統料理でその味付けはとても辛いものになっていた。

リペイドではここまで辛みの強い料理はない。なので、その刺激に慣れていないサイラス達は、口を刺す刺激にかなり驚いたのだと思う。

一方で僕はといえば、実のところ辛いのは苦手ではない。辛さの奥(おく)に、野菜のよく煮込(にこ)まれた深みのある旨味(うまみ)を感じられて、とても美味しいと思う。

視線を感じて顔を上げると、ソフィアさんと目があった。彼女はそっと首をかしげると、不思議そうに僕を見た。

「セツナ様は、平気なんですか?」

ソフィアさんの問いに、エリーさんはしょんぼりしながら僕を見た。

「僕は、辛いものも平気ですね」

「まぁ、羨(うらや)ましいですわ。私も、もっと食べたいと思うのですが……」

ソフィアさんは味付けはとても好みなのだけど、辛くて食べられないのだと話した。

「ヌブルの料理は、辛みの強い料理が多いですから、あまり、こういった香辛料(こうしんりょう)を使わないリペイドでは、食べ慣れないですよね」

ノリスさんの説明を聞きながら、僕はいまだに動けないサイラスを見て苦笑する。

「それを知っていたから、ノリスさんは、まず味見をしてほしいと注意したのでしょう?」

キースさんの言葉に、ノリスさんが困ったような表情で頷いた。

「確かに辛いと思いますが、エリーさんの料理は、とても美味しかったです」

僕がそういうと、エリーさんが「よかった」といって嬉しそうに笑った。

「しかし獣人(じゅうじん)族は辛みの強いものは、苦手に感じるので、アルトや私にはこの辛さは無理だの。とても残念だが……」

ラギさんはそういってから、エリーさんに謝っていた。その謝罪に、彼女はちゃんと聞いてから作ればよかったと話したが、そうではないと首を横に振っている。

「私は、ヌブルの伝統料理を知ることができて、とても嬉しかったのだよ」

「ありがとうございます。この料理は、シンディさんから教えてもらったんです」

「ああ、お二人の恩人だといわれていた夫人から、学ばれたのですな」

「はい、そうです。だから、そういってもらえて、私も嬉しいです」

「えりーさん。おれも、からくて、これいじょうは、むりだけど、でんとうりょうりを、たべることができて、うれしかった！」

「アルト君、ありがとう」

「お礼をいうのは、私達の方だの」

「うん。えりーさん、つくってくれて、ありがとうございます」

「うん！　次は辛くないものを作るね」

エリーさんは軽く拳を握って、次は二人が好きそうな料理を作ると気合いを入れていた。

この辛い料理については、ソフィアさんの分はジョルジュさんが食べ、ユージンさん達は、額に大量の汗を浮かべながらも完食していた。

ラギさんとアルトの分は僕が引き取り、二人は次の料理をとりに席を立った。僕は目の前に残された料理を、ゆっくりりと口に運ぶ。

（懐かしい）

実のところ、この世界にきて辛い料理は、ほとんど食べたことがなかった。それはラギさんがいっていたようにアルトに辛いものは無理だったというのと、ガーディルでは香辛料は高価だったから、節約をしていた僕には縁がなかったためだ。

だから辛さとともに昔の記憶が蘇り、妹の声が聞こえてきたのは必然だったのだと思う。

『お兄ちゃん、このお菓子あげる』

そういって、鏡花は僕にスナック菓子をくれた。僕はその袋を見てため息をついた。

『鏡花。また、妙なお菓子を見つけてきたんだね』

鏡花は、新商品が大好きだ。食べて美味しかったら僕にも買ってきてくれるし、逆でも買ってきてくれる。

正直、逆ならいらないんだけどと思いつつも、僕のために買ってきてくれているのを知っているから、何もいうことはなかった。

『鏡花は、食べたの？』

『食べた』

『美味しかったの？』

僕がそう聞くと、鏡花は目を泳がせていた。その態度から、鏡花の口には合わなかったのだろう。

とりあえず食べてみようと思い袋を開けると、辛そうな香りが漂ってくる。

鏡花がじっと僕を見ているので何かを期待しているというのはすぐにわかったけど、あえて気にしないふりをして、そのお菓子を一つ食べてみた。

鏡花は僕の反応を見逃すまいというように凝視しているが、僕は一つ、また一つと口に入れていった。いつまでたっても僕の反応が変わらずつまらなかったのか、鏡花は頰をぷぅーと膨らませて、文句をいってきた。

『なんで！　辛くないの⁉』

『うーん、美味しいよ？』

鏡花は、信じられないという表情を浮かべる。でも、僕があまりにも平気な顔で食べているのを見て、妹は袋に手を伸ばしお菓子を一つ取り出すと、自分の口の中に入れる。

その瞬間、鏡花は口を手で押さえ声なき声を上げた。急いでジュースを飲み、しばらく悶絶していたが、落ち着いた頃に、鏡花は涙目で僕を睨んだ。

『お兄ちゃんの馬鹿！　辛いじゃない！』

『先に食べたんじゃないの？』

『食べた』

『辛いって、知ってたよね？』

『知ってた。でも、お兄ちゃんが平気そうに食べてるから！　勘違いだったのかと思ったの！』

そのスナック菓子は、ハバネロという唐辛子を使ったものだった。勘違いと考える方が、どうかしている。

『それって、僕のせい？』

『当たり前でしょ！』

今となっては、あの理不尽ぶりさえ懐かしい。いまだに鏡花は、新しいものを見つけては食べているのだろうか……。

そのあとは、ヌブルのことが話題になった。話が落ち着いたところで、各々が自由に料理をとりにいき、好きな席に座って歓談しながら食べる。

楽しそうに話す、皆の声を耳に入れながら、僕とアルトは追加の料理を3人分盛り付け、ラギさんが待つ場所へと戻った。すると、サイラスがすすっとそばにくる。

彼の視線はアルトのお皿に注がれていて、アルトは警戒するような視線をサイラスに向けている。

「さいらすさん、なに？」

警戒する姿勢を崩さず、今までの経験からかお皿を隠そうとするが、サイラスがアルトのお皿から料理を摘まむほうが早かった。

「あ！」

自分の好物を最後に食べる癖がアルトにはあり、それをとって、ちょっかいをかけるということを、サイラスはアルトに時々していた。

「隙あり！　だな！」

そのあと、自分の分をアルトに渡しているから、ただのおかずの交換になっていたが、それが、サイラスなりの親愛表現なのだろう。でも、一度だけ、魚を食べてしまったことがあり、そのときのアルトは本気で怒っていた……。

（サイラスも、懲りないな……）

今回は、アルトがずっとお皿に残している料理に目をつけたのだろう。それは、ラギさんが作ったもので、小さなピロシキのようなものだ。

この料理は、机の上にまだ沢山残っていることから、サイラスは遠慮なく自分の口に入れる。いつもなら、アルトはすぐに怒りを露わにするのだが、今回はなぜか、サイラスを観察するように見ている。

それは椅子に座っているラギさんも同様で、興味深そうにサイラスを眺めていた。

「アルト？」

二人の様子が気になり、僕が声をかけると同時ぐらいに、「ぐぅ」と低くうめき始める。そしてそのあとすぐ、サイラスが盛大に咳き込んだ。

「ぐほっっ、ごぼ……げほ」

サイラスは口を押さえて、ものすごい形相をしている。いったいどうしたんだろうと思っていると、アルトがとても楽しそうに笑い、「やったー！」と叫んだ。

彼は口に入れたものを何とか飲み込み、「はめられた」と一言呟くとその場に座り込んだ。

「じいちゃん、いたずら、せいこうした！」

「うまくいったの」

二人は悪戯が成功したことを無邪気に喜んでいるが、どう考えても、悪戯というよりは仕返しに近いと思う。料理を作っているときに、二人が何かを企んでいることは知っていたが、その標的がサイラスだとは思ってもみなかった。まぁ、半分は彼の自業自得なので仕方がないのかもしれない。

まさしく、罠にはめられたのだ。

「おいしかった？」

座り込んでいるサイラスにアルトが得意げに聞いている。

「……まだ、口の中が酸っぱい。あり得ないほど、酸っぱい」

そういいながら身震いをしている姿は、少し気の毒だ。そんな、サイラスにアルトは、これに懲りたら自分のお皿からとらないでというようなことをいって、周囲の注目を集めていた。

そこでラギさんが、ことの顛末を皆に伝えると全員が笑いだしたのだった。


そのあとも、談笑は続いた。キースさんとフレッドさんは、興味深そうに食べたことのない料理を食べ、エリーさんとソフィアさんは、サガーナの料理の作り方をラギさんに聞いていた。それをノリスさんとジョルジュさんが見守っている。

アルトはサイラスと仲直りをし、ユージンさんも交えて、お城で兵士に振る舞われる食事について話している。

そんなゆったりとした時間を過ごしているうちに、料理も少なくなり、アルトは全種類の肉を制覇し、食事が終わる。

サイラス達が持ってきてくれた焼き菓子を並べ、エリーさんが、お茶をいれてくれた。皆、そのお茶を飲みながら、ソフィアさんとエリーさんの話に耳を傾けている。

不思議なことに、彼女達の話は全く尽きることがない。様々な接続詞一つで、話題が縦横無尽に変化していくのだ。本当に不思議でしょうがない。

今は、ラグルートローズとシンディーローズの話になっている。エリーさんが薔薇の話で何かを思い出したのか、興味津々といった顔で、僕を見た。

「そういえば、セツナ君。建国祭3日目にとりにきた、ラグルートローズは誰に贈ったの？」

彼女の言葉に、ソフィアさんもキラキラとした目を僕に向けた。

「僕の妻に贈りました。とても綺麗だと、喜んでくれましたよ」

僕がサラリと答えると、その場の半数ちかくが固まってしまった。

「え……？」

「妻ですか？」

「セツナ、結婚していたのか？」

「セツナさん、結婚していたんですか!?」

エリーさんとソフィアさんだけでなく、ジョルジュさんとノリスさんも思わずといった感じで声をかけてくる。

僕は頷いて、右腕につけている銀の腕輪を袖からだしてみせた。4人だけではなく、ラギさんも興味深げに腕輪を見るものだから、いたたまれない気持ちになって、すぐに袖の中にしまった。

僕のその行動に、エリーさんとソフィアさんが我に返って視線を交わす。そして、僕のほうを向いたかと思うと、少し不機嫌な口調で告げてきた。

「セツナ様、どうしてこの場に奥様を呼ばなかったのですか？」

「そうよ、セツナ君。奥さんだけ、のけ者はちょっと酷いと思うよ」

彼女達の横で男性陣も頷いている。頷いていないのは、ラギさんとサイラスだけだ。

「私も一度、お会いしてみたいものだ」

ユージンさんがそういうと、キースさんが僕ではなくアルトに尋ねる。

「アルトは、会ったことがあるのか?」

「ある。トゥーリはいま、クッカと、いっしょにくらしているんだ」

「クッカ?」

新しい名前がでてきたことで、サイラスまで会話に入ってきた。

「セツナ。お前、子どもまでいるのかよ?」

サイラスが、ニヤリと笑う。

「子どもは、いないよ」

「じゃあ、クッカって誰だ? 愛人か?」

彼の言葉で、女性陣に刺すような目で睨まれる。

「サイラス。君は、妻の兄と会っているよね。僕がそんなことをしたら、どうなると思う?」

リヴァイルのことを思い出したのだろう、サイラスの顔色が青くなっていく。

「殺されるな……」

その言葉に、周りが凍りついた。僕はサイラスに笑いかけながら、本心を口にした。

「僕はトゥーリ一筋なので、浮気なんてするはずがない」

ソフィアさんは、「私も、こんな風にいわれたい」と呟き、それを聞いていたジョルジュさんが、ぎょっとした顔でソフィアさんを見た。

エリーさんも頬を赤く染めて、「ノリスも、いってくれていいからね」と伝えると、ノリスさんは何もいわず黙って頷いていた。

「それでは、クッカとセツナはどういう関係なんだ?」

ユージンさんは二組の男女のやりとりなど全く関心がないのか、うやむやに話を終わらせまいと僕を問い詰めてくる。

「クッカは僕の精霊です。僕がトゥーリのそばにいることができないから、精霊を置いてきたんです」

精霊と聞いて、キースさんが驚き、顔を上げる。

「君は、精霊とまで契約しているのか？」

「成り行きで欺されて、契約することになってしまったんです」

クッカに魔力を与えた理由だけ話すと、僕らしいと笑いが起こる。心外だったので、そこはかとなく抗議をすると、そこから話が膨らみ、気付けばあっという間に優しく和やかな時間は過ぎていった。

皆が帰る段階になって、ソフィアさんは、エリーさんに花屋に遊びにいくと約束をしている。ノリスさんも、ジョルジュさんに一緒にきてくださいと誘っている。

それを聞いていたユージンさんとキースさんも、自分達もいっていいかと話しかけていた。ノリスさん達は恐縮しつつも、是非にと答えていた。

そんな皆の意識が様々な方向に散っているなか、僕が一人になるのを見計らっていたかのように、サイラスが話しかけてきた。

「ちょっと、いいか？」

「どうしたの？」

するとサイラスは、背筋を伸ばし僕に深く頭を下げた。

「サイラス？」

「すまなかった」

心の底から悔いるように拳を握りしめる彼の姿は、一瞬、僕から言葉を奪うには、十分なものだった。

「約束を守れなくて、すまなかった」

そして、サイラスは頭を下げたまま、もう一度僕に謝った。

なんの約束だろうと思った。リペイドにきてから、何かサイラスと約束しただろうかと考え始める。

「……」

「俺は、王妃様がお前に依頼をしにいくことを、止めることができなかった」

（ああ、あのときのことか）

クットでサイラスと交わした『僕達を利用しようと考えないこと』という約束を、僕は思い出した。

「もちろん、王妃様の行動自体が間違っていたというつもりではなく、王妃様にそうさせてしまったことに対してだ。セツナを煩わせないようにしないといけなかったのに、逆にお前にジェルリートを介して忠告までもらう始末だった」

「それはサイラスとの約束だから、気にすることないよ」

「約束したのは俺とだったが、本当はリペイドに対しての約束を要求したのは、わかっている。その証拠に、国王様から望みを問われたとき、何も望まなかっただろ」

何もというのは語弊があるけど、国から距離をおきたかったのは事実だ。

「だから、セツナとの約束が守れていないのは、確かだ。本当に、すまない」

サイラスがそこまで責任を感じてくれていることが、僕には意外だった。王妃とのことは、最終的に自分で決めたことだし、城でのことはもはや私事といっていいとさえ思っているから、サイラスにそんなに思い詰めてほしくはなかった。

確かに、これに味を占めて僕に何かを持ち込んできてほしくはないけど、今回の話とは別のことだ。

それに、こうしてサイラスが僕の元に訪れてくれたことは、謝罪を受けるよりはるかに嬉しいことだった。

そんなことを考えていると、ここ数日、僕自身もサイラスの話を避けていたことに気が付いた。全く自覚していなかったけど、今思えば、大事にしてしまったことへの罪悪感が僕の中にあったようだ。

そう考えると、お互い相手への罪悪感を抱えていたということがわかり、少しおかしくなってきた。だから、サイラスの罪悪感を取り除けるような言葉を考え、僕はラギさんの言葉を思い出した。

「友達って、そういうものでしょう」

その言葉にサイラスは勢いよく頭を上げ、僕達は笑い合ったのだった。

夜になって、一度寝たアルトが起きてきた。アルトが一人で寝られなさそうだったので、ラギさんの部屋で一緒に寝ることになった。ラギさんがいなくなったことで、僕も自分の部屋へと戻り、ランタンを灯す。

窓際においてある椅子に座って、背もたれに体をあずけた。新しい壁紙を眺めながら、しばらくぼんやりしていると、窓の外から雨音が聞こえてくる。パラパラと聞こえていた音は、数分で本格的な雨となって静寂の中に響いていた。

僕の部屋も家具の配置をし直したことで、以前よりももっと居心地がよく、とても落ち着く場所になっていた。

（静かすぎる……）

ふと、どうして一人で寝るのを、アルトが嫌がったのかがわかった。心細かったのだろう。

一度寝たアルトが、真っ暗で人の気配もないひっそりした部屋で目が覚めたときに、独りだけということで、不安と寂しさを覚えたのだろう。あれだけ賑やかな時間を過ごしてしまうと、無理もない。

（今頃はラギさんのそばで、安心して眠っているに違いない……）

枕とジャッキーを持って僕に手を振るアルトと、チラリとジャッキーに視線を落としてたラギさんの姿を思い出し、少し笑った。

まだ、僕に眠気は訪れない。本でも読もうかと思い立ち上がると、机の上にアルトの日記が置かれていることに気付く。日記を手にとって座り直し、そっと開いた。

『えものが、わなに、かかった。うれしかった。えものは、さいらすさん。おれのとなりで、ぐったりしていた。これで、おれのたべものが、とられることは、なくなるとおもう。きょうは、たのしい、いちにちだった』

アルトにとって、本当に楽しい一日だったようだ。それを思えば、お説教を書くのはためらわれるけど……。

『ほかのひとには、くれぐれもしないように。ゆうしょくに、まぜることもきんしです』

僕はサイラスの表情を思い出し、苦笑しながら日記を閉じたのだった。

エピローグ

◇1 【ラギ】

皆が帰ったあとも、アルトは楽しそうに話していたが、軽めの夕食をとってしばらくすると、日記を書くといって部屋に戻り、下りてこなかった。

様子を見にいったセツナさんが帰ってきて、眠ってしまったと教えてくれた。それで、いつもより早い時間だったが、セツナさんと酒を呑むことにした。

酒の肴は、いつものようにアルトのことだったり、今日の食事会のことだったり、彼に秘密にしていた悪戯のことだったり……。

セツナさんの感謝の言葉に、ただ、私は頷いた。彼の憂いが晴れたのなら、それは喜ばしいことだ。

「今日は、とてもよい日でしたな」

セツナさんは、一瞬酒を呑む手を止めて私を見た。そして、静かに笑い深く頷いた。

ぽつりぽつりと話しては、グラスをかたむけて、また話す。居心地のいい静かな時間が、ゆったりと過ぎていく。そろそろ自室に戻ろうかという頃に、扉がそっと開いた。

「ししょう……」

アルトが耳を寝かせながら、とぼとぼと部屋に入ってくる。

「あれ、アルト。目が覚めたの？」

「うん。でも、ねむい」

「もう一度、寝ておいで」

眠いといいながら、立ったまま動こうとしないアルトに、私もセツナさんも首をかしげる。

「ししょう、もう、ねる？」

「僕は、まだ寝るつもりはないかな」

「そっか……」

心なしか落ち込んだ様子のアルトに、セツナさんが声をかけようとしたとき、アルトは窺うように私を見た。

「じいちゃん」

「どうしたのかの？」

アルトは答えるかどうか悩み、うなだれるように視線を落としてから、口を開いた。

「じいちゃんが、もう、ねるのなら、おれ、いっしょにねてもいい？」

「……」

その願いに、私は一瞬言葉に詰まる。そんなことをいわれるとは、思ってもみなかったからだ。

「だめ？」

返事が遅れたことで、しょんぼりと耳を寝かせたアルトに、慌てて答える。

「いや、いや……。大丈夫だよ」

「ほんとう?」

「ああ、アルト。じいちゃんと、一緒に寝ようかの」

「うん！　おれ、ジャッキーといっしょに、まくらもっていくね！」

「いや、ジャッキーは……」

私がすべてを話す前に、アルトは喜んで走っていってしまった。

「……」

あまりに素早い行動に、私は呆気にとられる。だが、段々と笑いがこみ上げてきて、お腹を抱えてしまう。

「そんなに、一人で寝るのが嫌だったのかの」

思わず呟いた言葉に、セツナさんがそっと答えてくれる。

「それもあると思いますが、ラギさんと一緒に寝たかったのでしょうね」

「……そうか」

笑いすぎて、薄らと目が潤む。ああ、可笑しくて、楽しくて、愛おしくて仕方がない。

軽く眠気が飛んでいたアルトは、ベッドに潜り込むなり、今日のことをまた話しだした。料理のこともだが、壁紙を張り替えた部屋を皆が褒めてくれたのが嬉しかったようだ。

「おれの、たからものも、すごいって、いってくれた」

「そうだの」

自分の宝物を自慢できたことを、アルトは純粋に喜び満足そうに笑っているが、部屋に並べられているものを見たキース様が、セツナさんに色々と忠告していたのを私は知っていた。

ユージン様は、目を丸くしたり、首をかしげたり、真顔になったりと、その表情を面白いほど変えていたが、その気持ちはわからないでもなかった。

アルトが宝物としているものは、希少なものから、よくわからないものまで様々で、知らず知らずのうちに、深みにはまってしまうのだ。

希少な生きている石と、厳選に厳選を重ねられた河原に落ちていそうな10個の石。珍しい魔物の尾羽と、頭の皮が残ったままの蛇の抜け殻。収集家がこぞって欲しがる、色とりどりのクレミルという虫の抜け殻と、アルトが初めて釣って食べた魚の骨などだ。

価値のあるものなのかと首をかしげそうになるものが、一緒に並んでいる。そこで「どうして」と考えてはいけない。なぜならば、子どもの宝物というのは、自分の感情が優先で、そのものの価値などほとんど考えてはいないのだから。

価値があるか、ないかで判断してしまうと、「何かあるのか？」と考え、答えのでない深みにはまることになる。魚の骨を前に、真顔で考えていたユージン様のように……。

ノリスさんとエリーさんとソフィアさんは、アルトの説明を興味深そうに聞いていた。きっと彼らが一番、純粋に楽しんでいたのではないだろうか。宝物の中に、刺繍されたリボンを見つけ、エリーさんが喜び、アルトを抱きしめていた。

ジョルジュさんとフレッドさんは、魔物の尾羽を見て、出会ったらどうするかを真剣に語り合っていた。騎士らしい視点といえば、そうなのかもしれない。

そして最後に、アルトの友達であるジャッキーを紹介されたときは、アルトの背よりも大きいぬいぐるみを、皆が凝視していたのが面白かった。

嬉しそうに紹介するアルトとは対照的に、初めてジャッキーを見た人達は「この不気味なぬいぐるみで、いいの？」という表情を押し隠していたように思う。

セツナさんに首と胴体を切断されたことで、その縫い目がさらにジャッキーを不気味なぬいぐるみにしていた。しかし、アルトが本当に楽しそうにジャッキーについて語るものだから、何もいわずにジャッキーを撫でてくれていた。

アルトがジャッキーのことを熱く語っているあいだ、彼らの後方では、セツナさんがじっとサイラスさんを見て、余計なことを話さないようにと向けた視線を、一瞬たりとも外さなかった。

サイラスさんは、その視線から逃げるように明後日の方を向き、最後まで口を閉じていた。二人のそのやりとりに、苦笑が浮かんだが、まぁ、それは悪戯の代償というものだろう。

セツナさんを囲む人達は、皆、本当に優しい人だった。それはきっと、セツナさんが優しい人間だからだろう。

セツナさんは、なんとも不思議な人間だ。心根が優しい人間に見られがちな優柔不断さもなく、確固たる意志を持って生きているように見える。いいかえれば、とてもしたたかな人間に思える。

そんな彼だったが、日を追うごとに、私に心を許していってくれた。私も酒を酌み交わしていくうちに、孫のように思うようになっていた。人間を理解しようとも思わなかった昔の私からは、とても想像もできないことだ。

そういった共同生活を続けてきたからか、セツナさんの感情を表情の微細な変化で、読み取ることができるようになったのも、必然だった。今になって私は、彼の笑顔の中に寂しさが混じっていることに、気が付くことになってしまった。その言葉の隅に、彼の孤独が垣間見えることも……。

だからその姿を見ていると、老婆心から考えてしまうのだ。誰か彼の心の支えになってくれる者は、いないのかと。

セツナさんは穏やかな口調と笑顔で、相手が頼りたくなる雰囲気を作り、そういった機微を隠してしまう。彼の心情を見抜き、彼のために心を砕いてくれる、そういった存在が現れてくれればいいのだが……。

悪戯を仕掛けたときの彼の言葉を、思い出す。そして、私を不安にさせる。

『僕は貴方に、何かあったのではないかと思いましたから』

セツナさんは本気で私を心配し、その瞳は不安に揺れていた。もしかしたら、私の死はアルトよりもこの青年を、深く傷つけることになるかもしれない。そう思うと、胸が苦しくなった。

だが、私には……どうすることもできない。

話し疲れて、子狼の姿で丸まったアルトの背を、ゆっくりと撫でる。子どもの時期だけの柔らかい毛並みに、懐かしさを覚えた。

（人の姿と比べ、子狼のときの姿は小さい気がするの……）

子狼のアルトを撫でながら、そんなことを考える。まぁ、毎日あれだけ食べているのだから、すぐに大きく強くなるだろうと、苦笑する。

ふと微かな音が聞こえ、耳を澄ませると雨音が耳に届いた。

（いつの間に、降りだしていたのだろうか）

いつもならすぐに気付くはずなのにと思ったが、話していたから雨が降っていることに気付かなかったのだと、アルトの寝顔を見て納得した。それほどアルトとの会話は、楽しかったのだ。

昼間が賑やかだったせいか、静寂の中の雨音はいつもよりいっそう強く私の心に響いた気がした。

（アルトが、寂しく思うはずだ）

暗い部屋の中で一人で目が覚めれば、不安になるのも仕方がない。

本降りになった雨は、部屋の温度を下げていく。肌寒い感覚に、私はアルトにそっと毛布をかけようとして、その手が止まる。

（こんな雨の日は……いつも……）

『とうちゃん。一緒に寝てもいい？』

私のベッドに潜り込み、楽しそうに笑う息子の声が脳裏に響いた。

『何か、お話ししてよ』

そういってねだる息子に、物語や私の子どもの頃の話を語った。

『一緒に寝ると、温かいね』

そういって、くっついてくる息子が眠りに落ちるまで、ずっと頭を撫でていた。

『父さん、俺に狩りを教えてよ』

そんな息子が、とうちゃんから父さんと呼び方を変え、少し背伸びを始めたときには、寂しい気持ちになったものだった。

それでも、その言動はあまり変わらず、私と一緒に悪戯をしては屈託なく笑い、妻に叱られていたことを思い出す。

「ネル」

そっと、妻の名を呼ぶ。

『なあに、あなた。また、悪戯を考えているの？』

記憶の中の妻が、私に答える。

「オルス」

呟くように、息子の名を呼ぶ。

『とうちゃん、悪戯が成功したぞ！』

思い出の中の息子が、私に自慢する。

「今はもう、嫁をもらって孫も生まれているかもしれないの」

静寂の中に雨の音を聞きながら、そんなことを思い、ふと、呟いた言葉……。

「会いたいの……」

叶うことのない夢が、ほろりとこぼれ落ちた。肩が小さく震える。

「じい、ちゃん……？」

私の呟きに、眠りにつきかけていたアルトが、微かに目を開ける。

「さ、むい、の？」

半分眠りの中にいるのだろう、アルトが夢うつつにそういった。

「おれが、くっついて、あげる、ね」

アルトは毛布の中をもぞもぞと移動すると、私に背中をピトリとつけた。

「しょうが、おれと、いると、あったかい……って……」

（……）

「……ああ、温かいの……ありがとう、アルト」

アルトの背中をそっと撫でると、アルトは尻尾を一度ぱたりと振り、深い眠りに落ちていった。

アルトの体温が、私の心を温めていく。もしかするとセツナさんも、こうしてアルトに心を温められたことがあるのかもしれない。

気持ちよさそうに眠るアルトをしばらく眺め、私はそっと体を起こす。

「残された時間で、何ができるだろうかの」

アルトとセツナさんが、共に笑って生きていくために、寿命の少ない私に何ができるだろうか。

望郷の念は、消えない。だが、夜半に響く雨音は、もう、私の心を濡らさなかった。

追章　杜若《音信》

◇1　【ティレーラ】

聖都エラーナの中心にある三尖塔にたどり着いたのは、予定より遅く、夕陽が地平に沈む直前のことだった。その一番の理由は、勇者様の進む先々で、歓迎の意を込めてエラーナの民が平伏をするため、その対応に時間をとられたからだった。

先んじて送っていた取り次ぎ係から、聖皇はすでに眠りについてしまったと連絡を受け、案内役のデトラース殿は、申し訳なさそうに口を開く。

「聖皇様のお年からしたら無理もないこと、お許しください。面会は明日ということで、取り計らわせていただきます」

こちらに「今すぐ、会わせてほしい」といえるはずもなく、その意思もないため、すんなりと面会予定の変更が決まる。

「それでは、ご宿泊所にご案内する前に、女神様へご挨拶にいきましょうか」

そう告げて、彼は中央塔の中へと歩き始めた。

三尖塔はその一つ一つが、宮殿だ。東尖塔には聖皇や貴族らが住み、西尖塔にはエンディア聖教の大司教を始めとしてその信徒が住む。そして中央塔には、女神エンディアの巨像や謁見の間やエラーナの国政を担う機関などが置かれている。

中央塔の区画に入ると、壁が続く。しばらく進むと左右の壁の中を進む通路が現れ、それぞれの分かれ道に数十の兵士が配置されている。どちらも一般人は進むことができず、この通路の先が謁見の間などに繋がっている。

デトラース殿を見かけ兵士達が胸に腕を当て挨拶をし、彼は「ご苦労」と労いの言葉を一言かけ先に進む。さらに歩くと、１００メルほど続いた壁が終わり、大きな中庭にでた。

直径３００メルという広い芝生の中庭の中央に、１００メルの高さを誇る巨大な女神の立像が、立っていた。

蒼銀製の立像は、左手に杖をつき右手を横に払った姿になっていて、顔はベールに覆い隠されている。

この姿の理由は、昔は『大陸中の獣人を討ち払え』と仰った際の女神様の姿だからだといわれていたが、現在においては『大陸中の魔物を討ち払え』と捉えられている。

後者の言い分は女神像が魔の国の方を向いて立っているからだということだが、私にしてみれば、おかしな話だと思わずにはいられない。女神が地上にいた時代には魔物などおらず、討ち滅ぼす対象は獣人しかいなかったはずだからだ。

女神像の足元を支える台座の前につくと、デトラース殿は跪く。私はエンディアを信奉していないが、立場上それを通すわけにもいかないので、同じように跪き、無駄に祈りの時間を費やす。

勇者様はといえば、信仰などは関係なしに、何かしらについて一心に祈っている。勇者様にとっては、祈る対象はなんでもよいのだろう。

しばらくして祈りを終えると、デトラース殿は立ち上がり口を開いた。

「では、ご宿泊所へご案内致します。まずは勇者殿、次にティレーラ姫をご案内致します。よろしいですね」

予期していたことではあったので、仕方なく頷く。この見ず知らずの地で勇者様を一人にさせるというのは、許容しがたいことではあるが、古来より続く慣習の前では、その想いも封じ込めるしかない。

デトラース殿に案内され、私達は中央塔中庭から西尖塔に続く通路を進む。中央塔と同様に１００メルも続く壁を見ながら歩き、西尖塔の中庭へ足を踏み入れた。

目の前には中央塔同様に、吹き抜けの円状の中庭が広がっていた。その広さは、中央塔よりは小さく、直径２００メルほどだ。だが、中央塔より広く感じるのは、その中央に女神像はなく、２階建ての家が、ポツンと立っているだけだからだろう。

その家こそが、『勇者の家』と呼ばれる、勇者専用の家だ。歴代の勇者達がエラーナで過ごす際に、宿泊するためのもので、今日から勇者様もここを使うことになる。だがそれで、歓迎されていると捉えるのは早計で、実のところは違う。それは、頭上を見れば明白だった。

中庭の内壁には、幾つも窓がある。それらの設置については、二つの意図があった。

一つは、西尖塔の内壁と外壁の間にはエンディア聖教の教徒が住んでいるのだが、その居住区へ光を採り入れるため。

もう一つは、上方に設置されている窓から、勇者の家と勇者を見下ろすためだ。それはつまり、エンディア聖教が勇者の主であることを知らしめるための、見世物にほかならない。

家に近付く間に、私達は数え切れないほどの視線にさらされた。中庭に人がいなかったのも、不愉快(ゆかい)でしかない。文字どおり勇者を下に置くという太古からの習わし、そんな悪習の中に勇者様を住まわせなければならないのが、私には耐(た)えがたかった。

「デトラース殿、中を確認(かくにん)させていただきたいのですが」

彼が家の前に立ち、家の説明を終えたところで、そう告げた。

「こちらは勇者にのみ入ることを許されている家ですので、ご遠慮(えんりょ)願いたいのですが、ほかならぬ姫の頼(たの)みとあらば……。ただし、中ではあまり羽目を外さないようにしてください」

軽く礼を述べ、扉(とびら)を開け中に進む。彼の説明では、この家は2階建てで部屋数は6室。うち2階に3室あるということだった。特に意図はなかったが、先に2階を見ようと、階段を上る。

できれば勇者様をこの家に一人でいさせたくないため、部屋の不備を見つけ、私と一緒(いっしょ)の部屋に移させようという思いではあったが、難しそうだとは感じている。

それは、私がこのように単独で自由に見回れるからだ。何があってもとりあわないという意思表示なのだろう。

(待って、ティーレ。この家の中、魔法(まほう)で監視(かんし)されている)

私が階段を上りきったとき、急に頭の中に勇者様の声が響(ひび)く。心話の魔法だった。今まで勇者様からは使われたことがなかったので、少し戸惑(とまど)う。しかし表にはださず、最初の部屋の扉を開けた。

（そうでしょうね。この家自体が魔導具で、勇者を監視するものと推察します。デトラース殿が、わざわざ臭わせてくれましたので）

（『羽目を外さないように』っていってたね）

エンディア聖教内部の建物である以上、この家の管轄は聖教のものであるに違いない。その聖教に勇者様や私の弱みを握り優位に立たれては、国政を担っている聖皇府としては、都合が悪いのだろう。

聖教は祭を、聖皇府は政をとの区分けがあるが、どちらが国にとって重要かという争いは絶えないと聞く。狸の化かし合いとは、ご苦労なことだ。

（あんな遠回しにいわなくても、いいのにねっ）

（盗聴されているかもしれませんからね）

（それなのに、ティーレに教えようとしてくれるなんて、好意を感じるよね）

そうではないと説明してもよかったが、それよりも、勇者様がどうして監視している存在を知っているのか気になり、問いかける。

（家の中に入ったら勇者装備が反応して、色々警告してくれてるんだ）

（そんなことが……。どんな警告なのですか？）

（まずこの建物自体が、魔導具だという推測は正しくて、家自体への注意喚起がでている。それと、歴代勇者がこの家に対してとった行動と処罰内容が、表示されているよ。50代目の勇者が部屋の器物を破壊したときに、１時間ほど魂への制裁を加えられたとか）

疑問は晴れたが、勇者様へ危害が及ぶかもしれないと想定し、下手は打てないなと考えを改める。

もとより、物を壊(こわ)そうなどとは思っていなかったが、些事(さじ)をあげつらって言い負かし、部屋を移させるのもやめたほうがよさそうだ。

(だから、確認も適当に切り上げて戻(もど)ろう。誰(だれ)かが潜(ひそ)んでいることもないし)

(それも、勇者装備の機能でわかったのですか?)

私は、最初の部屋の確認を終えて部屋をでながら語りかける。

(いや、今のは魔法を使って確認したんだよ。監視されているのを逆手にとって、勇者らしいところを見せておこうかなって)

(探索(たんさく)の魔法は、風の魔法の領分だと思いましたが?)

ルルタスが風の魔法を使い斥候(せっこう)を行っているので、それは間違いない。しかし、勇者様は風の属性は使えないはずだった。

(そうなんだよね。なんで風が探索なんだか、僕(ぼく)にはしっくりこないけど。僕の元の世界では、光だったから。だから大分前に、光魔法でもできないかなって試(ため)したわけ。結果は、今話したとおりだよ)

(なるほど)

勇者様の使う光属性は、希少性が高い。そのため、今のガーディルには光の魔導師がおらず、勇者様に光魔法を教えられる者がいなかった。

他国や冒険者(ぼうけんしゃ)ギルドに手配して光属性の魔導師を呼ぶことも考えられたが、見送られていた。神から遣(つか)わされたという勇者が、誰かに魔法を教わらないといけないということが、不自然なためだ。

唯一(ゆいいつ)、勇者の理(ことわり)を知っているエラーナに要請(ようせい)をしてはいたが、今日まで魔導師が派遣(はけん)されることはなく、そのため、勇者様は前世の経験を頼りに光の魔法を使っていたのだった。

ただ、元の世界では使える魔法も、この世界では使えないということはよくあるらしく、勇者様は試行錯誤していた。

（まぁ、そういうわけだから、安心して戻ってきて）

（そうは、いきません）

勇者様の魔法を疑うわけではないが、自分の目で確認しないことには安心はできず、私は目の前の扉を開いた。次の部屋は物置代わりになっていて、武器やら鎧やらが雑多にしまわれていた。

勇者装備があれば無用な物だけに、これらは勇者装備ができる以前の勇者達が使っていたのだろう。中には蒼銀製の装備もあり、武具としても歴史考証の資料としても有益だと思える物もあるが、勇者様には必要なさそうだ。

（ティーレ、もう終わった？）

（まだです。もう少しだけ、お待ちください）

そう語りかけながら、最後の部屋を覗く。中は、大きな本棚に囲まれたベッドのある寝室だった。

無数の本がある以外は、特筆することのない部屋で、その本も古くて数十年前の物しかなく、珍しい本はなかった。

（期待外れだな）

本を見ると、つい年代物を望んでしまう私は、まだ前職の癖が抜けていないようだ。数冊流し読みをしてみたが、各国の情勢や風物を記した旅行記のようなものが多い。

（おそらく67番目が集めた本だろうが、彼も自由を求めていたのだろうか）

バートルの料理が紹介されていた本を閉じ、私の知らない彼の一面を見た気がして、儚い感傷に襲われた。

そして、こんな家に閉じ込められる勇者様が、仮に自由になりたいといったとしたら、私はどうすればよいのだろうかと、そんな考えに囚われてしまう。

（ティーレ、まだ時間かかるの？）

勇者様の呼びかけで我に返り、想いを振り払う。

（大丈夫です。今終わりましたので、下に戻ります）

（よかった。これ以上待たされたら、寝てしまいかねなかったよ）

ソファーにでも座っているのか、眠そうな話し方だ。

（その様子だと、ちゃんと1階を見回ってないようですね。どうやらそちらも、私が確認する必要がありそうですね）

（えー、それは再考してほしいなー）

そんな苦情に蓋をして、私は階段を下りてからも各部屋を見て回った。せめて、勇者様にとって、少しでも居心地のいい場所になるようにと。

◇2 【？・？・？】

そいつが外の部屋に入ってきたことで、俺は覚醒した。どれくらい眠りについていたのだろうかと思いながらソファーから体を起こし、音楽を流すために意識を込める。明るく駆け足気味の曲が、どこからともなくこの部屋の中に流れ始める。

子ども用のアニメのオープニング曲だが、俺にはなんの感慨も湧かない。だが、ときには涙ながらに聞き入る奴がいたので、曲を流すときは、まずはこれになってしまっている。

（さて今度の奴は、どんな感じだろうか）

俺が導いてやるにたる者であればいいがと、そいつの挙動を注視する。だがそんな不安は、すぐに吹き飛んだ。これほど興味をそそられる存在は、初めてといっても過言ではない。

（ガーディルの王族と勇者が友人だと！）

本当に永い間、勇者達を見てきたが、そんな事例は一度たりともなかった。

何かの間違いかと、騎士と思われる女の姿を何度も確認した。しかし、女がつけている手甲剣は、紛れもなくガーディルの国宝である黒焔の蒼竜だし、そんな物を身につけられるのは、王族以外あり得ない。

その女が勇者にへりくだり、勇者はその女を頼りにしている。主従関係が逆転しているのかとも思ったが、心話のやりとりを聞いているかぎり、二人の間の親密性は、友人という言葉以外当てはまるものがない。

さらに、王族の女が部屋の中にいる間に交わされた会話から、お互いを思いやる気持ちが確かなものだと窺われ、勇者に対しての好感があがる。

一緒くたに勇者といっても様々な性格の者がいたし、基本的に悪い奴はいないのだが、俺と合う合わないはある。合わない奴とは接触を持たないことにしているのだが、今回は、声をかけることに決めた。

だが俺がその気になっていても、向こうが俺を手にとってくれなければ、話すことができないのが、もどかしいところだ。

だから、俺は何日でも待つつもりでいたが、呆気なく初日の夜に、その機会が訪れた。

本を枕元に置いて寝入ったそいつの夢に、俺の部屋を繋ぐ。

「おい、お前。お前は、68番目の勇者なのか」

そいつは、俺が招いた部屋の入り口で、戸惑いながら、逆に俺に質問をしてきた。

「君は、誰？」

「先に、俺の質問に答えろ。お前は、68番目の勇者じゃないのか？」

「僕は、69番目の勇者だよ。残念だけど68番目の勇者は、病気で亡くなったって聞いたよ」

「……」

俺が最後に会ったのは、67代目だった。だから68番目かと聞いただけで、他意はなかった。しかし期せずして知った事実に、俺の元にこられなかった勇者が一人いたという事実に、心が軋んだ。俺は、勇者を導くためにここにいるのだから。

そんな感慨に襲われながらも、俺の中に一つの疑問が生まれてくる。

勇者が病気になるなどということは、聞かない。それはどうしてなのかと、考えたことがある。それは、全盛期の肉体を維持し続け、さらに強い魔力を持つ勇者は、病気に対する免疫力が極限まで高まっているためだろうと、俺は結論付けていた。

「今、俺の聞き間違いでなければ、病気で死んだと聞こえたが？」

「そういったよっ」

にわかには信じがたい話だったが、少なくともこいつは、病気で死んだと信じているようだ。腑に落ちなかったが、あとで調べてみればわかる話だ。

「まぁ、いい」

俺はそう呟いてから、話を続けようとした。しかし一瞬の言葉の切れ目に、69番目が口を挟んでくる。

「じゃあ、今度は僕の質問に答えてね」

「こちらの質問は、終わりだ」ととられても仕方ない呟きだったなと思いながら、俺は「まぁ、いいだろう」と返事をする。

「君は誰？　ここはどこ？」

「質問の数が増えたな？」

「最初は夢と思ってたから、聞くつもりはなかったんだよ。でもこの部屋、僕の知らない人の絵が飾ってあったり。知らない曲が流れてたりで、僕の夢じゃない気がしてさ」

69番目の視線の先には、母子が潮干狩りをしている写真が飾られていて、今かかっている曲は、その子どもが好きだった童謡だ。覚えなどあるはずがないのだから、聞かれて当然の質問といえる。

俺は、今まで数多の勇者に答えたように、定番となった答えを返す。

「俺の名は、ケルヴィー。勇者を導く者だ。そして、ここは本の世界だ」

「勇者を導く者？　そんな話は、聞いたことがないけど……」

「まぁ、ここに呼んだ奴には、口止めをしているからな。だが、嘘じゃない。製造者情報と念じながら、勇者装備の袖の部分を握ってみろ」

いわれたとおりに勇者装備の袖を握る69番目を、俺は見守る。俺には確認できないが、勇者装備のフードの裏側には、32代目の勇者の名と俺の名が表示されているはずだ。

「本当だ」

時を置かず感嘆の声を上げると、まじまじと見つめてくる。

「そうかぁ。勇者の導き手がいるんだね、助かったよ。何をするにも試行錯誤だったから、ケルヴィーさんみたいな魔導具を作ってくれて、感謝しかないよ」

「魔導具ではない」

「違うの？　僕が寝る前に読んでいた本が魔導具で、闇の魔法で僕の夢に干渉しているのかと思ったんだけど」

話し方はほわほわしていて鈍い奴なのかという印象だったが、頭は切れるようだ。的確に自分の状況を把握している。

「確かにここは、俺の本の世界で魔法によってお前の夢と繋がってはいるが、俺は魔導具ではない」

「それじゃ、何？」

「人工生命体だ」

今までの勇者は、ここで俺がそういうと驚愕したものだが、こいつは違った。

「なるほど。ホムンクルスとかと同じような感じなんだね。この世界には生命を創りだす魔法はないと聞いていたけど、僕の世界には、あったよ。異世界から召喚された勇者なら、そんな魔法が使えるのかな」

こいつの理解の早さには驚くが、会ったばかりの俺に勇者の秘匿事項を躊躇なく話すのは、気を許しすぎではないかと思い忠告する。

「気にしても、しょうがないと思って。夢の中の話だし。それにケルヴィーさんは、悪い人ではなさそうだしね。こうやって、注意してくれるところを見ると」

俺の助言などお構いなしに、涼しい顔して話を続ける。

「でも、おかしいな。僕が元の世界の魔法を再現しようとしても、この世界にはない魔法は、上手くいかないいんだよね。僕が下手なだけ？」

（まぁ、向上心があるのは、いいことか）

俺はなかば呆れながらも、人懐っこい性格に嫌な気はせず、話に乗ってやることにした。

「いや、勇者でもこの世界で魔法を使って生命を創るのは、無理だ」

「じゃあ、ケルヴィーさんはどうやって創られたの？」

好奇心があるのは悪いことだとは思わないが、69番目の話に付き合っていると本題に入れなくなりそうだと判断した俺は、話を強制的に切り上げることにする。

「そんな話はどうでもいい。時間の無駄だ。俺は勇者を導くための存在で、お前を導くために話しかけた。一方、お前は勇者で、何かに躓いている。それならここで使う時間を何に割くかは、わかりきっている。俺が教えてやれる時間は、お前と意識を繋いでいられる間だけで、貴重なものだと覚えておけ」

実際、その日の別れの挨拶が、その勇者を見た最後だったということがほとんどだ。もう少し詰め込んで教えておけばとか、他のことを教えておけばよかったと後悔しないことはない。

「わかった。話を聞きたいけど、我慢するよ」

聞き分けのよい返事が意外だったが、何が大事かを判断する力はあるのだなと、そんな印象を俺は69番目に感じていた。

◇3 【ケルヴィー】

「それで、ケルヴィーさんはどんなことを教えてくれるの」

「魔導具の作製や改良、魔法や武器の扱い方までなんでも教えられる。魔導具に関しては武具も含んでいる。勇者装備の作製に関して助言をしてやったのも、その後の改良に手を貸してやったこともある。ただ、能力については人それぞれになるから、指導することはできないけどな」

そう伝えると69番目は、目を輝かせる。先ほど試行錯誤しているといっていたから、それでだろう。

「僕、魔法を教えてほしいんだ。僕が使える属性を教えてくれる魔導師が、ガーディルにはいなくって」

「俺は8属性すべてを教えることができるが、何を教えてほしい？」

「とりあえず、光属性かな」

その言葉に俺は、違和感を覚える。

「そもそも、その魔力量で光属性は使えないと思うが？」

「そんなことはない……。ああ、そうか。今、僕は魔力を隠蔽しているからかな。解除するから、ちょっと待ってね」

その言葉とともに、69番目の体から考えてもいなかったほどの魔力があふれでてくる。その量は俺を作った人間が、勇者だった頃の魔力量に匹敵する。少なくとも、１０００年単位でこれほどの魔力を有する勇者を、俺は知らなかった。

「なるほど。これだけの魔力量がありながら、光属性がろくに使えないのは、確かに宝の持ち腐れだ。いいだろう、教えてやる」

69番目が満面の喜びを浮かべたので、俺は修行に備えて、模様替えを行うことにした。俺が念じると、一瞬で部屋の構造が変わる。部屋といっても、目の前に武器を刺すための台座があるだけで、あとは何もない空間が無限に続いているだけだが。

唖然としている69番目に、勇者の武器を目の前の台座に突き刺すように指示する。

「えっ？　見てのとおり、僕は武器なんて持ってないけど……」

「ここは夢の中だから、念じれば手元に現れる。まぁ、勇者装備はこの夢の中と現実とで同期するようにしているけどな」

同期の箇所でなんのことかわからないという勇者を急かし、武器を召喚させ台座に突き刺させる。

（こいつの武器は、杖か）

ローブ上の勇者装備からも予想していたが、完全に近接戦闘は望めそうにない姿だ。

（近接戦闘ができないのなら、生き残るのは厳しいな……）

そんな感想を抱いている間に、台座の機能により杖の情報が読み込まれ、部屋の中が夜中の大森林に変わる。暗闇の中で、無数の魔物がうごめいているのがわかる。

「杖の中に、僕の戦いが記録されているっ？」

やはり、察しがいい奴のようだ。場面は再現されているが、その場面が一定時間で繰り返されているのを見て、これが記録であることを見抜いたようだ。

「そういうことだ。それでこれをどう凌いだのか、お前の力量を知るために見させてもらう」

俺は再生を念じると、場面が進み始める。だがその先の動きは、俺の期待していたものとは違った。颯爽と魔法で、魔物を各個撃破していく姿を、想像していたのだが……。

再現された69番目は、体内に宿る全魔力を光の気流に変換し、上空で巨大な光球として魔力を凝縮する。その後、凝縮した魔力を無数の光の矢にして解き放った。67代目がここで編み出し、俺が絶対に使うなよと念押しした魔法。あろうことか、その魔法を使いやがった。

「僕の命を捨ててでも、皆を守らなければって思って、この世界でもあの魔法が発動してよかった」

光を放出し終わり、崩れ落ちる自身の姿を眺めながら、69番目は微笑んでいた。

こいつが何を考えているのかはわからないが、それ以上に気になることが、俺にはできていた。

杖に収録された情報を69番目から67代目に切り替え、最後の情報を表示させると、目の前に体長20メルはある超大型の大樹の魔物が現れる。

それを見て俺はすべてを察し、ため息が漏れた。67代目は絶望しかなかったろう。

今の時代の人間達の実力で超大型と戦う場合、エラーナやガーディルの兵士で考えれば数万人は必要だろう。冒険者で考えれば、黒を全員集めてチーム編成をして、これもまた数万人の冒険者でチームを作る必要がある。そして勇者で考えれば、今の時代の勇者で3人は欲しい。

いつくらいからか、勇者は一人で超大型の魔物を倒せなくなっていった。これは、人間という種族の魔力量が、減少していったことに関係しているのだろうと、俺は考えている。つまり、召喚する人間の魔力量が少ないから、召喚される勇者も弱くなるのだろうと。

そんな弱まっていくあいつらを、苦戦や戦死から救ってやりたくて、俺は専用の装備を作ればよいと助言し、それでできたのが勇者装備だった。

そのかいがあって、50代前半までの勇者は、超大型の魔物とも渡り合えていた。しかし、それ以降の勇者にとって超大型との戦いは死と直結するものとなっていき、それを救ってやれる方法を、俺は教えることができなかった。

俺は67代目の姿が見えるように視点を操作し、場面を動かす。勇者の初手は、無数にある枝により、体ごと吹き飛ばされて終わる。当然といえば、当然だった。

俺が教えたこんな状況での対応策は、退却の一点だったが、兜を弾き飛ばされて露見した血みどろの素顔には、その選択肢は浮かんでいないようだった。力量差を思い知らされ、67代目は覚悟を決めたのだろう。ただただ、巨大樹木の魔物を見つめ笑っていた。

（あの馬鹿が……）

周囲には、誰もいない。だから、勇者の証に縛られることはない。逃げようと思えば、逃げられるはずだ。だが、勇者は馬鹿しかいない。

「67代目は口数が少ない男だったが、使命感は人一倍強い奴だった。自分が戦うことで救われる命があるといって、戦闘時にはいつも笑っているんだ」

上昇する光の奔流に、67代目の赤髪が激しく宙に揺れる。

「いつだかはわからないが、最後に話したのは、あいつがアルオンへ出征するときだった。あの国は裏で貴族達が獣人の奴隷密売に関わっているから、気に入らないといっていた。せめて最後くらい、自分が希む者の盾になっていればいいが」

あえて記録機能に暦の保存をしないように、俺は32代目にいった。その日が永遠に記録され残ってしまうのが、いたたまれなかったからだ。奴もそんな日を覚えてもらいたくはなかったのだと思う。何もいわずに、頷いていた。

光の上昇が止まり、直径２メルほどの光球が完成する。ここまでは69番目のときと同じ動きだが、そのあとが違った。

光球が４本の矢、四方へと放たれる。69番目の無数の矢とは違い、一本一本への魔力の凝縮が強いため、殺傷力も高い。その中で最高密度の矢が目の前の超大型の魔物の幹に突き刺さり、亀裂を走らせ消える。

しかしそれは致命に至らず、激高した魔物の根によって67代目は宙に撥ねあげられ、枝に締めあげられてしまった。

「なぜ、すべての魔力をそれにまとめなかった……」

他の３本の槍の魔力も合わせれば、幹を貫通し破壊することができたかもしれない。そうすれば、勝つことはできなくとも、相打ちだったはずだ。しかし、これでは……。

「他にも、大型の魔物の群れがいたはずだから……」

69番目の唐突な呟きに気をとられた一瞬、67代目の右手に握られた大剣が投擲槍に変わったかと思うと、投げ放たれる。それが目にも留まらぬ速さで亀裂部に回転をしながら突き刺さり、そのまま幹を貫通した。

その箇所から大樹が、左右に真っ二つに割れると朽ち枯れる。67代目は枝から解き放たれ、地面に叩きつけられた。それで息をひきとったのかはわからないが、勇者の鎧が光粒子となって体から離れ、上空へと消えていった。

「ありがとう。貴方はティーレやこの周りの人々をちゃんと守れたよ……」

剣も光粒子となった時点で、場面の進行が止まる。

「この戦いのことを、知っているんだな」

69番目は頷き、2年前の経緯を教えてくれた。

「しかし、戦闘好きな勇者とか、誤解も甚だしいな。そんな人間が、自己を犠牲にする魔法など創るはずないだろ。あいつを理解してくれた者は、誰もいなかったということか」

その言葉に、69番目は悲しそうな表情を浮かべる。

「まぁ、それは置いといてだな、お前が使った魔法が67代目がここで創った魔法とそっくりだったから、もしやと思ってあいつの最後の戦いを見て、確かめたんだ。結果は見てのとおりだが、そのおかげで、お前があの魔法を使えたようだな」

「そういう意味でいうと、偶然だけど、67代目の勇者には、僕達も救われたというわけだね」

（完全な偶然とも、いいがたいがな）

こいつの言動を見ていると、67代目と感性が似ていると感じる。どんな魔法を使うか、どんな魔法を創るかは感性によるところが大きいから、必然といえなくもない。

（ということは、こいつも……）

その先を考えるのを振り払い、俺は69番目に話しかけた。

「お前に魔法を教えてやるかわりに、一つ約束しろ」

「どんなこと？」

「これからは、自滅するような魔法を使うな。そして創るな。これを約束しないなら、何も教える気はない」

「わかったよ」

その言葉に力強さはなかったが、俺はこいつを信じることにした。


勇者の武器の記録機能は、過去の戦闘を見るためだけのものではない。最近の戦闘情報から、中型の魔物であるコルバサルだけを出現させ、魔物に69番目を襲うように設定して、台座から杖を引き抜く。

「それでは、まず実力を測るために、戦ってもらおう」

勇者の杖を投げ渡しながら、これから1分後に魔物が動きだし戦闘になると伝えた。

コルバサルが動きだすと、69番目は五つの光属性の弾を作りだし攻撃を行うが仕留めきれず、逆に魔物の突撃を受け負けてしまった。

「嘘だろ！　あんな中型も一人で倒せないのか？」

「無理だよ！　あんな硬い魔物を一瞬で倒せる魔法を知らないし、攻撃されたらコルバサルの動きが速すぎて、躱しきれないからっ！」

（もっと威力の強い魔法を、教えるのは簡単だが……）

『躱しきれない』という言葉に引っかかりを覚え、尋ねる。

「あんな速さに対応するとなると、魔力制御で肉体強化しないといけないでしょ。だけど、僕は魔力制御しながらだと、動けないんだ」

耳を疑いたくなる内容に、俺は唖然とする。その表情を読み取ってか、69番目は声を大きくして話し続けた。

「そんな顔しないでほしいよっ！　仕方がないんだから」

「……何が？」

「この体、全然なじまないんだよ」

「なじまない？　自分の体だろう？」

勇者の体は、全盛期から強化されたとはいえ、自分の体だ。なじむ、なじまないなど聞いたことがなかった。

「全盛期の体……なんて、僕は知らないんだ」

「どういうことだ？」

「僕は成人してすぐ死んだんだけど……、全盛期は成人後にくるはずだったみたいなんだ。召喚されたあと違和感があって身長測ったら、少し高くなっていたんだ」

「……」

今日は、本当に驚かされてばかりだ。勇者が病気になったり、未熟なまま死んだ者を召喚したり、ガーディルのクズどもは、召喚をまともにすることができなくなったということか？

先ほどから感じていた疑問について、俺は解消したくて仕方がなくなっていた。しかし、まだ早い。こいつに、助言をしてやらなければならないからだ。

「それなら、魔法を使えばいい」

「それって、風属性の敏捷さを上げるとか、土属性の頑強さを高めるとかいった魔法？」

「外れてはいないが、本質的には違うな。肉体強化とは違い光粒子化だ。そもそも、光属性の本質は光粒子濃度操作だ」

何をいっているのかわからないといった顔で、69番目は「濃度？」と聞き返してくる。

「まぁ、体験した方が早い」

俺は、69番目に光粒子の魔法をかける。すると体が透けつつ、そこから光を放ち始めた。

「とりあえず、動いてみろ」

指示に従い、69番目は部屋の中を移動していたが、しばらくして俺の元に戻ってきていった。

「軽いし、速いよ、これっ！」

「これで、体の2割を光粒子化している。そのため、体が軽くなり動きやすくなっているはずだ。その反面、実体の濃度が薄まっているから、物質としては弱まっている存在となるので、武器などの近接戦闘には向いていない」

「……」

「魔法を使って敵の背後に回り魔法を解いて攻撃、また魔法を使って離れるなどの細かい運用ができれば、武器で戦う勇者にとっては、ありがたい魔法ではあるんだが、魔法で戦うお前には関係ない話だな」

「ケルヴィーさんを作った勇者も、そんな風に戦ってたの？」

「想像に任せる。それより、魔法陣を見せるから覚えて練習しろ」

俺は69番目にかけた魔法を解除してから、宙に光粒子化の魔法の魔法陣を展開し、その構造について解説を加える。

「これ、転移魔法と同じような魔法陣の構造だね」

「鋭い着眼点だな。試しに光粒子化10割で移動してみな」

俺にいわれたとおりに覚え立ての魔法を発動させ、全身を光粒子と化した69番目は、次の瞬間目の前からいなくなる。

「これ、転移魔法！」

遥か前方で実体を現し、驚きの声を上げている69番目に向かい、俺は声を張り上げて答える。

「光属性の転移魔法は、人体をすべて光粒子化し、移動することのみを魔法にしたものだ。転移というより瞬間移動といったほうが正しい表現だと思うが、一般的に転移魔法という言葉が広まっているな」

「なるほど」

再び目の前に姿を現した69番目は、頷いた。

「それじゃ、その魔法を自在に扱えるように練習をしてろ。俺はここで座って瞑想しているから、何かあったら声をかけろ」

礼を述べて離れていく69番目を見ながら腰を下ろし、俺はゆっくりと目を閉じた。

俺は二代に続く勇者の異変について、何か事情を知っていないかを確認するため、俺を作った相棒と同期することにした。

あいつの魔力の発生元を探り、お互いを繋げようとした。俺達はどんなに離れていようと、お互いを見失うことはないので、何も心の準備をしていなかった。

（魔力の器がない……）

いつも大量の魔力を湛えている相棒の器が、見つからない。そのことが示す事実は、一つだ。

（あいつが、死んだというのか⁉）

そんな信じがたい事実に動揺しながらも、俺は相棒の魔力を探し続ける。

（あった！）

厳重な隠蔽を施して、ガーディル城の床の上に、僅かばかりの魔力が転がっていた。すぐさま俺の魔力をそれに繋ぎ、同期を試みる。

（よっ、元気にしていたか？）

いかにも相棒らしい、砕けた挨拶だった。それとともに心の中に浮かんできた相棒の姿は、信じられないほど穏やかなものだった。

（お前、死んだのか⁉　いったい、何があった？）

（いや、別に。そんなに目くじら立てるほどのことでもないだろ）

何を悠長なことをと思う一方、穏やかな微笑みに無念さはないのだなと、安堵もする。

（それにしても、思っていたよりも遅かったな。俺が死んでから3カ月は経っているぞ。69番目の勇者はお前の元に、きていなかったんだな）

（ああ。今日、初めて会った）

（そうか。考えてみたら、俺は69番目に会いにいったのに、結局会ってないんだよな。そこはちょっと残念だったな。どんな感じの奴だ？）

（それが、全盛期を迎える前に死んだ奴だった）

相棒の目が、陰る。

（さらに聞いたところによると、68番目は病死ということらしい。一体何がガーディルで起こっているのか確認したくて、こうやって同期している。それが、まさか死んでいるとは思わなかったけどな）

（そうか……）

少し考えて、相棒は話し始める。

（前回、お前とこうやって話したあと、名も無き大陸に渡ってしまったから、古い情報になるが、ガーディル王家には勇者召喚の儀を行える巫女が、いない状況だった。というのも、王に5人の子どもがいたが、女は一人だけで……）

それから相棒は、その王女が魔法を使えなくて、王家には勇者召喚を行える巫女がいない状況になっていたこと、そのため68番目が必要になったときに中爵の分家から養女を迎え、その者が勇者召喚の儀を行ったことを教えてくれた。

（68番目は前世でも病気で、病気のまま召喚された。直近の記憶をこの魔力に封じているから、詳しい事情は、あとで魔力を吸収して確認してくれ）

俺が頷くのを見て、自身の見解を話しだす。

（おそらく勇者召喚の儀は、勇者の対象となる魂を探すとき、魔力が足りない場合は、欠点の除外機能が弱まるんだろう）

（問題のない肉体で魔力が普通の者と、問題のある肉体で魔力が強い者の場合、魔力が足りていれば欠点部分を重要視し除外するが、魔力が足りなければ除外機能が上手く働かず後者を選出するということか？）

（そうだと思う）

（確かに69番目は勇者のときのお前と同じくらいの魔力はあったが、68番目は魔力も弱かったんだろ？　その考察は破綻してないか？）

（まぁ、魔力は例だ。長所になるのは何でもいいと思う。そうだな、俺にはわからなかったが、覚醒していない能力が、すごいものだとかな）

（なるほど。それなら納得できる話だな。だが結局、68番目が死んでしまった以上、確認のしようがないが）

俺が残念そうにいうと、相棒は悪そうな顔をする。

（あいつは、生きているぜ）

（お前、まさか……）

（まぁ、詳しくは魔力を取り込んで確認してくれ）

そういって事もなげに笑う相棒に、真相を問う言葉を引っ込めるしかなかった。

（しかし、お前とも長い付き合いだったたな）

何もいえなくなった俺に、苦笑しながら話しかけてきた。

（そうだな。お前が俺に自我を与え、自身の精神安定のために、あの本に閉じ込めて、もう２０００年はゆうに過ぎたな）

こう話していて、こいつはろくでもない奴だと思わずにいられない。

（悪かったな。だがおかげで俺は、妻の顔も子どもの好みも忘れないでいられた）

同期することで、こいつの趣向や思考がわかる俺は、こいつの眠りに付き合わされ、精神の安定の手助けをしてやっていた。本当に、ろくでもない仕事だった。

（まったく、何、妻子一筋のような雰囲気で話しているんだ。お前が女に振られたといって青くなっていた日のことを、俺は忘れてないぞ）

（おまっ……、あれは違うぞ）

（何が違うんだ。女を連れ帰ろうとしたが、『さようなら』と微笑まれ、引き下がってきたんだろ）

（いや、それは……）

もちろん、それだけが事実でないことは、相棒の記憶を同期している俺には、よくわかっている。その女がこいつにとって肉親のように大事な存在であることや、断られた理由も。だからこそ、こいつは、自分で女から遠ざかった。

だがそれとは別に、こいつへの仕返しの機会がもうなくなるのだというならば、大げさにあおり立ててからかってやることこそが俺達の流儀であり、餞にもなろうというものだ。

（お前、覚えてろよ！）

ぐうの音もでなくなった相棒が、捨て台詞を吐く。もう少しからかいたいところではあったが、相棒の残存魔力が少なくなっているのを感じて、自由に話せる時間がなくなってきたことを知る。おそらく、今残っているほとんどの魔力は、記憶保持のために必要な分だけだろう。

俺は気持ちを正して、尋ねた。

（お前は、思い残すことはなかったのか）

（やりたいことは、やってきた。上手くいかなかったこともあるが、悔いはない）

（仕返しをしなければならない奴が、いるだろう。それは、どうするんだ）

（俺には、どうすることもできなかったからな。だが、奴が報いを受けるときが必ずくると信じている）

（……そうか）

（それより、お前はどうなんだ。自由になれなくていいのか？）

（お前が勇者として死んだときに、俺に勇者を導いてやれといって仕事を押しつけたんだろう。挙げ句に俺が外に持ち出せないように結界まで張ったくせに、よくいう）

（結界は、俺が留守のときに、本を勝手に捨てないように対策しただけだ。それがお前を閉じ込めることになるとは、思わなかったんだ。それにお前を結界からだすためエラーナにいったこともあったのに、追い返したのは、お前だろう）

（そんな、こともあったな。八つ当たりで八聖魔に喧嘩を吹っ掛けて戻っていったのには、笑ったが。しかしいったはずだ。俺は勇者達を導くのは、嫌いじゃない。だから、気にするなと。まぁ、お前からもらった魔力を無駄に減らさないように、勇者がいないときには寝ていないといけないのが、不便だけどな）

（そうか、俺がいなくなると魔力の補給もできなくなるか。今のままであと何年くらい持ちそうだ？）

（１００年くらいか。教えるときに使う魔力にもよるが、おそらく69番目が最後になるだろう）

（俺の残した記憶も、お前との同期が終われば、魔力で保存する必要がなくなるから、お前の魔力に足すといい。20年くらいは寿命が延びる）

（相変わらず、過保護な奴だな）

俺が勇者を導くのが嫌いじゃないのも、こいつの魔力で性格が構成されているからだろうと思う。

（あと、本から本体がでられるように修正する魔法も、作っておいた。もし、教師役が飽きて、最後くらい自由に旅したいと思ったら、本からでればいい。そうすれば、本を持ち出せなくなる結界に阻まれることなく、あの家からでることができるぞ）

（そうだな。69番目に教えることがなくなったら、考えてみるさ）

俺の答えに頷くと、最後に少しだけ間をとったあとに、相棒はいった。

（じゃぁな、ケルヴィー）

相棒の姿が完全に消え、奴の残した魔力とともに、俺はガーディル城の病室に取り残されていた。

（……先生）

俺は、そんな言葉を聞きながら、本の世界に意識を戻す。奴に見えるように、69番目の顔を見上げる。

（これが、お前の知りたかった69番目だ）

その行為が無駄なのは知っているが、そうしたかったのだ。その姿は68番目の姿と比べると、あまりにもか弱かったが。

（ケルヴィー先生、何かあった？）

心配そうな顔になった69番目に、俺は気持ち悪いと伝える。（病気かなっ⁉）と騒ぎだしたので、（その、『先生』という単語が気持ち悪い）といってやった。

（でも、色々と教えてくれるんだから、先生は先生でしょ）

（お前が勝手に先生というなら、俺もお前のことを勝手にアルダと呼ぶぞ）

（嫌だよ！　僕の名前はア……）

（知らん。先生をやめるか、アルダと呼ばれるか二択だ）

69番目の言葉を遮り、俺は宣告する。

（わかったよっ！　もう、それでいいよ、先生）

先生呼びをやめるかと思っていたのが、意外にもアルダ呼びを受け入れやがった。さらには（アルダはどういう意味？）と興味津々に尋ねてくる。

仕方ないので、アルダとは精霊語で『弱き者』だと、俺は伝えたのだった。

◆ あとがき ◆

【緑青】

『ああ、可笑しくて、楽しくて、愛おしくて仕方がない』

作中のラギの想いになります。人が感じる『幸せ』には様々な形がありますが、『日常の中にある小さな幸せ』が、日々自分を支えてくれている。今回、僕は執筆していてそれを再確認することになりました。

5巻は、『何気ない日常の幸せを見つける』もしくは『幸せを再確認するための物語』となっております。願わくは、皆様にとってこの物語が、その一助になれば嬉しいです。

【薄浅黄】

薄浅黄と申します。『刹那の風景』5巻を手にとっていただき、ありがとうございます。ここでは、製作の裏話を進めていきますので、本編を読まれたあとに読んでいただくことをお勧めします。

今巻は、小説家になろう様のサイトで連載している『刹那の風景　第一章』、『刹那の破片』、『刹那の風』を元に再作成いたしました。書籍化に当たり『webを大きく変えない』という姿勢を毎巻の「あとがき」で書いていましたが、5巻に関しては、再作成に踏み切りました。

その理由は多岐に亘りますが、その一つに家族愛に関しての見直しがあります。章のタイトルとして家族愛を掲げています。ですが、web版では家族というより夫婦の話となっていますので、家族愛には親子の関係もあるはずで、そこにも触れなければということになりました。

もう一つの理由は、セツナにとっての友情とは何かというものが挙げられます。それについては裏の主題であり、ｗｅｂ版において明確な答えを記載してはいません。ただ今回、それをもう少しだけ表現したいと考え、セツナの心情を追いかける描写に対し、再構築を行いました。

その他にも、ラギとの触れ合いや建国祭の内容を追記したいなど、それらを踏まえた結果、ｗｅｂ版の形を維持するのは不可能と判断し、再作成いたしました。

ｗｅｂ版の形を維持したまま、加筆修正を望んでいられる読者様には申し訳なく思います。特にｗｅｂ版で好評でしたセツナ視点の鳥の戦闘シーンは様変わりしていて、受け入れていただけるか私達としても不安でもあります。ただ、物語としては満足いくものができあがったと思っていますので、内容の変更を許していただき、この話を楽しんでいただければ幸いです。

【緑青・薄浅黄】

さて、『刹那の風景』のＸを始めました。『刹那の風景』の情報を発信しているので、よろしければご覧ください。

最後になりますが、5巻刊行に多大なご助力をいただきました編集の担当様、今回も素晴らしいカバーや挿絵を描いていただいたｓｉｍｅ様、この作品に関わっていただいた皆様、そして、この作品を支えてくださる読者様に、感謝を申し上げます。

二〇二四年三月五日　緑青・薄浅黄

DRAGON NOVELS
ドラゴンノベルス

刹那の風景5

68番目の元勇者と晩夏の宴

2024年3月5日　初版発行

著　　者　緑青（ろくしょう）・薄浅黄（うすあさぎ）

発 行 者　山下直久

発　　行　株式会社 KADOKAWA
〒102-8177　東京都千代田区富士見2-13-3
電話 0570-002-301（ナビダイヤル）

編　　集　ゲーム・企画書籍編集部

装　　丁　ムシカゴグラフィクス

D　T　P　株式会社スタジオ２０５ プラス

印 刷 所　大日本印刷株式会社

製 本 所　大日本印刷株式会社

DRAGON NOVELS ロゴデザイン　久留一郎デザイン室+YAZIRI

●お問い合わせ
https://www.kadokawa.co.jp/（「お問い合わせ」へお進みください）
※内容によっては、お答えできない場合があります。
※サポートは日本国内のみとさせていただきます。
※ Japanese text only

定価（または価格）はカバーに表示してあります。

ISBN978-4-04-075354-6　C0093

その勇者、虚ろにつき
勇者は少女を救えない

パイルバンカー串山　イラスト／村カルキ

その勇者を召喚してはならなかった――間違ってしまった勇者召喚の悲劇

絶賛発売中

魔王の侵略に苦しむノル国は、反撃の切り札として勇者を召喚した。しかしその勇者は、心が欠落した冷酷な殺戮機械だった。勇者として召喚されたソウジは、自らが課した天命に従い、人を殺め、国を破壊し、惨劇を生み出す。しかし奴隷の少女ミトスとの出会いが、ソウジの空っぽな心に、何かを灯すのだった――間違ってしまった勇者召喚を描く衝撃のダークファンタジー。

啼かないカナリアの物語
声を出せない魔法使いと模造の小鳥の探しもの

綾村実草　イラスト／推奨幻想

相棒がいるから、私は強い。世界を旅する一人と一羽のファンタジー。

絶賛発売中

魔法使いのカナリアは声を出せない。心の声が浮かびあがる魔道具の石板を首に下げ、片脚のゴーレム、シャハボを相棒に今日も果てない旅路を行く。魔力は強力でも食のセンスは壊滅的なカナリアと、頼りになるがおしゃべりすぎるシャハボを結ぶのは信頼を超えた固い絆——そんなカナリアたちは、いきなり領主のお嬢様警護という厄介な依頼を引き受けるが……!?